# Darius Dreiblum

## Die dunkle Gefahr:

### Ein Fantasyroman

BOOKS on DEMAND

Darius Dreiblum

# Die dunkle Gefahr:

Ein Fantasyroman

Deutsche Erstausgabe September 2018
Copyright © 2018 Darius Dreiblum
Rodensteinerstraße 9, 64823 Groß-Umstadt
E-Mail: darius.dreiblum@gmail.com
Web: https://dariusdreiblum.wordpress.com/
Covergestaltung: https://www.canva.com/
Coverbilder: https://pixabay.com/de/

Bibliografische Information der Deutschen Nationalbibliothek:
Die Deutsche Nationalbibliothek verzeichnet diese Publikation in der Deutschen Nationalbibliografie; detaillierte bibliografische Daten sind im Internet über http://dnb.dnb.de abrufbar.

Herstellung und Verlag: BoD – Books on Demand, Norderstedt

ISBN: 978-3-752-8284-98

Vielen Dank an alle, ohne die dieses Buch nicht oder
nicht in dieser Form entstanden wäre:
Andrea, Johanna, Lorena, Demir, Hanne und alle meine
wahren Fans

**Euer Darius**

# 1. Kapitel

Die dunkle Göttin hatte ein triumphales Lächeln auf den Lippen, während sie aus dem Fenster schaute. Ihr Blick schweifte über das nächtliche New York, als sie bemerkte, dass sich ihr Geliebter ihr von hinten näherte. Er schlang seine Arme um sie und küsste ihr zärtlich auf den Nacken. Nyx war äußerst zufrieden mit dem, was sie in den letzten Monaten erreicht hatte. Ihr Geliebter war der mächtigste Mann der dunklen Kleriker und ihr vollkommen hörig.

Bald war die Zeit gekommen, erneut zuzuschlagen, aber diesmal würde niemand es wagen, sich ihr entgegenzustellen. Devius Melzer hatte sie damals schamlos zurückgewiesen und danach aus dem dunklen Reich vertrieben. Noch heute verzog sich ihr Gesicht beim Gedanken daran voller Hass und begann ihr Blut zu brodeln. Aber er hatte nicht nur gewagt, sie fortzujagen, sondern ihr auch ihre Jugend und ihre Schönheit geraubt. Das war unverzeihlich gewesen und musste mit einem qualvollen Tod bestraft werden.

Inzwischen besaß sie ein Vielfaches ihrer damaligen Macht und hatte sie auch ihre atemberaubende Schönheit wiedererlangt. Doch der Frevel von damals blieb für immer unvergessen. Und ihre Rache hatte schon begonnen. Sie hatte jemanden aus dem engsten Kreis ihres Feindes so um den Finger wickeln können, dass er alles für sie tat. So landete seit ein paar Wochen bei jeder Mahlzeit ein klein wenig eines nicht nachzuweisendes Giftes in dem Essen von Devius Melzer und brachte ihn nach und nach um.

Seine Hure Clarissa war schon vor siebzehn Jahren bei der Geburt ihrer Tochter gestorben. Um sie brauchte sich die Herrscherin der Dunkelheit daher nicht mehr zu sorgen. Sobald die letzten Zeugen des Falls der dunklen Göttinnen tot waren, würde eine neue Ära beginnen. Mit ihr an der Spitze. Diese Zeit würde das dunkle Reich weit in den Schatten stellen. Das stand fest.

Aber ihr genügte es nicht, zu wissen, dass ihr Erzfeind von Tag zu Tag immer schwächer wurde und bald sterben würde. Nein, sie musste es selbst hautnah miterleben, wie er zu Grunde ging. Daher hatte sie beschlossen, nach Deutschland zu reisen, um sich dort sein Vertrauen zu erschleichen. Sie würde ihm näher kommen als irgendjemand anders. Seine Pein würde ihr Lebenselixier sein. Die körperlichen Qualen, die er durch das Gift erlitt, würde sie mit seelischen Qualen unglaublicher Güte verfeinern und anreichern, so dass er sie irgendwann anflehen würde, ihn von seiner Agonie zu erlösen und ihm den Tod zu schenken.

Nyx konnte sich noch sehr genau daran erinnern, wie sie ihn damals fast dazu gebracht hatte, ihr zu verfallen. Nur seine Erinnerung an die Liebe zu dieser räudigen Hündin Clarissa hatte ihn davor bewahrt, für alle Ewigkeit ihr Sklave zu werden. Doch die Frau, die er damals liebte, gab es nicht mehr. Daher würde es ihr ein Leichtes sein, ihn zu verführen und von der Dunkelheit kosten zu lassen. War das vollbracht, war alles andere ein Kinderspiel. Nie wieder würde sie ihn aus ihren Fingern lassen, wenn er sich erst einmal darin befand.

Bei all diesen wunderbaren Gedanken, hatte sie fast vergessen, dass es nun Zeit war zum New John F. Kennedy International Airport aufzubrechen. Sie küsste Donald zum Abschied und ließ ihr Gepäck durch einen ihrer Diener zum bereitstehenden Taxi bringen. In wenigen Stunden würde sie in Deutschland landen und damit ein neues Zeitalter einläuten. Das Zeitalter der dunklen Göttin.

# 2. Kapitel

Immer musste Vater mich stressen. Tu das nicht. Tu jenes nicht. Bleibe nicht so lange weg. Treffe Dich nicht so oft mit Jungs. Helfe mir im Haushalt. Seine Ermahnungen nahmen wirklich nie ein Ende. Immer war er besorgt um mich. Immer wollte er etwas von mir. Darauf hatte ich aber absolut keine Lust mehr. Es nervte mich ungemein. Warum konnte er mich nicht einfach in Ruhe lassen? Ich war siebzehn Jahre alt und das war wohl alt genug, um einzuschätzen zu können, was mir gut tat und was nicht.

Er hielt mich immer noch für das kleine Mädchen, das ich einmal war. Die zu ihrem großen Papa aufschaute und ihn für alles bewunderte, was er tat. Diese Zeit war vorbei. Ich liebte meinen Vater, aber er sollte mich in Gottes Namen nicht nerven. Er musste mir doch ab und zu auch etwas vertrauen oder etwa nicht? Gestern zum Beispiel kam ich eine halbe Stunde später nach Hause als vereinbart. Er war fast ausgeflippt. Machte mir nichts als Vorwürfe. Natürlich verstand ich, dass er sich Sorgen um mich gemacht hatte. Aber andererseits konnte ich schon immer sehr gut auf mich selbst aufpassen.

Klar, er musste mich alleine aufziehen und hing deswegen sehr an mir. Ich ja auch an ihm. Aber ich konnte nichts dafür, dass meine Mutter bei meiner Geburt gestorben war und ich ihr so ähnlich sah. Die dunklen Gefahren, die er überall sah, gab es nicht. Wir lebten seit vielen Jahren in einer Welt des Friedens und der Harmonie. Die östliche Hemisphäre kannte keine Kriege und keine Hungersnöte mehr. Was wollte er noch mehr?

Aber auch mein Vater hatte ein dunkles Geheimnis. Als ich noch ein Kind war, bemerkte ich, wie er immer wieder in den Keller unseres Hauses ging und dann für mehrere Stunden verschwunden war. Das wiederholte sich fast wöchentlich. Eines Tages war meine Neugier dann so groß, dass ich ihm heimlich folgte und beobachten konnte, was er dort tat. Durch eine gut getarnte Tür betrat er ein Zimmer, das vollgestopft war mit irgendwelchem alten Zeug. Was diesem Raum aber seine außergewöhnliche Atmosphäre gab, war ein großer Spiegel, dessen Spiegelfläche von monströsen Gestalten aus dunkel glänzenden Metall umgeben war. Ein Blick auf diesen Spiegel und seine fast schwarze Spiegelfläche genügten mir, um vor Angst schnell wieder das Weite zu suchen. Aber so unheimlich der Spiegel für mich anfangs war, so groß war auch die Faszination, die von ihm ausging.

Es dauerte also nicht lange, bis ich zum ersten Mal versuchte, in diesen Raum hineinzukommen. Mein Vater war ein paar Tage unterwegs und hatte mich der Obhut meines Kindermädchens überlassen. Das war eine ältere Dame, die nach Essen gerne ein Nickerchen machte. Damit hatte ich die Gelegenheit, auf eine abenteuerliche Reise zu gehen. Diese endete allerdings recht bald, nachdem sie begonnen hatte. Ich fand zwar die Tür, aber keine Möglichkeit sie zu öffnen. Also musste ich meine Neugier zügeln bis ich erneut Gelegenheit bekam, meinem Vater zu verfolgen und ihn zu beobachten, wie er die Tür öffnete.

Nach ein paar Tagen hatte ich Glück. Wie üblich, war es später Abend als er in den Keller ging. Ich hatte mich extra lang wachgehalten und folgte ihm ganz leise. Versteckte mich immer wieder hinter irgendwelchen Möbeln. Er ging in das Zimmer, das an das geheime Zimmer grenzte. Das nutzte er als Bibliothek. Dort zog er eins der Bücher halb heraus. Ich hörte ein Klicken. Er ging auf die Tür zu, die sich nun langsam öffnete. Dann plötzlich drehte er sich zu

mir herum. So als ob er mich bemerkt hatte. Sah in meine
Richtung. Sagte dann:

„Ist dort jemand?" Ich bekam einen großen Schrecken.
Versuchte mich so klein wie möglich zu machen. Hatte er
mich gesehen? Nein, bestimmt nicht. Ich saß im Schatten.
Er wandte sich wieder ab. Schüttelte den Kopf. Murmelte so
etwas wie:

„Es war wahrscheinlich wieder diese Katze. Immer muss
sie hier herumschleichen." Endlich konnte einen kurzen
Blick auf den Spiegel erhaschen. Er schien blau zu leuchten.
Als sich die Tür hinter ihm schloss, glitt das Buch in seine
alte Position. Ich war wieder allein. Atmete erleichtert auf.
Ging schnell zurück ins Bett. Konnte aber lange nicht einschlafen. Morgen, ja, morgen würde ich es probieren.

Daraus wurde aber nichts. Ich wurde über Nacht krank.
Hatte furchtbaren Husten. Wahrscheinlich hatte ich zu lange mit meinem dünnen Nachthemd auf dem kalten Keller-
boden gesessen. Dann kam noch hohes Fieber dazu. In meinen Fieberträumen sah ich den dunklen Spiegel. Er schien
mich zu sich zu locken. Aber auch mein Vater tauchte in
den Träumen auf. Sagte mir wieder und wieder, dass ich
diesen Raum nicht betreten sollte. Dass es zu gefährlich für
mich sei. Irgendwas in mir drängte mich, zu glauben, was er
mir sagte. Deshalb geriet ich viele Jahre nicht mehr in Versuchung, diesen geheimnisvollen Raum zu erkunden. Zumindest bis zu dem Tag, an dem ich diese eigenartige Pflanze in der Bibliothek meines Vaters auf dem Boden fand. Da
ich mich für Pflanzen interessierte, wusste ich, dass es sich
dabei um eine Orchidee handelte. Aber anders als jede mir
bekannte Pflanze, begann die wunderschöne Orchidee ein
blaues Leuchten von sich zu geben, als ich mich in ihre
Nähe begab. Das war allerdings nicht das einzige, was ge-

schah. Ich war auf einmal seltsam beschwingt und fröhlich. Ganz so, als ob die Blume meine Stimmung beeinflussen würde. Dabei blieb es nicht. Plötzlich fühlte ich mich voller Macht und unbesiegbar. Ich musste es endlich wagen und den Raum betreten.

Trotz der vielen Jahre, die vergangen waren, hatte ich nicht vergessen, wie sich der Mechanismus zum Öffnen der Tür auslösen ließ. Endlich öffnete sie sich für mich. Es schien, als ob ich eine andere Welt betreten hatte. Der Raum war größer als ich es vermutet hatte und enthielt eine Menge skurriler Artefakte. Denen widmete ich allerdings nur wenige Blicke. Das Wichtigste für mich war der dunkle Spiegel. Er schien meine Anwesenheit zu bemerken und ein leichtes Flüstern von sich zu geben. Mich immer näher zu ihm zu locken. Jetzt stand ich vor ihm. Nur wie ging es weiter? Ich hatte keine Ahnung.

Ich berührte ihn sanft. Er war nicht kalt und starr, wie sich Spiegel sonst anfühlten, sondern warm und nachgiebig, fast so als ob er lebendig war. Ich versuchte etwas fester zu drücken, aber noch leistete er mir Widerstand. Etwas fehlte noch. Nur was? Vielleicht mein Wunsch, auf die andere Seite zu gelangen. Das war doch mein Wunsch, oder? Was hatte diese blaue Blume nur in mir ausgelöst. War ich verrückt geworden? Dachte ich wirklich, dass der Spiegel mir den Weg in eine andere Welt öffnen würde? Wie sollte das von statten gehen?

Doch dann fiel mir ein, dass, solange ich denken konnte, es mein Wunsch gewesen war, mein wohlbehütetes Leben und diese langweilige Welt voller Frieden und Harmonie hinter mir zu lassen und in eine Welt voller Abenteuer und unbekannter Gefahren einzutauchen. Vielleicht bot sich mir ja hier und jetzt die Gelegenheit dazu. Ich musste einfach aufgeschlossener sein, mir mehr zutrauen. In diesem Augenblick erinnerte ich mich daran, wie mein Vater mir zu meinen siebten Geburtstag das Amulett meiner Mutter geschenkt und dabei gesagt hatte, dass dieses Amulett mich beschützen und mir Kraft geben wird, wenn ich Schutz und Stärke benötige. Jetzt war der Moment gekommen, dass ich diese Stärke brauchte. Also umfasste ich das Amulett, das an meiner Brust hing und fühlte seinen angenehme Wärme. Dann sprach ich laut aus, was ich mir wünschte:

„Spiegel, zeige mir den Weg fort von hier." Gleich darauf sah ich, wie mein Amulett begann zu leuchten und zu pulsieren. Der Lichtschein griff mit sanften Fingern nach dem dunklen Spiegel. Nun fing die Spiegelfläche an, erst sachte, dann immer stärker blau zu leuchten. Wurde schließlich durchlässig. Ich hatte es geschafft. Es war unglaublich. Davon hatte ich immer geträumt. Ich fasste erneut die Spiegelfläche an. Diesmal gab sie dem Druck meiner Finger nach. Zog sogar an ihnen. Wollte mich auf die andere Seite ziehen. Ich fühlte einen kalten Luftzug an meinen Fingerspitzen. Jetzt war der Augenblick gekommen. Abenteuer warteten auf mich. Ich gab dem Drängen ohne Gegenwehr nach. Glitt in den Spiegel. Aber gerade als ich vollkommen darin versank, dachte ich, dass es vielleicht doch ein Fehler gewesen war, das zu tun. Da war es allerdings schon zu spät. Ich spürte ein schrecklich schmerzhaftes Gefühl des Zerrissenwerdens. Dann fühlte ich nichts mehr.

# 3. Kapitel

Devius saß vor dem offenen Kamin im Wohnzimmer seines Hauses und beobachtete die züngelnden Flammen. Trotzdem der Kamin eine wohlige Wärme verbreitete, war ihm kalt. Er fühlte sich alt und ausgebrannt. War völlig in Gedanken versunken. Zwanzig Jahre waren seit der Befreiung des dunklen Reiches vergangen. Damals hatten Clarissa und er eine Welt des Lichts aus den Ruinen erstehen lassen. Eine Welt voller Frieden und Harmonie.

Doch nicht alle Menschen wollten in Frieden miteinander leben. Einige verließen bald das Reich, das Clarissa und Devius aufgebaut hatten, um ihr Glück auf andere Weise und an einem anderen Ort zu suchen. Sie reisten in den Norden Amerikas, wo sich eine Kolonie der dunklen Kleriker von der restlichen Welt des Lichts abgespalten hatte.

Aber auch die Welt des Lichts erwies sich als nicht dauerhaft stabil. Der Tod von Clarissa war ein furchtbarer Schlag für Devius gewesen. Die Ärzte hatten Clarissa geraten, nicht erneut schwanger zu werden, da ihr im Kampf gegen den dunklen Kristall schlimme innere Verletzungen beigebracht worden waren. Doch sie wünschte sich sosehr ein Kind, dass sie dieses Risiko eingehen wollte. Bis kurz vor der Geburt verlief auch alles problemlos. Doch als ihre Tochter Sina das Licht der Welt erblickte, rissen die alten Wunden seiner Frau wieder auf und ließen sie innerlich verbluten. Durch dieses furchtbare Ereignis verlor Devius nach und nach einen Großteil seiner Kraft und Agilität. Irgendwann war er nicht mehr in der Lage die Regierungsgeschäfte zu so führen, wie er es eigentlich tun sollte. Er überließ es immer mehr seinen politischen Vertrauten, wichtige Entscheidungen zu treffen. Aber nicht alle aus seinem engsten Kreis waren wirklich das Vertrauen wert, das er ihnen schenkte. So konnte sich die dunkle Saat des Neides und der Missgunst fast unbemerkt erneut ausbreiten und damit auch die Gefahr, dass die Finsternis ein weiteres Mal in der Welt des Lichts Fuß fasste.

Als damals die dunklen Göttinnen begannen, die Macht über die Welt des Lichts zu erlangen, und die gesamte Erde im Chaos darniederlag, stand die Zivilisation kurz vor ihrem Untergang. Die meisten Kommunikationswege waren zerstört. Ebenso wie viele der vorhandenen Anlagen zur Energiegewinnung. Es drohte ein Rückfall in das entbehrungsreiche und grausame Mittelalter.

Nur der Unterstützung und dem Ideenreichtum von Clarissa und Devius und ihren Künsten der weißen Magie war es zu verdanken, dass die Menschen lernten, Kristalle als Energiespeicher nutzbar zu machen und die Sonne als unerschöpfliche Energiequelle auszunutzen. Innerhalb von wenigen Monaten wurde die Menschheit unabhängig von fossilen Brennstoffen und der Atomkraft. Jedes Haus und jedes Fahrzeug wurde nach und nach mit einem kristallinen Energiespeicher ausgestattet, der die Kraft der Sonne nutzte, um Wärme und Kraft zu erzeugen. Jeder Mensch besaß irgendwann einen Kristall, über den er mit anderen Menschen kommunizieren konnte. Das Internet, das in den Wirren des Kampfes gegen die Dunkelheit fast völlig zerstört wurde, konnte mit Hilfe kristalliner Netze und der unglaublichen Speicherkapazitäten der Kristalle in einer nie gekannten Stärke und Größe wieder aufgebaut werden. Die Menschen besaßen bald so viel Komfort und Luxus wie niemals zuvor in der Menschheitsgeschichte. Es gab keine Reichen und keine Armen mehr. Es gab keine hinreichenden Gründe mehr, um Kriege zu führen oder um irgendwelche Ressourcen zu kämpfen. Alles stand allen kostenfrei zur Verfügung. Jeder konnte so leben wie er es wünschte, so viel oder so wenig arbeiten wie er wollte. Fast ein Paradies.

Seitdem war viel Zeit vergangen. Alles geriet irgendwann in Vergessenheit. Insbesondere die schlechten Dinge, die passiert waren. Wer erinnerte sich schon gerne daran? Die jungen Leute nahmen die Errungenschaften der Generation davor als selbstverständlich hin und vergaßen dabei, welche Gefahren im Hier und Jetzt lauerten. Das gute Leben machte einen träge. Die Aufmerksamkeit ließ zunehmend nach. Die Dunkelheit war vertrieben worden. Was sollte denn da noch passieren? Es stimmte. Sie war vertrieben worden. Aber niemals endgültig vernichtet. Das wurde Devius in diesen Moment bewusst.

Er fühlte sich einsam und verloren. Wenn die Dunkelheit wirklich wieder erstarken würde, was sollte er ihr entgegensetzen? Wer würde ihm dabei helfen, gegen sie zu kämpfen? Durch Clarissas Tod hatte er so viel seiner Kraft eingebüßt, dass es für ihn äußerst beängstigend war. Zunächst hatte er das gar nicht bemerkt. Es kam schleichend wie ein Raubtier in der Nacht. Doch jetzt fühlte er es ganz deutlich. Er musste sich jeden Morgen zwingen aufzustehen und saß dann oft da und tat einfach nichts. Konnte in diesen Momenten nichts anderes tun. Außerdem waren vor kurzem auch noch diese furchtbaren Bauchschmerzen dazugekommen. Regelmäßig mittags begannen die Krämpfe und hörten lange nicht auf. Eigentlich sollte er deswegen zum Arzt gehen, aber auch dazu hatte er keine Kraft. Vielleicht war es die Angst. Die Angst davor, dass etwas Böses in ihm steckte.

Schließlich noch das Verhältnis zu seiner Tochter. Irgendwie hatte sie sich in letzter Zeit immer mehr von ihm entfernt. Wollte nicht mehr mit ihm reden. War sehr abweisend. Ob das allein an der Pubertät lag? Er liebte sie so sehr. Wollte sie nicht auch noch verlieren. Er konnte sich noch genau daran erinnern, wie ihm Clarissa im Augenblick ihres Todes große Verantwortung für Sina übertragen hatte:

„Es tut mir sehr leid, dass ich Dich mit er Erziehung unserer Tochter allein lassen muss, aber ich weiß, Du wirst sie in unser beider Sinne erziehen und vor der Dunkelheit zu schützen wissen. Lebe wohl, mein Geliebter." Diese Verpflichtung lastete bis zum heutigen Tag sehr schwer auf ihm. Auch seine Amtsgeschäfte machten ihm zu schaffen. Er trug so viel Verantwortung, dass sie ihn zu erdrücken drohte. Und das hing nicht allein mit seinem Alter zusammen. Das alles erinnerte ihn an die Zeit bevor er Clarissa kennengelernt hatte. Als die herannahende Dunkelheit sich in seinen Träumen angekündigt hatte. War es erneut soweit? Spürte er, dass wieder Gefahr durch sie drohte? Er wusste es nicht. Aber er musste mit allem rechnen.

# 4. Kapitel

Die Herrscherin der Dunkelheit genoss den Flug über den Atlantik. War fasziniert von der ausgefeilten Technik des Flugzeuges, das sich mit Hilfe der Energiegewinnung durch Kristalle und der Ausnutzung von warmen und kalten Luftströmungen, annähernd lautlos, aber doch mit hoher Geschwindigkeit, in Richtung ihres Zieles fortbewegte. Fast machte sich ein wenig Bewunderung in ihr breit, was die Menschen in den letzten Jahrzehnten aus ihrer Welt gemacht hatten. Aber dieses Gefühl hielt nur kurz an. Wurde von ihr barsch zur Seite gewischt, sobald sie es bemerkte. Sie hatte doch nicht etwa vor, dieser minderwertigen Gattung irgendwelche positiven Gefühle entgegenzubringen, oder? Scheinbar lebte sie schon zu lange unter ihnen. Das tat ihr in der Tat nicht gut.

Sie nahm sich zusammen und konzentrierte sich wieder auf ihr Ziel. Wie lange hatte sie auf diesen Moment gewartet? Bald würde sie ihrem schlimmsten Feind gegenüberstehen und nur wenig später ihn grausam sterben sehen. Hatte sie erst seine Stelle eingenommen, würde sie nichts und niemand mehr aufhalten können. Sie fieberte diesem Augenblick entgegen. Endlich erneut eine ihrer Macht entsprechende Position einnehmen zu können. Aber sie würde behutsam vorgehen müssen. Vermeiden, dass er misstrauisch wurde. In nicht allzu ferner Zukunft würde er ihr dann aus der Hand fressen. Extra für ihn hatte sie eine Gestalt angenommen, die seiner geliebten Clarissa ähnlich sah. Ihr wohlproportionierter Körper würde ihm den Atem rauben und ihn hinfließen lassen, wie eine kleine schleimige Qualle. Er hielt sie für die Halbschwester von Clarissa, die ihr ganzes Leben in Amerika verbracht und erst über die Berichterstattung anlässlich des Sieges über die Dunkelheit von ihrer Schwester erfahren hatte. Da es nicht so einfach war aus dem Gebiet der dunklen Kleriker auszureisen, war es ihr erst jetzt gelungen, nach Europa zu kommen.

Devius war schon immer ein wenig leichtgläubig gewesen. Auch zeigte er besonders dem weiblichen Geschlecht gegenüber eine große Schwäche, die sie ausnutzen würde. Somit saß er eigentlich schon in der Falle.

Als sie jetzt aus dem Fenster blickte, sah sie den Frankfurter Flughafen unter sich auftauchen. Nur noch wenige Augenblicke und das Flugzeug würde in Landeanflug übergehen. Sie fragte sich, ob sich hier so viel verändert hatte, wie die neue Technik der Flugzeuge vermuten ließ. Bastian würde sie vom Flughafen abholen. Er war einer der engsten Vertrauten von Devius und hatte ihn schon auf ihr Eintreffen vorbereitet. Devius war so großherzig gewesen und hatte ihr angeboten, während ihres Aufenthaltes ein Gästezimmer in seinem Haus zu bewohnen. Natürlich hatte sie dieses Angebot liebend gerne angenommen. Keiner ahnte, dass Bastian schon eine ganze Zeit zu ihrer dunklen Gefolgschaft gehörte. Die Aussicht auf Macht und Ruhm hatte ihn korrumpiert. Er wollte nicht immer nur in der zweiten Reihe hinter Devius stehen. Es amüsierte Nyx immer wieder, wie leicht die Menschen in ihrer Gier nach Macht und Anerkennung zu manipulieren waren. Selbst wenn es ihnen gut ging, wollten sie immer mehr. Bis sie schließlich daran erstickten. Aber das war ja ganz in ihrem Sinne. Ohne die dunklen Sehnsüchte der Menschen wäre sie niemals so weit gekommen, wie sie es inzwischen war.

Als sie durch das Gateway lief, konnte sie Bastian schon von weitem sehen. Er war ein gutaussehender schwarzhaariger Mann mittleren Alters. Er lächelte sein perfektes Lächeln, als er sie näher kommen sah. Sie lächelte voller Freundlichkeit zurück. Im Innersten musste sie sich jedoch eingestehen, dass sie ihn nicht mochte. Er war ihr zu glatt. Zu perfekt. Ohne Reibungspunkte. Sie war sich sicher, dass er, wenn sich für ihn eine Gelegenheit ergab oder er sich dadurch Vorteile versprach, auch sie hintergehen würde. Zurzeit brauchte sie ihn allerdings noch. Ohne ihn wäre es ihr kaum in dieser kurzen Zeit gelungen, in die Nähe von Devius zu gelangen. Als sie bei im eintraf neigte er seinen Kopf und küsste ihre Hand zur Begrüßung.

„Herrin, ich stehe Dir zu Diensten."

„Gut, dann kümmere Dich um mein Gepäck." Bastian nickte unterwürfig und holte das Gepäck. Danach führte er sie zu seinem Auto. Auch die Autos der neuen Generation fuhren dank des kristallinen Antriebs fast geräuschlos und waren mit allerlei technischen Schnickschnack ausgestattet. Und sie fuhren schnell. So schnell, dass sie in kurzer Zeit vor Devius Haus vorfuhren. Bastian begleitete sie noch zur Eingangstür und half ihr mit ihrem Gepäck. Mit hineinkommen wollte er allerdings nicht mehr. Das Haus befand sich in der Künstlerkolonie Rosenhöhe in Darmstadt und war liebevoll restauriert worden. Devius hatte es zusammen mit Clarissa gekauft, um dort genug Platz zu haben, um an seinen Grafiken und Bildern arbeiten zu können.

In dem Moment als Devius ihr die Tür öffnete und sie mit einem offenen Lächeln hineinbat, fühlte Nyx einen leichten Schwindel von ihr Besitz ergreifen.

„Herzlich willkommen in meiner bescheidenen Behausung. Fühle Dich hier ganz wie zu Hause." Das war der Mann, den sie aus tiefsten Herzen hassen sollte und den sie ins Unglück stürzen wollte. Devius strahlte so viel Herzlichkeit und Offenheit aus, dass ihr das fast unmöglich erschien.

Er war sichtlich älter geworden, aber auch reifer. Hatte nichts mehr mit dem Jungen zu tun, der sie aus dem dunklen Reich vertrieben und ihr so viel Leid zugefügt hatte. Sie sah viel Kummer in seinen Augen, aber auch den Willen zu überleben. Wenn sie genau hinschaute, spiegelte sich sogar eine Art Weisheit auf seinem Gesicht wider. Seine Haare waren fast vollkommen grau geworden und mit nur noch wenigen schwarzen Strähnen durchzogen. Doch trotz der vorhandenen Kraft, hielt er sich ein wenig gebeugt, so als ob das Schicksal ihn schon viel abverlangt hatte. Jetzt konnte sie verstehen, dass ihre Tochter Eris vor langer Zeit so großes Gefallen an ihm gefunden und sich von der Dunkelheit abgewandt hatte.

Was ging nur mit ihr vor? Gerade wurde sich die dunkle Göttin bewusst, in welche verhängnisvolle Falle sie sich beinahe begeben hätte. Das konnte doch nicht wahr sein. Es wurde Zeit, dass sie ihre überflüssigen menschlichen Gefühle ablegte und wieder vernünftig wurde. Weder ihr Verständnis noch ihr Mitgefühl für ihn, waren zielführend. Sie war hierher gereist, um ihn sterben zu sehen und nicht, um irgendeine Form von Zuneigung zu ihm zu entwickeln. Das sollte sie sich immer vor Augen halten. Noch nie hatten ihr irgendwelche menschliche Wesen etwas bedeutet, warum sollte sich das gerade jetzt ändern. Sie musste sich auf ihre anstehenden Aufgaben und ihre nächsten Ziele konzentrieren. Dazu war Devius nur Mittel zum Zweck. So wie es Menschen schon immer für sie waren.

Sie setzte ihr schönstes Lächeln auf. Blickte ihm offen in die Augen und sagte:

„Es freut mich, endlich Deine Bekanntschaft zu machen, Devius. Selbst unter den dunklen Klerikern wird Dein Name mit einem respektvollen Unterton ausgesprochen.

Und auch in den abgelegensten Teilen von Nordamerika ist den Menschen bekannt, dass Dank Dir die Welt seit zwanzig Jahren in Frieden lebt."

„Ernsthaft? Das liegt aber nicht unbedingt im Interesse der dunklen Kleriker, wie ich gehört habe."

„Das ist wahr und einer der Gründe, warum ich nach Europa gereist bin."

„Was sind Deine anderen Gründe?"

„Da ich bedauerlicherweise nie die Gelegenheit hatte, Clarissa persönlich kennenzulernen, würde ich mich sehr freuen, wenn Du mir ein wenig von ihr und ihrem Leben erzählen könntest."

„Bastian hatte so etwas angesprochen. Du bist die Halbschwester von Clarissa? Komisch, dass sie Dich nie erwähnt hatte."

„Sie wusste wahrscheinlich selbst nicht, dass ich existierte. Wenn meine Mutter mir nicht nach ihrem Tod einen Brief hinterlassen hätte, in dem sie mir die Wahrheit über meinen Vater schrieb, hätte auch ich niemals davon erfahren. Ich dachte immer, dass mein Vater im Krieg gefallen war. Nicht, dass er hier in Deutschland mit seiner Familie lebte."

„Nun gut. Das können wir ja bei passender Gelegenheit nochmal besprechen. Ich zeige Dir erst einmal Dein Zimmer. Wahrscheinlich willst Du Dich nach dem Flug etwas ausruhen. Falls Du Lust hast, können wir ja heute Abend zusammen etwas kochen. Ich habe mir frei genommen."

„Ja, gerne." Devius führte Nyx nun in den ersten Stock seines Hauses, wo das Gästezimmer für sie hergerichtet war. Nachdem er aus der Tür getreten und sie wieder allein war, verzog sich ihr Gesicht vor Ärger. Das war nun wirklich kein gelungener Anfang für den Aufbau einer engen und vertrauensvollen Beziehung zu Devius gewesen. Außerdem zeigte er doch mehr Misstrauen, als sie befürchtet hatte. Sie würde sich mehr Mühe geben müssen. Obwohl sie jetzt schon eine gewisse Zeit unter den Menschen lebte, fiel es ihr immer noch sehr schwer ihre herrschaftliche und herablassende Art unter einem Deckmantel von Freundlichkeit zu verbergen. Doch heute Abend würde sie sicherlich Gelegenheit finden, ihm ein wenig näher zu kommen. Da war sie sich sicher.

# 5. Kapitel

Es tat so weh. Ich hatte so furchtbare Schmerzen. Konnte meinen Körper vor Schmerzen kaum noch fühlen, mich nicht bewegen. In diesem Moment blieb mir nichts anderes mehr übrig, als meinen Schmerz laut herauszuschreien. Was hatte ich bloß getan? Ich hätte vernünftiger sein sollen. Immer wollte ich meinen Kopf durchsetzen. Das hatte ich nun davon. Wollte es scheinbar nicht anders. Ich konnte mich nicht mehr auf den Beinen halten. Fiel zu Boden.

Doch plötzlich veränderte sich etwas. Die Schmerzen ließen nach. Wurden erträglich. Hörten fast ganz auf. Ich fühlte einen kühlen Luftzug, nicht mehr nur Schmerzen. Konnte mich wieder bewegen, die Augen öffnen. Ich war hindurch. Es hatte geklappt. Der Spiegel hatte mich fort von zu Hause gebracht. Ich spürte es. Der Schmerz war vergessen. Ich war glücklich. Freute mich auf die kommenden Abenteuer.

Ich versuchte aufzustehen. War noch sehr wackelig. Dann hörte ich eine Stimme hinter mir:

„Brauchst Du Hilfe, junge Frau? Warte ich helfe Dir." Ich spürte wie mir jemand von hinten unter die Arme griff. Mich hochhob, bis ich selbst stehen konnte. Ich schaute mich um. Bekam einen Schreck. Vor mir stand ein Wesen, halb Mensch und halb Wolf. Grinste mich mit riesigen Fangzähnen an. Dabei lief ihm der Geifer aus dem Maul, als ob er mich gleich fressen würde. Ich versuchte auch zu lächeln. Es war nur ein kläglicher Versuch. Aber das reichte ihm. Schien für ihn eine Aufforderung zu sein. Sein Blick fiel auf meine Brüste, wurde lüstern und gierig.

„Noch nie kam eine so hübsche Frau wie Du aus dem Spiegel. Immer nur der alte Mann." Dann schon fast keuchend:

„Du gefällst mir. Sogar sehr." Im gleichen Moment kam er immer näher und versuchte meine Brüste zu berühren. Ich wich voller Ekel zurück. Als er das bemerkte, wurde sein Blick dunkel. Sein Grinsen verschwand. Er drängte mich gegen die Wand. Rieb seinen Unterleib an mir. Ich hatte furchtbare Angst, vor dem, was gleich passieren würde. Ich spürte das harte Etwas zwischen seinen Beinen. Ich schrie ihm ins Gesicht:

„Lass mich los, ich möchte jetzt gehen!"

„Das glaube ich Dir nicht. Es wird Dir gefallen. Bisher hat es allen Frauen gefallen. Sie haben immer vor Vergnügen geschrien." Ich boxte ihm mit aller Kraft gegen seine Brust. Versuchte mich von ihm zu befreien. Er hielt meine Hände fest. Drängte mich noch weiter gegen die Wand. Ich schwitzte, mein Atem ging stoßweise. Was konnte ich tun? Er versuchte mich zu küssen, seine lange Zunge in meinen Mund zu stecken. Mir wurde schlecht. Gleich musste ich kotzen. Dann hob ich fast automatisch mein Knie, stieß es in seinen Unterleib. Das hatte die erwünschte Wirkung. Er fing laut an zu jaulen und ließ mich los. Ich stieß ihn von mir weg und lief los.

Rannte so schnell wie noch nie in meinem Leben. Rannte durch die Tür ins Freie. Ich hörte ihn schreien. Er folgte mir. Ich sah einen nahen Fluss. Das war mein Ziel. Rannte noch schneller. Bekam kaum noch Luft. Der Atem brannte in meinen Lungen. Er war noch da. Ich hörte ihn hinter mir keuchen. Er holte auf. War nicht mehr weit entfernt. Jetzt sah ich ein blaues Leuchten. Kurz vor mir. Es rief mich. Lockte mich. Ein Feld voller wunderbarer blauer Orchideen. Genau solche Orchideen, wie ich eine davon bei uns im Keller gefunden hatte. Dort würde ich sicher sein. Sie würden sich um mich sorgen.

Ich betrat das Feld. Ging in seine Mitte. Augenblicklich hatte ich keine Angst mehr, fühlte ich mich glücklich und zufrieden. Vergessen war die Gefahr. Hier war ich gut aufgehoben. Wie durch Nebel nahm ich wahr, dass der Fremde mir immer noch folgte. Versuchte mich zu erreichen. Er hatte das Feld mit den Blumen erreicht. Dann erstarrte er aber in seiner Bewegung. Sein Gesicht nahm einen verträumten Ausdruck an. Er schloss die Augen. Ich tat es ihm gleich. Spürte, dass irgendetwas über meinen Fuß strich. Langsam und behutsam mein Bein hinaufglitt. Bekam kurz Bedenken. Doch dann sagte eine Stimme zu mir, dass ich hier in Sicherheit war. Mir keine Gedanken machen musste. Die Blumen umhegten mich. Hielten mich geborgen wie im Mutterschoß. Ich glitt zu Boden. Schlief ein.

Irgendwann wachte ich auf. Wusste nicht, wie viel Zeit vergangen war. Spürte, dass ich mich in Gefahr befand. Bekam kaum noch Luft. Etwas schnürte mir den Hals zu. Umgab meinen ganzen Körper. Hatte der Wolf mich doch noch erwischt? Ich konnte mich nicht bewegen. Was war hier los? Ich öffnete die Augen. Was ich sah, war kaum zu glauben. Die Pflanzen hatten mich von Kopf bis Fuß mit einem Kokon aus Pflanzenfasern eingehüllt. Aber nicht zu meinem Schutz, sondern um mich zu töten. Ich versuchte, mich zu befreien. Doch die Fasern waren zu eng. Ich konnte kaum einen Finger rühren. Verdammter Mist. Das durfte doch einfach nicht wahr sein. Ich fühlte, wie mir schwarz vor Augen wurde. Ich wollte nicht sterben. Zwang mich die Augen offen zu halten. Dachte intensiv nach. Endlich hatte ich eine Idee.

„Orchideen, gebt mich frei und lasst mich meinen Weg gehen." sagte ich mit leiser, aber fester Stimme. Wie schon vor dem dunklen Spiegel, ging in dem Moment ein Leuchten von meinem Amulett aus und erfasste die Pflanzenschlingen, die mich bewegungsunfähig gemacht hatten. Und mit einem kaum zu vernehmenden Seufzen ließen sie mich wirklich nach und nach los. Bald war ich wieder vollkommen frei. Atmete voller Gier die klare Luft ein. Nun war es Zeit, möglichst schnell von hier zu verschwinden.

Ich stand langsam auf. Stolperte los. War noch ziemlich schwach auf den Beinen. Dann kam ich an ihm vorbei. Auch war war von den Orchideen überwältigt worden. Erkannte fast nicht, dass er es war. So hätte ich auch enden können. Der Wolfsmensch war tot. War von den Pflanzen umhüllt und getötet worden. Sah furchtbar aus. Sie hatten ihn mit einer Säure benetzt, die ihn in seine Bestandteile auflöste, um ihn dann als Nahrung aufnehmen zu können. Mir wurde schlecht. Ich konnte nicht anders, musste mich übergeben. Ich versuchte mich zusammenzureißen. Beruhigte mich zögernd wieder. Jetzt aber nichts wie weg von hier. Lief einen kleinen Pfad entlang. Wo wollte ich eigentlich hin? War ich sicher, dass ich hier bleiben wollte? Warum war ich so dumm gewesen, überhaupt hierher zu kommen? Plötzlich hörte ich eine Stimme:

„Junge Frau, hast Du Dich verirrt? Kann ich Dir helfen?" Nein, nicht schon wieder. Ich drehte mich herum, bereit, um mein Leben zu kämpfen. Vor mir stand ein alter drahtiger Mann mit einer Harke über den Schultern und lächelte mich freundlich an. Mein Gefühl sagte mir, dass er mit mir nichts Böses im Sinne hatte. Ich hoffte, dass das stimmte. Atmete auf.

„Das wäre sehr nett von Ihnen. Ich würde gerne wissen, wo ich hier bin."

„Bist Du durch den Spiegel hierhergekommen?"

„Ja, das bin ich."

„Dann bist Du sicherlich auch Agnus begegnet. Er ist etwas einfältig, aber ansonsten ganz verträglich." Ich zögerte, ihm darauf eine Antwort zu geben. Als verträglich war mir der Wolfsmensch nicht gerade erschienen.

„Ja, ich bin jemanden begegnet, aber er war nicht besonders freundlich zu mir. Gibt es denn hier in der Nähe eine Stadt oder so etwas?"

„Wenn Du dem Fluss folgst, kommst Du zum Dorf der Erinnerung, aber der Weg dorthin ist nicht ohne Gefahren. Ich würde Dir raten, nicht alleine dahin zu reisen. Lange Jahre war das dunkle Reich eine friedliche Welt, aber seit ein paar Jahren tauchen hier immer mehr dunkle Strauchdiebe auf, die nicht besonders zimperlich mit ihren Opfern umgehen." Als ob er mich nun zum ersten Mal richtig erblickte, schaute der alte Mann mich nun ganz eigenartig an. Dann sagte er:

„Dein Gesicht kommt mir seltsam bekannt vor. Du erinnerst mich an meine Enkelin, die mich hier vor vielen Jahren besucht hat. Sagt Dir der Name Clarissa Mandel etwas?"

„Das ist meine Mutter. Sie ist bei meiner Geburt gestorben."

„Was, das ist ja schrecklich. Es macht mich sehr traurig, das zu hören. Wie alt bist Du?"

„Ich bin siebzehn."

„Siebzehn Jahre ist sie schon tot und ich alter Knochen lebe immer noch. Wie seltsam. Das muss der Einfluss der Nachtfalterorchideen sein." Er überlegte kurz und fuhr fort:

„Dann bist Du ja meine Urenkelin. Ich bin Richard Mandel. Herzlich willkommen im dunklen Reich.", sagte er und reichte mir seine Hand. Ich begegnete hier meinem Urgroßvater. Wie schräg war das denn? Aber er schien ein netter Mensch zu sein. Lud mich in sein Haus ein, das nicht sehr weit entfernt war. Wie sich bald herausstellte, hatte mein Urgroßvater ein großes Redebedürfnis. Er bekam wohl nur selten Besuch. Da er im dunklen Reich seit langer Zeit als Gärtner tätig war, fing er zunächst an, mir bei einer Tasse Tee über die Flora des dunklen Reiches vorzuschwärmen:

„Obwohl im dunklen Reich keine Sonne scheint, haben sich doch im Laufe der Evolution hier zahlreiche besondere Pflanzen angesiedelt. Die wohl eindrucksvollsten davon sind die Nachtfalterorchideen und die Bäume des Blutes.

Die Nachtfalterorchideen wachsen sehr häufig in den Auen des Flusses des Vergessens. Sie sind eine wunderschöne dunkelblaue Orchideenart, die, sobald man in ihre Nähe kommt, ein überirdisches blaues Leuchten von sich geben. Dieses Leuchten wirkt wie eine Droge und führt zu einem nie gekannten Hochgefühl bei dem Betrachter. Falls man sich zu sehr von diesem Leuchten fesseln lässt, kann es passieren, dass diese Pflanzen einen mit im Boden verborgenen Pflanzenschlingen zu Fall bringen, umschlingen und durch Besprühen mit einem Enzym in einen verdaubaren Nahrungsbrei umwandeln."

„Mit den Nachtfalterorchideen habe ich während meiner kurzen Zeit hier schon meine Erfahrungen machen müssen." Richard Mandel nickte nur kurz, ohne auf den Einwand einzugehen. Dann fuhr er mit seinem Redefluss fort:

„Während die Nachtfalterorchideen eher auf visuelle Reize setzen, um an Nahrung zu gelangen, sind die Bäume des Blutes in der Lage, einen betörenden, ja schon fast sirenenhaften Gesang von sich zu geben. Durch diesen Gesang vergessen die Wesen, die diesen hören, alles andere und denken nur noch daran, in die Nähe des Ursprungs dieses wunderschönen Gesangs zu gelangen. Dort werden die Angelockten dann von den Bäumen des Blutes mit spitz zulaufenden Ästen getötet und ihr Blut bis auf den letzten Tropfen ausgesaugt.

Wir haben allerdings gelernt mit den Gefahren umzugehen, die von diesen Pflanzen ausgehen, und nutzen deren Bestandteile zur Herstellung von Heiltinkturen, Tees, Kampfschildern, Fackeln und vielem mehr."

„Sehr beeindruckend zu hören. Mich interessiert aber auch, was für eine Rolle meine Eltern hier im dunklen Reich gespielt haben. Kannst Du mir davon etwas berichten?"

„Gut, dass Du das ansprichst. Das hätte ich beinahe vergessen zu erzählen.

Wie Du vielleicht schon weißt, existiert seit Anbeginn aller Zeiten neben Deiner Welt des Lichts das Reich der Dunkelheit. Verbunden sind diese beiden Welten durch die dunklen Spiegel. Das dunkle Reich wurde seit seinen Anfängen durch die drei dunklen Göttinnen beherrscht. Das waren Nyx, die Göttin der Nacht und Herrscherin der Dunkelheit, Eris, die Göttin der Zwietracht und des Streites, und Lethe, die Göttin des Vergessens. Im Laufe der Jahrhunderte gelang es den dunklen Göttinnen eine immer größer werdende Armee von Elitekämpfern, die auch dunkle Horde genannt wurde, zu rekrutieren.

Das lange während Gleichgewicht zwischen unseren beiden Welten war dadurch in Gefahr. Die dunklen Göttinnen waren sich ihrer großen Stärke bewusst und wollten die Welt des Lichts mit allen Mitteln unterjochen. Nur einem

Menschen aus der Welt des Lichts konnte es laut dem Buch der dunklen Wahrheiten gelingen, die Welten wieder in Einklang zu bringen und das Gleichgewicht erneut herzustellen. Und das war Dein Vater, Devius Melzer. Zusammen mit Deiner Mutter kämpfte er einen erbitterten Kampf gegen die dunklen Göttinnen und besiegte sie. Auch dank der Hilfe einiger dunkler Völker, die es satt hatten, durch die Göttinnen unterdrückt zu werden. Ja, das war eine wilde Zeit damals. Viele gute Freunde von mir sind seinerzeit in den Kämpfen gestorben. Aber Deine Eltern haben alles zum Guten gewendet. Ein Glück."

Von all dem hatte ich schon gehört. Aber ich dachte, dass das dunkle Reich eine Legende war. Mein Vater als Kämpfer gegen finstere Göttinnen. Das war für mich kaum zu glauben. So unbeholfen wie mein Vater sich immer anstellte. So etwas hätte ich ihm niemals zugetraut. Warum hatte er mir nie davon erzählt? Und die ganze Heimlichtuerei mit dem dunklen Spiegel. Da wird mein Vater mir nach meiner Rückkehr ein paar unangenehme Fragen beantworten müssen.

Ich befand mich also im dunklen Reich. Dem sagenumwobenen Land der magischen Wesen und dunklen Monstren. Der ideale Platz um Abenteuer zu erleben. Ich ließ mir von meinem Urgroßvater den Weg zum Dorf der Erinnerungen noch etwas genauer erklären und machte mich kurz danach auf den Weg dorthin.

Nachdem ich mich von Richard Mandel verabschiedet hatte, ging ich einen schmalen Pfad am Fluss des Vergessens entlang. Seine Warnung vor den Gefahren durch irgendwelche Wegelagerer hatte ich schlicht ignoriert. Ich dachte, es wäre das Geschwätz eines alten Mannes. Aber je mehr ich mich dem Dorf der Erinnerung näherte, desto unheimlicher wurde mir zumute. Mir fiel es schwer, die schöne Umgebung genießen, die mich umgab. Immer wieder hörte ich Geräusche, die ich nicht einordnen konnte und die mir seltsam bedrohlich vorkamen.

Schließlich kam ich zu dem Waldstück mit Bäumen des Blutes, vor denen mein Urgroßvater mich gewarnt hatte. Ich hatte mir aber schon vorsorglich die Kräuter, die er mir mitgegeben hatte, ins Ohr getan, so dass ich deren wunderschönen, aber auch sehr gefährlichen Gesang nicht hören konnte.

Das Problem dabei war, dass ich auch keine anderen Geräusche mehr wahrnehmen konnte und erst als ich mich per Zufall umblickte, bemerkte, dass mich drei dunkle Gestalten verfolgten, die offensichtlich nichts Gutes mit mir im Sinne hatten. Die drei Wesen passten mit ihren langen spitzen Zähnen und den leuchtend roten Augen eher in einen Horrorfilm als in mein bisheriges ruhiges und besinnliches Leben. Aber ich wollte ja unbedingt Abenteuer erleben. Das hatte ich nun davon. Ich diesem Moment bereute ich es außerordentlich, nicht auf meinen Urgroßvater gehört zu haben und fing an, vor Angst zitternd loszurennen. Das hielt diese Monstren aber nicht davon ab, mir immer näher zu kommen. Und je näher sie kamen, desto deutlicher sah ich wie furchterregend diese Wesen wirklich waren. Ich wusste nun, ich rannte erneut um mein Leben.

# 6. Kapitel

Devius hörte das Klingeln an der Haustür und fragte sich, ob es nicht ein Fehler gewesen war, diese fremde Frau zu sich einzuladen. Da Bastian ihn darum gebeten hatte, hatte er sich dazu verpflichtet gefühlt. Aber es war sicherlich nicht immer gut, solchen Bitten nachzukommen. Als er die Tür öffnete und sie sich ihm näherte, hatte er diesen Gedanken aber ganz schnell wieder verworfen. Stattdessen wurde er sich voller Intensität bewusst, wie attraktiv sie war und wie sehr sie Clarissa ähnelte. Durch ihre Ähnlichkeit wurde er allerdings auch daran erinnert, wie außerordentlich er Clarissa vermisste.

Aurelia war sehr hübsch, aber sie hatte zugleich auch etwas Dunkles und Verruchtes an sich. Er konnte nicht verhindern, dass das einen ausgesprochenen Reiz auf ihn ausübte. Außerdem schien auch sie von ihm angetan zu sein. Während sie am Abend gemeinsam das Gemüse und das Fleisch für das Essen zuschnitten, erzählte sie ihm von ihrer Zeit bei den dunklen Klerikern:

„Anfangs war es für mich ganz normal, unter den dunklen Klerikern zu leben, obwohl ich nicht alle ihre Ansichten teilte. Doch ihre Anschauungen wurden immer skurriler und menschenfeindlicher. Zum Schluss habe ich es dort kaum noch ausgehalten. Kürzlich ist dort durch finstere Intrigen und grausame Morde ein neuer Führer an die Macht gekommen, der sehr radikale Ansichten vertritt und sich selbst und seine Anhänger als die zukünftigen Herrscher der Welt sieht. All das Gute, was von Clarissa und Dir ins Leben gerufen worden ist, wird von ihm und seinen Gefolgsleuten als Verdammnis bringende Verweichlichung der Menschheit angesehen. Die Menschen müssen sich bekämpfen und bekriegen, um zu höchster Vollkommenheit zu gelangen. Es gibt keine Gleichheit unter den Menschen. Die einen sind zum Herrschen da, die anderen zum Dienen. So einfach ist das für ihn und seine Gefolgsleute."

„Das hört sich ja sehr bedenklich an. Gibt es denn dagegen unter den dunklen Klerikern keinen Widerstand?" Aurelia zögerte etwas, ehe sie ihm auf seine Frage antwortete.

„Nein, dazu ist deren Gesellschaft zu autoritär aufgebaut. Widerstand wird nicht toleriert." Und in dem Moment als sie ihm antwortete, fiel Devius ein kleines Zucken ihrer Augen auf. Verheimlichte sie ihm etwas? Falls ja, würde er das sicherlich noch herausfinden. Da war er sich sehr sicher.

Aurelia wiederum hörte Devius sehr interessiert zu, als er ihr von den Errungenschaften in der Welt des Lichts nach der Vertreibung der Dunkelheit berichtete:

„Als wir die Dunkelheit vertrieben hatten, mussten wir fast alles von Grund auf neu aufbauen. Inspiriert von den dunklen Zaubern hatte Clarissa damals die Idee, mit Hilfe weißer Magie, Kristalle als Speicher für die lebensspendende Energie der Sonne zu benutzen und damit alle denkbaren Arten von Fahrzeugen anzutreiben. Außerdem wurde es dadurch möglich, Gebäude zu heizen und mit Strom zu versorgen. Mit der Unterstützung einiger hochbegabter Ingenieure und meinem Organisationstalent konnte so innerhalb kurzer Zeit eine Alternative zu den herkömmlichen Arten der Energiegewinnung und der Fortbewegung entwickelt werden.

Auch das politische und soziale System wurde durch uns grundlegend verändert. Alle politischen Führer wurden vom Volk aus ihren eigenen Reihen gewählt, ebenso wie das Volk alle wichtigen Entscheidungen, die es betrafen, in entsprechende Abstimmungen selbst traf. Jeder hatte das Anrecht

auf ein angemessenes Einkommen, auf genügend Wohn-
raum und eine umfangreiche Gesundheitssorge. Keiner
musste arbeiten, aber jeder der es wollte, konnte es tun. Die
Menschen hatten genug Zeit, um sich künstlerisch oder
handwerklich betätigen zu können. Aber auch um anderen
Menschen zu helfen."

„Das klingt ja alles traumhaft. Fast wie ein Paradies."

„Ja, das hätte es sein können, wenn es nicht immer wieder Widerstände von außen dagegen gegeben hätte."

Beim Essen unterhielten sie sich dann über ihre Zu-
kunftswünsche und Träume und lachten dabei viel miteinander. Als sie schließlich beim fünften Glas Wein angelangt
waren und anfingen, tiefe Blicke auszutauschen, erhob sich
Aurelia überraschend und sagte, dass es Zeit für sie wäre, ins
Bett zu gehen. Während sie aufstand, berührte sie allerdings
wie zufällig das Bein von Devius und strich leicht darüber.
Das führte dazu, dass sich in Devius Unterleib sofort ein
warmes und angenehmes Gefühl ausbreitete. Aber ehe er
noch etwas sagen konnte, war sie schon mit schwingenden
Hüften die Treppe hinauf gegangen und in ihrem Zimmer
verschwunden.

Devius fragte sich in diesem Moment, ob er das Verhalten von Aurelia als Aufforderung verstehen sollte, ihr in ihr
Zimmer zu folgen. Doch als er nun ebenfalls aufstand, bemerkte er, dass ihm der Wein ziemlich zu Kopf gestiegen
war. Da er nicht oft Alkohol trank, war das durchaus ver-
ständlich. Daher entschied es sich, nun ebenfalls zu Bett zu
gehen, statt seinem Gast gegenüber einen plumpen Annähe-
rungsversuch zu machen. Vorher wollte er aber noch seiner
Tochter gute Nacht sagen. Auch wenn sich nicht mehr so
nahe standen wie früher, hatte er dieses Ritual seit ihrer

Kindheit beibehalten. Außerdem hatte er den Eindruck, dass sie es mochte, wenn er daran festhielt.

Da Aurelia und er im Esszimmer gesessen hatten, hatte er es nicht mitbekommen, wann Sina nach Hause gekommen war. Es konnte also durchaus sein, dass sie schon schlief. Daher öffnete er vorsichtig ihre Zimmertür. Ihr Zimmer war dunkel. Er schlich sich leise hinein. Dort wartete er einen Augenblick bis sich seine Augen an die Dunkelheit gewöhnt hatten. Dann ging er leise zu ihrem Bett und beugte sich hinunter. Plötzlich bemerkte er, dass das Bett leer war. Er machte das Licht an. Das Bett war so, wie sie es heute Morgen hinterlassen hatte. Wo steckte sie? Es war schon fast drei Uhr morgens. Das konnte doch nicht wahr sein. War sie einfach so abgehauen? Nein, das glaubte er nicht. Sie hatten keinen Streit gehabt. Weshalb sollte sie also weglaufen? Doch wo steckte sie?

Er versuchte sie telefonisch zu erreichen. Vergeblich. Dann entschloss er sich, das Haus zu durchsuchen. Vielleicht lag sie hier irgendwo, war unglücklich gefallen. In der Bibliothek im Keller fand er die Reste einer Nachtfalterorchidee, die er scheinbar nach seiner letzten Rückkehr aus dem dunklen Reich verloren hatte. Das gab ihm zu denken. Hatte Sina sie vielleicht gefunden und daraus die richtigen Schlüsse gezogen? Er öffnete voller Ungeduld die Geheimtür. Vor dem dunklen Spiegel lag ein Halstuch, das Sina gehörte. Sie hatte es wirklich getan. Sie war ins dunkle Reich gereist.

Was sollte er jetzt tun? Ihr einfach folgen? Das würde sie ihm wahrscheinlich niemals verzeihen. Nein, er musste darauf vertrauen, dass sie dort keinen Blödsinn anstellte oder in Gefahr geriet. Zur Sicherheit würde er aber Aetius, seinen Statthalter im dunklen Reich, darum bitten, nach ihr zu suchen und sie in seine Obhut zu nehmen. Mehr konnte er im Moment nicht tun. Also ging er in sein Zimmer und schickte seinem alten Freund eine Nachricht. Dazu benutzte er einen speziellen Spiegel, der mit Hilfe eines Kristalls die Nachricht aufnahm und an den Greif weiter sandte. Auch eine Entwicklung der Ingenieure der Welt des Lichts.

Als Devius nun todmüde ins Bett fiel, hoffte er darauf, dass es seiner Tochter gut ging. Ein guter und erholsamer Schlaf wollte sich bei ihm aber nicht einstellen. Er wälzte sich ständig von einer Seite auf die andere und konnte einfach nicht einschlafen. Als es ihm schließlich doch noch gelang, wurde er von Alpträumen gequält, die von ganz besonderer Güte waren, und dafür sorgten, dass er immer wieder schweißgebadet daraus erwachte.

Kurz nach Sonnenaufgang reichte es ihm dann und stand er auf. Er sah völlig übermüdet aus und war nur noch ein Schatten seiner selbst, als er sich nun in der Küche sein Frühstück bereitete. Das Verschwinden seiner Tochter machte Devius doch mehr Sorgen als er es sich anfangs eingestehen wollte. Außerdem hatte ihn Aetius noch nicht auf seine Nachricht geantwortet. Er hoffte, dass ihr im dunklen Reich nichts passieren würde. Vielleicht waren seine Befürchtungen richtig, dass sich schon länger ein Unheil angekündigt hatte, was nun eingetreten war. Aber dann versuchte er diese dunklen Gedanken zu verscheuchen. Es gelang ihm jedoch nicht ganz.

# 7. Kapitel

Die dunkle Göttin war bitterlich enttäuscht, dass ihr Devius nicht in ihr Zimmer gefolgt war, nachdem er ihr fast den ganzen Abend schmachtende Blicke zugeworfen hatte. Außerdem hatte sie deutlich gesehen, was sie durch die sachte Berührung seines Beins bei ihm ausgelöst hatte. Somit konnte sie sich seine Zurückhaltung überhaupt nicht erklären. Erst am nächsten Morgen, als sie ihn gramgebeugt in der Küche antraf und er ihr von dem Verschwinden seiner Tochter erzählte, bekam sie eine Ahnung davon, warum er ihren weiblichen Reizen in der letzten Nacht nicht erlegen war.

Aber das hatte auch einen Vorteil. Geschwächt durch seine Sorge, würde er umso schneller unter ihren Einfluss geraten und sich daraus nicht mehr befreien können. Daher sah sie die derzeitige Situation als durchaus vielversprechend an. Jetzt konnte sie beginnen, ihn nach ihren Vorstellungen zu formen. Schon entstand ein Plan in ihrem Kopf, wie sie seine momentane Lage zu ihren Zwecken ausnutzen konnte. Zunächst nahm sie zärtlich seine Hand in die ihre. Dann flüsterte sie ihm ins Ohr:

„Jahrelang hast Du Dich aufopferungsvoll um Deine Tochter gekümmert. Warst der beste Vater, den sich ein junges Mädchen wünschen konnte. Und jetzt dies. Schamlos hat sie Dich hintergangen. Ohne darüber nachzudenken, wie viel Kummer sie Dir dadurch bereitet, ist sie einfach verschwunden. Das hast Du nicht verdient."

„Ja, da hast Du recht. Das habe ich nicht verdient."

Nyx beherrschte die Kunst der dunklen Einflüsterung schon seit vielen Jahren und war immer wieder fasziniert, wie gut dieser finstere Sprachzauber bei willensschwachen

Menschen funktionierte. Devius war völlig gebannt von ihrer Stimme und glaubte ihr in diesem Moment alles, was sie ihm sagte. Würde sie diese Einflüsterungen noch ein paar Mal wiederholen, wäre das, was sie ihm sagte, irgendwann seine unumstößliche Wahrheit. So wurde nun die Angst um seine Tochter durch Zorn und Gleichgültigkeit ersetzt. Damit konnte er sich jetzt ganz darauf konzentrieren, für die dunkle Göttin da zu sein und ihr zu Diensten zu stehen.

Devius hatte heute eigentlich vor, an einer Versammlung der Räte teilzunehmen, in der das Verhältnis der Welt des Lichts zu den dunklen Klerikern diskutiert werden sollte. Obwohl das Thema ihm sehr am Herzen lag, ließ er sich von Nyx dazu überreden, diesen Termin ausfallen und sich von Bastian dort vertreten zu lassen. Die dunkle Göttin machte ihm deutlich, dass es jetzt für ihn wichtiger war, sich um sich selbst zu kümmern, anstatt um diese belanglosen politischen Themen. Damit konnte sie verhindern, dass Devius bemerkte, welche verderbenbringende Dinge sie zusammen mit dem Führer der dunklen Kleriker schon auf den Weg gebracht hatte. Alle Hinweise darauf, würden ihm zunächst verborgen bleiben. Zumindest bis es zu spät war. Das war ein Schritt genau in die richtige Richtung. Voller Genugtuung merkte die dunkle Göttin in diesem Moment, wie groß ihr Einfluss auf ihn schon war und wie wenig er ihr entgegenzusetzen hatte.

Jetzt war der Augenblick gekommen, ihn auch körperlich von ihr und ihren Reizen abhängig zu machen. Extra für ihn hatte sie heute das enganliegende schwarze Kleid angezogen, das den Blick auf ihre formvollendeten Beine freigab. Immer wieder bemerkte sie, wie die Blicke von Devius darüber glitten und sich daran nicht satt sehen konnten. Nachdem sie kokett mehrere Male hintereinander die Beine übereinandergeschlagen hatte, war sein Blick völlig gefesselt, fast schon hypnotisiert. Nun war es an der Zeit für den nächsten Schritt. Nyx fing an ihre Füße zu massieren und dabei leicht zu stöhnen. Dann blickte sie Devius voller Unschuld an und sagte:

„Ich weiß nicht, was mit ihnen los ist, aber meine Füße fühlen sich durch das viele Laufen gestern richtig verspannt an. Auch schmerzen sie ziemlich heftig. Würde es Dir etwas ausmachen, sie zu massieren?" In Devius Augen erschien ein freudiger Ausdruck angesichts dieses verlockenden Angebotes.

„Aber nein, das macht mir natürlich nichts aus. Das tue ich ausgesprochen gerne." Voller Zärtlichkeit hob er jetzt ihre Beine an und begann, die nylonbestrumpften Füße sanft zu massieren. Da sein Blick wie gebannt auf den Beinen von Nyx ruhte, sah er nicht, wie ein äußerst zufriedener Ausdruck auf ihrem Gesicht erschien, der sich nach und nach in ein triumphales Lächeln verwandelte. Wie zufällig ließ Nyx immer wieder einen ihrer Füße auf den Schoß von Devius gleiten und kurz darüber streichen. Das erwünschte Ergebnis ließ nicht lange auf sich warten. Nach kurzer Zeit wölbte sich seine Hose gut sichtbar aus und machte damit deutlich, wie erregt er dadurch wurde. Dann fragte sie ihn voller gespielter Unschuld:

„Wie gefallen Dir eigentlich meine Beine?", und rieb dabei leicht mit ihren Fingern darüber. Sie sah wie Devius schluckte und versuchte seine Erregung nicht all zu offen zu zeigen. Das war allerdings ein jämmerlicher Versuch. Dann sagte er leicht stotternd:

„Sie gefallen mir sehr gut. Sind sehr wohlproportioniert und muskulös.", und errötete daraufhin. Sehr zufrieden mit dem Ergebnis ihrer Bemühungen, machte sie nun den nächsten Vorstoß:

„Mein Nacken ist übrigens auch sehr verspannt. Könntest Du auch ihn ein wenig massieren."

„Aber klar." Auch das tat Devius voller Hingabe. Ohne es zu merken, war er dabei, immer mehr sich selbst zu verlieren. Wurde ein Spielball seiner Triebe. Gekonnt ließ nun Nyx den einen Träger ihres Kleides hinuntergleiten, sodass Devius neben ihren wohlgeformten Schultern auch die gewölbten Ansätze ihrer festen Brüste in Augenschein nehmen konnte. Wie zufällig streifte nun ihre Hand seinen Schoß und konnte sie spüren wie sich sein heißes Fleisch voller Verlangen gegen den Stoff presste. Binnen kurzem würde er bereit sein, alles für sie tun, damit er sich mit ihr vereinigen konnte.

Bei dem Gedanken stöhnte sie leicht auf und fühlte, wie sich in ihrem Schoß immer mehr Feuchtigkeit sammelte. Bald war auch sie soweit, ihn in sich aufzunehmen. Ohne dass sie etwas sagen musste, ging Devius nun dazu über, ihren Hals mit wollüstigen Küssen zu bedecken und sanft ihre Brüste zu streicheln. Da wusste sie, dass sie ihn nun so gut wie in ihrer Hand hatte. Im gleichen Moment breitete sich ein befriedigendes Lächeln auf ihrem Gesicht aus und spürte sie, wie ihre Gier nach ihm immer stärker wurde.

„Komm, lass uns in Dein Schlafzimmer gehen.", säuselte ihm nun leise in sein Ohr, während sie aufstand. Das ließ sich Devius nicht zweimal sagen. Voller Übermut hob er sie hoch und trug sie wie eine Braut in sein Schlafzimmer. Sie bedankte sich dafür mit einem aufgeregten Kichern.

Nachdem er sie dort wieder heruntergelassen hatte, stieß sie ihn in das Bett, in das er rückwärts fiel. Dann krabbelte sie langsam über ihn hinweg, während sie ihn Stück für

Stück entkleidete und sämtliche seiner Körperregionen mit ihren spitzen roten Fingernägeln zum Zucken brachte. Mit ihrem Gesicht bei seinem Gesicht angekommen, kamen ihre Lippen seinen immer näher und küsste sie ihn voller Begierde. Dann richtete sie sich auf und entkleidete sich langsam und lasziv. Devius konnte ab diesem Moment den Blick nicht von ihr lassen, was sie mit lüsternem Wohlwollen zur Kenntnis nahm.

Schließlich näherte sich ihre gierige feuchte Spalte seiner Männlichkeit, was diese nochmals wachsen ließ. Ganz langsam und behutsam nahm sie sie in sich auf. Wie ein unersättlicher Schlund umhüllte ihre Spalte seine Männlichkeit und schien daran wie ein hungriges Baby an der Mutterbrust zu saugen. Seine Pupillen erweiterten sich und sein Atem ging immer schneller.

Dann fing sie an ihren Unterleib kreisend zu bewegen und hielt die Arme von Devius gleichzeitig so fest, dass er ihr und ihren Liebkosungen hilflos ausgeliefert war. Er stöhnte laut auf und blickte ihr voller Begierde in ihre Augen. Immer schneller bewegte sie ihren Leib nun auf und ab. Spürte wie Devius schließlich erzitterte und sein Samen sich in sie ergoss. Aber das war ihr noch nicht genug. Sie wollte auch den letzten Tropfen aus ihm heraus saugen. Er schrie um Gnade, doch sie bewegte sich weiter. Spürte, dass seine Männlichkeit erneut hart wurde. Erhöhte nochmals die Geschwindigkeit. Fühlte wie die Lust sie vollkommen einnahm. Dann hörte sie seinen Schrei und hatte gleichzeitig mit ihm die höchste Vollendung erreicht. Sank erschöpft in seine Arme und ließ sich vom ihm dankbar liebkosen. Ab jetzt und für alle Tage gehörte er ihr. Er befand sich in ihrem Bann. Nichts würde ihn davor mehr retten. Nichts und niemand.

# 8. Kapitel

Meine Seite schmerzte. Ich schwitzte wie verrückt. Bekam kaum noch genug Luft. Das Schlimmste war aber, dass ich Angst hatte. Furchtbare Angst. Niemals hätte ich mir es vorstellen können, dass ich durch meine Abenteuerlust einmal in Lebensgefahr geraten würde. In den Geschichten, die ich las, war das immer so einfach. Irgendwann tauchte der Prinz auf, der die Prinzessin rettete. Ich hätte zu Hause bleiben sollen. Das war mir nun klar. Aber das half mir jetzt auch nicht weiter. Die drei monströsen Wesen kamen mir immer näher.

Plötzlich wusste ich, was zu tun war. Ich musste mich ihnen zum Kampf stellen. Meine Mutter hatte erfolgreich gegen ein ganzes Reich gekämpft. Da sollte es mir doch gelingen, diese drei Kreaturen zu besiegen. Ich blieb stehen. Drehte mich zu ihnen herum. Sie stutzen. Blieben ebenfalls stehen. Fixierten mich von oben bis unten. Ich war ganz ruhig. Atmete langsam aus und ein. Dann griff ich zu meinem Amulett. Wieder fing es an zu leuchten. Ich fühlte, wie meine Angst langsam weniger wurde, schließlich ganz verschwand. Meine Ruhe machte sie unsicher.

Eines der Wesen, eine großgewachsene Gestalt mit einen Glatzkopf und einem Mund voller spitzer Zähne, zischte den anderen beiden etwas zu. Vermutlich war er ihr Anführer. Er blieb dort stehen, wo er war. Die beiden anderen duckten sich und näherten sich mir aus zwei unterschiedlichen Richtungen. Fauchten dabei bedrohlich. Auf den Lippen des Anführers erschien ein unheilvolles Lächeln. Dann ein kurzer schriller Laut und seine beiden Schergen stürzten sich auf mich. Dabei sah ich bedrohlich wirkende Messer in ihren Händen aufblitzen.

Mit Mühe gelang es mir, dem ersten Stich auszuweichen. Der zweite traf mich am Arm. Scheiße, tat das weh. Ich versuchte, die Schmerzen nicht zu beachten. Es gelang mir nicht. Ich wurde wütend. Was in aller Welt wollten sie von mir? Ich hatte ihnen nichts getan. Ab diesem Augenblick war es für mich, als ob die Zeit in Zeitlupe verging. Auf irgendeine Art und Weise hatte meine Wut bei mir etwas ausgelöst. Es war mir nun möglich, erheblich schneller zu reagieren als diese dunklen Wesen. Ich duckte mich mühelos unter ihren Hieben weg. Konnte der einen Kreatur sogar sein Messer entwenden. Fühlte mich wie eine Superheldin. Schlug das andere Wesen nieder.

Doch dann fiel mich ihr Anführer von hinten an. Biss mir in meine Schulter. Ich schrie vor Schmerzen laut auf. Versuchte ihn abzuschütteln. Das klappte nicht. Er hing wie eine Klette an mir. Jetzt setzte mir auch noch die andere Kreatur zu. Aber sie war zu langsam. Ein gekonnter Schlag und sie lag am Boden. Nun war nur noch das Biest auf meinem Rücken übrig. Ich stach mit dem erbeuteten Messer zu. Hörte einen Schrei. Aber er ließ nicht los. Ich fing an, mich um meine eigene Achse zu drehen. Immer schneller und schneller. So schnell wie ich konnte. Dann gab er endlich auf. Musste mich loslassen und wurde auf den Boden geschleudert. Doch er war zäh. Stand gleich wieder auf und griff mich erneut an. Schnaubte wie ein wildes Tier. Mein Blut tropfte aus seinem Mund. Davon wollte er noch mehr. Das sah ich in seinen gierigen Augen. Er rannte auf mich zu. War trotzdem zu langsam für mich. Ich wich seinem Biss aus, versetzte ihm einen Handkantenschlag. Danach trat ich ihm in seinen Unterleib. Er krümmte sich vor Schmerzen. Ich holte mit beiden Händen aus und schlug ihn damit endgültig nieder.

Plötzlich hörte ich ein Händeklatschen. Ich fuhr voller Schrecken herum und sah einen Jungen, kaum älter als ich, der an einen Baumstumpf gelehnt stand und mir applaudierte. Dabei lächelte er mich strahlend an und sagte:

„Du hast Dich wacker geschlagen. War das Deine erste Begegnung mit den düsteren Wiedergängern?"

„Den was?"

„Von den toten auferstandene Kreaturen, die sich vom Blut anderer Wesen ernähren."

„Du meinst, das sind Vampire?"

„Ja, so werden sie auch genannt."

„Bisher bin ich noch keinem begegnet. Gibt hier viele davon?"

„Seit dem Niedergang der dunklen Horden nicht mehr, aber manchmal habe ich den Eindruck, es werden wieder mehr."

„Du bist aber hoffentlich keiner von ihnen?"

„Nein, das bin ich nicht. Ich bin hier, um Dich zu retten."

„Um mich zu retten?"

„Ja, bist Du denn nicht Sina?"

„Doch, die bin ich, aber ich verstehe Dich trotzdem nicht."

„Mein Vater hat mich hierher geschickt, um Dich sicher in das Dorf der Erinnerungen zu begleiten."

„Was hat Dein Vater mit mir zu tun und wer ist Dein Vater überhaupt?"

„Mein Vater ist Aetius der Greif, gewählter Herrscher des Volkes der lichterfüllten Wesen."

„Ich kenne Deinen Vater nicht, weshalb sollte er sich um mich sorgen sollen?"

„Weil ihn Dein Vater darum gebeten hat."

„Mein Vater hat ihn darum gebeten? Woher weiß mein Vater, dass ich hier bin? Verdammt, kann er mich denn noch nicht einmal hier in Ruhe lassen?"

„Dazu kann ich Dir leider nichts sagen. Wollen wir langsam aufbrechen? Die düsteren Wiedergänger werden wahrscheinlich bald wieder erwachen." In diesem Moment hatte ich meine ganzen Ängste vor den schrecklichen Wesen, die hier bewusstlos auf dem Boden lagen, und meine aufgekommene Reue, ins dunkle Reich gereist zu sein, vergessen. Ich war einfach nur wütend. Wütend auf meinen Vater, der jemanden beauftragt hatte, sich um mich kümmern, statt selber zu kommen, und der sich immer öfter in mein Leben einmischte. Aber andererseits hatte ich jetzt Gelegenheit einen interessanten jungen Mann näher kennenzulernen, der, wie ich eben sah, goldfarbene Augen hatte.

Aber es gab noch etwas anderes, was mich von meinem Zorn ablenkte. Als wir uns dem Dorf der Erinnerung näherten, war ich vollkommen hingerissen von seinem Anblick. Durch das Dorf floss ein blau schimmernder Fluss, an dessen Ufern Kinder spielten und Erwachsene an Feuern Essen frisch zubereiteten. Das Dorf war umgeben von gelb schimmernden Feldern mit einer Getreideart, die mich an großgewachsenen Roggen erinnerte. Die Felder bewegten sich leicht im Wind und schienen sanft zu singen. Als wir dem Ortsrand näher kamen, sah ich, dass auch das Dorf selbst vor Leben und Vielfalt sprühte. Alle Häuser waren sehr gepflegt und schimmerten in verschiedenen Gelbtönen. In den Gassen und auf den Plätzen war ein buntes Treiben. Fliegende Händler boten ihren Waren an. Gaukler zeigten Kunststücke. Das Leben schien hier auf den Straßen und nicht in den Häusern stattzufinden.

„Ist denn hier immer so viel los?" fragte ich meinen Begleiter voller Erstaunen.

„Ach, das ist noch gar nichts. Am Fest des Lichts kannst Du unser Dorf mal richtig voll erleben. An diesem Tag ist der Jahrestag der Befreiung von den dunklen Göttinnen und da wird hier richtig groß gefeiert."

„Es hat die dunklen Göttinnen also wirklich gegeben?", fragte ich nach.

„Ja, das ist sicher. Manche glauben sogar, dass sie gar nicht tot sind, sondern nur auf eine günstige Gelegenheit warten, wieder aus der Dunkelheit hervorzutreten und ihre Ansprüche auf das dunkle Reich erneut geltend zu machen."

Je weiter wir uns dem Ortskern näherten, desto mehr kam ich mir vor, als ob ich hier in einer Märchenwelt gelandet war. Kein Wesen sah wie das andere aus. Von vielen Kreaturen hatte ich in irgendwelchen Sagen gelesen, aber mir niemals erträumt, ihnen irgendwann leibhaftig zu begegnen. Da gab es Zentauren, Minotauren, Vampire, Zyklopen, Zwerge, Riesen, Baummenschen, Sirenen, Waldgeister, Harpyien und viele andere, für die erst ein Name erfunden werden musste.

Schließlich erreichten wir das Haus von Aetius, das direkt an einem Platz mit einem Brunnen lag, der leise vor sich hinplätscherte. Das Haus selbst war ein mächtiges Steinhaus, das ebenso wie alle anderen Häuser des Dorfes in einem freundlichen Gelbton gestrichen war. Als Serenus und ich in das Haus eintraten, wurden wir von Aetius schon ungeduldig erwartet. Serenus hatte mir auf den Weg in sein Dorf erzählt, dass er vor achtzehn Jahren als Sohn von Gratia und Aetius geboren worden war. In ihm also sowohl menschliches als auch das Blut eines Greifs floss. Sein Vater war vor vielen Jahren zum Oberhaupt des Volkes des dunklen Reiches gewählt worden und ein enger Freund von meinem Vater. Daher kam mein Vater regelmäßig in das dunkle Reich, um mit Aetius wichtige Dinge zu besprechen.

Aber jetzt gab es wohl ein dringendes Problem, das keinen Aufschub duldete. Das große Wesen das halb Löwe und halb Raubvogel war, begrüßte mich mit wenigen Worten:

„Es freut mich sehr, Dich wohlbehalten hier empfangen zu können, Sina, Tochter des Devius. Daher möchte ich Dich jetzt auch nicht zurechtweisen, wie leichtsinnig Dein Eindringen in das dunkle Reich war. Das wird Dein Vater aber sicherlich noch in genügender Form tun.

Außerdem steht eine dringende Angelegenheit zur Erledigung an, die keinen Aufschub duldet. Ich möchte Dich daher bitten, zusammen mit meinem Sohn zu den dunklen Kerkern zu reiten und dort nach dem Rechten zu sehen. Die dunklen Kerker wurden früher als Gefängnis genutzt, sind jetzt aber eine Krankenheilanstalt. Dort werden die Wesen des dunklen Reiches untergebracht, die in den Wirren des Kampfes gegen die dunklen Göttinnen durch die Dunkelheit zu tief berührt und dadurch wahnsinnig geworden sind. Eine Heilung gibt es in den meisten Fällen nicht, aber die Symptome können durch die Magie des Lichts gemildert werden.

In letzter Zeit kam es dort zu einer Häufung von Selbstmorden und die Leitung der Anstalt hat mich um Unterstützung gebeten. Daher wird es Euer beider Aufgabe sein, die gefährdeten Patienten zu befragen, um vielleicht Hinweise auf die Ursache zu finden. Zu diesem Zweck könnt Ihr Euch zwei Reitechsen aus den Stallungen des Dorfs holen und zu den dunklen Kerkern reiten."

Das hörte sich doch gar nicht schlecht an. Endlich etwas, das sich wie ein richtiges Abenteuer anfühlte. Ich war Feuer und Flamme.

# 9. Kapitel

Devius fühlte sich wie im Rausch und war außerordentlich glücklich. Er hatte sich verliebt. Gleichzeitig fühlte er sich aber auch eigenartig benebelt. Kaum dachte er einen Gedanken, schon war er ihm auch schon wieder entglitten. Eigentlich wusste er nur noch eines. Er hatte die wunderbarste Frau der Welt kennengelernt und wollte auf ewig mit ihr zusammen bleiben. Aurelia hatte wirklich alles, was sich Devius von einer Frau wünschte. Sie war äußerst intelligent, sehr einfühlsam und außerdem überaus attraktiv. Er hätte niemals gedacht, dass er nach Clarissa jemals wieder so eine hinreißende Frau treffen würde. Aber es war tatsächlich geschehen.

Es kam ihm kein bisschen seltsam vor, wie schnell er sich in sie verliebt hatte und dass er von einem Moment auf den anderen alles tat, was sie von ihm verlangte. Auch nicht, wenn es etwas abstruse Wünsche waren, die er erfüllen sollte. Nein, das war ihm egal. Er würde auch weiterhin alles tun, wenn er ihr damit eine Freude bereiten konnte.

Gerade erhielt er eine Nachricht von Aetius, dass es seiner Tochter gut ging und sie mit Serenus auf dem Weg zu den dunklen Kerkern war. Dort würden sie einen Auftrag für Aetius erledigen. Devius löschte die Nachricht gleich, nachdem er sie bekommen hatte. Das Schicksal seiner Tochter berührte ihn kaum noch. Es gab wichtigere Dinge in seinem Leben. Wenn sie Abenteuer erleben wollte, dann sollte sie es ruhig tun. Er würde keinen Gedanken mehr an sie verschwenden.

Eben hörte er, wie Aurelia nach ihm rief. Sie wollte mit ihm die Tagesordnung der nächsten Versammlung der Räte durchgehen, die überraschenderweise kurzfristig einberaumt worden war. Da es ihm immer schwerer fiel, irgendwelche klaren Gedanken zu fassen, hatte sie vorgeschlagen, ihn dorthin zu begleiten und ihm unterstützend zur Seite zu stehen. Dafür war er ihr sehr dankbar. Seine Geliebte würde ihm sicherlich helfen, die richtigen Entscheidungen für sein Volk zu treffen.

Während er nun das Schlafzimmer betrat, lag Aurelia dort völlig nackt im Bett und rekelte sich lasziv. Diesem Anblick konnte er nicht lange widerstehen und entkleidete sich noch im Türrahmen. Dann legte er sich eilig zu ihr und begann ihre vollen Brüste zu massieren. Das nahm sie mit einem wohlwollenden Stöhnen zur Kenntnis. Daraufhin meinte sie:

„Wir haben doch noch etwas Zeit, ehe wir aufbrechen müssen. Die können wir ja nutzen, um uns noch etwas zu vergnügen, oder?" Kaum hatte sie das gesagt, drückte sie ihn voller Übermut in das Kissen und setzte sich auf seinen Schoß. Dann bewegte sie ihr Becken sanft hin und her. Jetzt war es an ihm aufzustöhnen. Gleich darauf nahm sie seine prall gewordene Männlichkeit in ihre Finger und führte sie zu ihrer feuchtwarmen Spalte. Sobald seine Männlichkeit in sie eingedrungen war, kannte sie kein Erbarmen mehr und bewegte sie ihren Unterleib mit immer größerer Heftigkeit. Schließlich schrie er vor schmerzvoller Lust auf und ergoss sich in sie. Doch das genügte ihr nicht. Diesmal zwang sie ihn dazu, ihr zwei weitere Male seinen Tribut zu zollen. Erst dann war sie befriedigt und ließ von ihm ab.

Als sie kurz darauf im Auto saßen, war Devius außergewöhnlich blass und erschien vollkommen ausgezehrt, während Aurelia rosige Wangen hatte und äußerst lebendig wirkte. Es schien fast so, dass jedes Mal, wenn sie miteinander schliefen, ein Teil der Lebenskraft von ihm auf sie übertragen wurde. Doch Devius bemerkte das nicht. Er warf ihr ständig verliebte Blicke zu und beachtete seinen körperlichen Zustand nicht.

Sobald sie an dem Tagungsort ankamen, übernahm Aurelia die Führung und trottete Devius wie ein gut dressierter Schoßhund hinter ihr her. Erst im Sitzungssaal überließ sie ihm den Vortritt und nahm als Besucherin in der zweiten Reihe hinter ihm Platz. Er wurde nun von allen Mitgliedern des Rates freudig begrüßt, während ihr nur neugierige Blicke zugeworfen wurden. Als alle anwesend waren, erhob sich Ravena Grünbaum, die Sprecherin des Rates, und eröffnete die Sitzung:

„Ich begrüße Euch alle zu dem heutigen Treffen und danke Euch, dass ihr so kurzfristig kommen konntet. Die Dringlichkeit der Angelegenheiten ließ leider keinen Aufschub zu. Wir haben den Kontakt zu dem Containerschiff „Freedom" verloren, das sich auf dem Weg von Brasilien nach Hamburg befand. Damit ist eine Jahresproduktion hochwertigen Rutilquarzes aus den Telirio Minen in Linopolis verschwunden, die wir zum Umbau der Infrastruktur im Bereich des Rhein-Main-Gebietes dringend benötigen. Laut unseren Nachforschungen, gab es auf der Reiseroute des Schiffes keine Unwetter oder anderen außergewöhnlichen Ereignisse. Wir stehen also vor einem Rätsel.

Das zweite Problem, mit dem wir uns beschäftigen müssen, sind die dunklen Kleriker. Sie haben gestern nun auch den Rest von Texas annektiert und ihr Gebiet bis zur mexikanischen Grenze in Laredo ausgeweitet. Unsere Protestnoten dazu blieben unbeantwortet. Damit haben sie einen unserer wichtigsten Netzwerkknotenpunkte in Besitz genommen. Das ist eine Provokation unglaublichen Ausmaßes. Frage ist, wie sollen wir darauf reagieren?" Alle zwölf Mitglieder des Rates sahen nun Devius fragend an. Der wiederum schaute sich hilfesuchend zu Aurelia um. Als sie nicht reagierte, sondern ihn nur tadelnd anblicke, versuchte er sich daran zu erinnern, was sie ihm vorhin nach ihrem Liebesakt eingeflüstert hatte:

„Ich denke, wir sollten Ruhe bewahren und das alles nicht überbewerten. Schickt alle verfügbaren Aufklärungsfluggeräte auf die Suche nach der „Freedom". Sie sollen ihren planmäßigen Kurs absuchen und nach Wrackteilen und ähnlichem Ausschau halten. Was die Geschehnisse in Texas angeht, werde ich meine gute Freundin Aurelia Xeyan damit beauftragen, mit dem neuen Führer der dunklen Kleriker Donald Amens Kontakt aufzunehmen und diesen bedauerlichen Vorfall aufzuklären. Wahrscheinlich handelt es sich dabei nur um ein Versehen." Devius sah, wie das Gesicht von Ravena rot anlief und sie sich dazu zwingen musste, ihm nicht ins Wort zu fallen. Als er dann geendet hatte, hielt sie nichts mehr davon ab, auf seine Äußerungen voller Heftigkeit zu reagieren:

„Devius, wir kennen uns seit fast zwanzig Jahren und ich habe großen Respekt vor Dir und Deinen Leistungen im Kampf gegen das dunkle Reich. Sicherlich waren wir in dieser Zeit oft unterschiedlicher Meinung, aber jetzt beginne ich langsam an Deinem Verstand zu zweifeln. Die texanischen Städte San Antonio und Houston wurden förmlich durch die dunklen Kleriker überrannt. Das war kein Versehen. Das war ein kriegerischer Akt. Und wer überhaupt ist Aurelia Xeyan und was befähigt sie dazu, im Namen des Volkes des Lichts mit den dunklen Klerikern zu verhandeln zu können?"

„Ravena, ich verstehe Deine Aufregung, aber meiner Einschätzung nach ist es wichtig, in solchen Situationen mit genügend Abstand und Ruhe zu reagieren. Aurelia ist die Stiefschwester von Clarissa und hat bis vor kurzem im Gebiet der dunklen Kleriker in Nordamerika gelebt. Sie kennt also deren Mentalität als ob es ihre eigene wäre. Außerdem ist sie eine gute Freundin von mir und genießt mein vollstes Vertrauen."

„Seit wann kennst Du sie, dass sie ohne Vorbehalt Dein Vertrauen genießen kann und Du rigoros ausschließt, dass sie nicht vielleicht eine Spionin der dunklen Kleriker ist?"

„Ich kenne sie seit über drei Jahren.", log Devius, ohne mit der Wimper zu zucken. Jetzt mischte sich noch Bastian in die Diskussion ein:

„Ich folge Devius Auffassung, dass wir die Probleme mit den dunklen Klerikern zunächst versuchten sollten, auf dem Verhandlungsweg zu lösen. Auch ich würde von übereilten Handlungen abraten. Und wenn Devius Aurelia als kompetent für diese Aufgabe erachtet, dann werde ich ihm meine Zustimmung dafür sicherlich nicht verwehren." Dafür erntete Bastian einen bitterbösen Blick von Ravena, die sich nun aber zunächst geschlagen gab:

„Dann lasst uns darüber abstimmen, wie wir weiter vorgehen wollen." Von den anwesenden Ratsmitgliedern, stimmten nur Ravena und Lucius gegen Devius Vorschläge. Bei den anderen Ratsmitgliedern war das Vertrauen in Devius fast ungebrochen. Allerdings enthielten sich vier von ihnen trotzdem, weswegen die Entscheidung denkbar knapp ausfiel. Die anderen Tagesordnungspunkte waren schnell abgehandelt, so dass die Versammlung wieder geschlossen werden konnte. Danach wurde Devius durch Aurelia auf einen schnellen Aufbruch gedrängt, obwohl einige Ratsmitglieder gerne noch ausführlicher mit ihm gesprochen hätten. Doch Aurelia konnte sich schließlich durchsetzen.

Nachdem sie nun im Auto saßen und Richtung Darmstadt fuhren, machte Aurelia einen äußerst zufriedenen Eindruck auf Devius. Sie lächelte ihr schönstes Lächeln und küsste ihn voller Leidenschaft. Dann sagte sie in einem verführerischen Tonfall:

„Das hast Du sehr gut gemacht, mein kleiner Liebling. Dafür darfst Du heute mit mir alles machen, was Du Dir wünschst. Jeder Deiner Wünsche wird Dir am heutigen Tag erfüllt und sei er auch noch so ausgefallen." Als Devius das hörte, fingen seine Augen an zu strahlen und erschien der Ausdruck purer Glückseligkeit in seinem Gesicht.

# 10. Kapitel

Nyx lächelte noch als Devius schon lange in ihren Armen eingeschlafen war. Niemals wäre es ihr in den Sinn gekommen, zu denken, dass sie innerhalb so kurzer Zeit so weit kommen würde. Sicherlich hatte sie keine Zweifel daran gehabt, dass sie ihr Ziel erreichen würde. Aber dass er ihr so wenig Widerstand entgegen bringen würde, war doch sehr erstaunlich für sie. Fast kam ihr das alles zu einfach vor. Damals hatte sie ihn als starken Kämpfer und mächtigen Zauberer erlebt. Davon war er inzwischen weit entfernt. Der Frieden und der Müßiggang hatten ihn völlig verweichlicht. Er war solch ein Schwächling geworden, dass sie schon fast Mitleid mit ihm hatte. Was sie aber durchaus an ihm schätzte, waren seine Fertigkeiten als Liebhaber. In diesem Bereich war er ein talentierter kleiner Schweinehund. Das musste sie zugeben.

Aber sie schweifte ab. Solange Devius schlief, war ein günstiger Zeitpunkt, um mit Donald zu sprechen und ihm die freudige Kunde zu übermitteln. Daher ging sie in ihr Zimmer und nahm über einen kleinen rechteckigen Handspiegel, in den ein dunkelblaues Kristall eingearbeitet war, zu ihm Kontakt auf:

„Mein Plan ist gelungen, Liebster. Devius ist wie Wachs in meiner Hand. Du brauchst daher zunächst keine Vergeltungsschläge aufgrund der Eroberung des Netzwerkknotenpunktes in Texas befürchten."

„Das ist sehr erfreulich zu hören, Herrin. Ich danke Dir für diese Nachricht. Ich kann somit wie geplant die nächsten Schritte ergreifen? Hast Du ansonsten irgendwelche Anweisungen?"

Gerade als sie ihm ihre weitergehenden Weisungen erteilen wollte, hörte sie im Schlafzimmer Devius nach ihr rufen:

„Aurelia, wo bist Du? Ich bin von irgendeinem Geräusch wach geworden und Du warst nicht da. Wo steckst Du nur?" Diese Memme, dieser Schwächling, konnte sie ihn keinen Augenblick allein lassen, ohne dass er sich nach ihr verzehrte? Aber noch brauchte sie ihn. Noch war er nicht entbehrlich. Daher verwandelte sie ihren gehässigen Gesichtsausdruck innerhalb eines kurzen Moments in ein freudestrahlendes und liebevolles Lächeln. Damit begrüßte sie Devius nun, als er in ihr Zimmer trat.

„Hier bin ich doch, mein Liebling. Du brauchst Dir keine Sorgen machen. Ich werde immer für Dich da sein, solange Du lebst." Wieder fiel er darauf herein und musterte sie mit hündischer Treue. Nun nahm sie ihn etwas genauer in Augenschein. Er sah schlecht aus. War abgemagert und hatte dunkle Ränder unter den Augen. Das Gift wirkte schneller, als sie gedacht hatte. Außerdem hatte sie schon einen nicht unerheblichen Teil seiner Lebenskraft absorbiert. Jedes einzelne seiner Spermien, war wie eine Quelle der ewigen Jugend für sie. Wenn er Glück hatte, würde er noch sechs oder sieben Wochen leben. Genug Zeit für sie, die Macht über die Welt des Lichts an sich zu reißen.

Aber jetzt war es erst einmal an der Zeit, den hörigen kleinen Bastard zurück in sein Bett zu begleiten und sich den dunklen Wogen des Schlafes hinzugeben. Sie hatte sich etwas Ruhe verdient nach diesem durchaus erfolgreichen Tag. Als sie nun neben Devius in seinem Bett lag, malte sie sich aus, wie sie endlich wieder ihren dunklen Thron besteigen würde. Gefertigt aus den Totenschädeln ihrer Feinde. Dort lag ihr eine unüberschaubare Menge von Menschen zu Füßen und schrie begeistert, wenn ihr Blick sie einmal streifte. Nie wieder würde sie sich verstecken müssen. Nie wieder würde jemand den Anspruch ihrer Herrschaft in Frage stellen. Jeder einzelne ihrer Untertanen würde sein Leben opfern, damit sie weiter existieren konnte. Sie würden darum betteln, von ihr gequält zu werden. Genauso wie Devius bald darum betteln würde, von ihr getötet zu werden.

Mit diesem Gedanken schlief Nyx mit einem glücklichen Lächeln auf ihren Lippen ein.

# 11. Kapitel

Je weiter Serenus und ich in das Innere des dunklen Reiches vordrangen, desto faszinierter war ich von dessen unterschiedlichen Landstrichen und der Vielfältigkeit seiner Natur. Da gab es einerseits das Dorf der Erinnerung in einer fruchtbaren Talebene mit seinen fast endlos wirkenden Getreidefeldern, die sich sanft im Wind wiegten, und dem mächtigen Fluss, der mitten durch das Dorf floss. Dann wiederum erstreckten sich vor uns schon die ersten Ausläufer eines riesigen Gebirges, das laut Serenus auch den Berg der Versuchung beherbergte, wo inzwischen die schwarze Burg Odium der dunklen Göttin Nyx dem Verfall preisgegeben war und sich furchtbare Monstren herumtreiben sollten. Das war eher eine von moosbedeckten Felsen und dünn gewachsenen Gräsern beherrschte Gegend.

Doch am meisten beeindruckte mich das Gebäude der dunklen Kerker, das jetzt vor uns aus dem Nebel auftauchte. Es schien direkt aus einem alten Horrorfilm aus dem letzten Jahrhundert zu stammen und war wirklich gruselig anzusehen, wie es mitten aus einer kleinen Insel im Fluss wie ein dunkles Ungetüm herauswuchs und über und über mit dunkelgrünen Schlingpflanzen bedeckt war. Passend zu der Stimmung, die das Gebäude und die nebelige Umgebung vermittelte, erzählte mir Serenus mit einer betont düsteren Stimme, was es mit den dunklen Kerkern auf sich hatte:

„Vor Dir siehst Du nun die berüchtigten dunklen Kerker. Hier sind während der Herrschaft der dunklen Göttinnen die unglaublichsten Gräueltaten und die größten Grausamkeiten an den Gefangenen begangen worden. Aber das ist lange vorbei. Jetzt wird in dem Gebäude versucht, diejenigen Halbwesen, bei denen die Dunkelheit so tief mit ihnen verbunden ist, dass sie nicht mehr davon befreit werden können und dadurch verrückt geworden sind, liebevoll zu betreuen und zu pflegen. Gleich wirst Du deren Leiterin, die Heilerin Amata kennenlernen. Eine beeindruckende Frau."

Und Serenus hatte nicht gelogen. Amata begrüßte uns persönlich, als wir durch die Eingangstür traten. Sie war eine Greisin mit langen weißen Haaren, die gestützt auf einen Stock und leicht gebückt auf uns zukam. Ihre Augen strahlten allerdings solch eine Kraft und Güte aus, dass sie um ein vielfaches jünger wirkte, als sie wirklich war. Sobald sie Serenus erkannt hatte, erschien auf ihrem Gesicht ein freundliches Lächeln und bat sie uns, sie in ihre Räumlichkeiten zu begleiten. Von innen machte das Gebäude einen erheblich freundlicheren Eindruck als von außen. Die Wände und Türen waren weiß getüncht und an den Wänden hingen die unterschiedlichsten farbenprächtigen Bilder, wobei die meisten davon von den Patienten selbst gemalt worden waren. Als wir in Amatas Zimmer eintrafen, bat sie uns, auf ein paar bequemen Stühlen Platz zu nehmen

„Seid herzlich willkommen in der Klinik der leuchtenden Seelen, Kinder. Dich kenne ich. Du bist Serenus, der Sohn von Aetius. Aber Dich kenne ich noch nicht, obwohl mir eine gewisse Ähnlichkeit zu jemand auffällt, den ich vor langer Zeit kannte. Wie heißt Du mein Kindchen?"

„Mein Name ist Sina, Sina Melzer. Ich bin die Tochter von Clarissa und Devius."

„Ja, daher kommt mir Dein Gesicht so bekannt vor. Du bist Deiner Mutter wie aus dem Gesicht geschnitten. Ich war sehr erschüttert, von ihren Tod zu hören, bin aber froh zu sehen, dass sie eine so wohl gewachsene und schöne Tochter zur Welt gebracht hat."

„Danke."

„Ihr seid von Aetius zu mir geschickt worden, um mir mit ein paar Patienten behilflich zu sein?"

„Ja, das ist richtig."

„Gut, dann erkläre ich Euch, worum es geht. Seit ein paar Tagen sind eine Handvoll Patienten sehr unruhig. Sie leiden an starken Alpträumen und ausgeprägten Angstzuständen. Alle behaupten unabhängig voneinander, dass eine der dunklen Göttinnen wieder ihr Unwesen treibt und kommen wird, um ihre Seelen zu rauben. Das ist natürlich Unsinn, aber wir können niemals ganz sicher sein, über welche seherischen Fähigkeiten diese armen Wesen verfügen. Daher möchte ich Euch bitten, jeden Einzelnen von ihnen aufzusuchen und Euch aufmerksam seine Geschichte anzuhören. Sobald ihr das erledigt habt, setzen wir uns erneut zusammen. Einverstanden?"

„Einverstanden." Nachdem uns Amata die Namen der betreffenden Patienten und ihre Zimmernummern genannt hatte, machten Serenus und ich uns auf dem Weg. Er hatte Amata schon verschiedentlich assistiert und wollte gerne ebenfalls Heiler werden. Daher hatte Amata ihn für diese Aufgabe auserwählt. Es stellte eine Art Prüfung für ihn dar. Für mich war es mehr ein Abenteuer, mich hier in einer Irrenanstalt frei bewegen und mit irgendwelchen Verrückten über ihre Wahnvorstellungen sprechen zu können.

Der erste Patient, den wir besuchten, war ein mächtiger Minotaurus, der einst Teil der dunklen Horden gewesen war. Jahrelang hatten ihn die unzähligen Grausamkeiten, die er in den dunklen Jahren begangen hatte, in seinen Träumen verfolgt. Als seine Behandlung kurz vor einem erfolgreichen Abschluss stand, war er fast völlig ausgeglichen gewesen. Dann fand allerdings die dunkle Göttin Nyx in seine Träume und forderte ihn dazu auf, sich für den nächsten Krieg der Dunkelheit gegen das Licht bereit zu halten. Damit waren alle bisherigen Behandlungserfolge hinfällig. Als er uns nun mit zittriger Stimme von dem Auftauchen der Herrscherin der Dunkelheit in seinen Träumen erzählte, sank er förmlich in sich zusammen und fing kurz darauf an, fürchterlich zu weinen. Er ließ sich nicht mehr durch uns beruhigen und musste durch einen Pfleger ein Beruhigungsmittel verabreicht bekommen.

Die nächste Patientin war kaum älter als ich und machte zunächst einen ganz normalen Eindruck auf mich. Laut dem Pfleger war sie schon seit sieben Jahren hier untergebracht. Sie wurde damals völlig verwirrt und verwahrlost in einem Waldstück der Bäume des Blutes aufgefunden und niemand konnte sich erklären, wie sie das überlebt hatte. Scheinbar hatte sie durch irgendeinen Vorfall ihr Gedächtnis verloren und sich in Wäldern verirrt.

Die junge Frau war sichtbar froh als Serenus und ich durch ihre Tür traten und uns nach ihrem Befinden erkundigten. Kaum hatten wir uns vorgestellt, fing sie auch schon an in einem leisen und verschwörerischen Tonfall auf uns einzureden:

„Ich weiß, dass Nyx, die Herrscherin der Dunkelheit, erneut aus den Tiefen der sieben Höllen des Irrsinns in die Welt des Lichts aufgestiegen ist, um furchtbare Rache an den Menschen zu nehmen." Während sie das sagte, beobachtete sie genau unsere Reaktion darauf und erst als sie sich sicher war, dass wir uns nicht über sie lustig machen wollten, erzählte sie uns ihre Geschichte von Beginn an:

„Ich wurde vor zwanzig Jahren als Tochter von Gratia und Faber geboren. Sie besaßen eine kleine Schmiede in der Nähe der Burg der verlorenen Seelen. Ich hatte eine glückliche Kindheit und wurde voller Zuneigung und Liebe aufgezogen. Als sich mit meinem Körper die ersten Veränderungen hin zur Geschlechtsreife vollzogen, veränderte sich das aber plötzlich. Ich wurde immer launischer und hatte immer häufiger Visionen, die mir eine Vergangenheit zeigten, die ich niemals besessen hatte. Ich konnte mich an Dinge vom Beginn der Zeit erinnern, die so fantastisch waren, dass ich es nicht wagte jemanden davon zu erzählen.

Zur gleichen Zeit wurde ich immer unzufriedener mit meinem Leben. Es war mir zu langweilig. Ich wusste, ich war zu etwas höherem bestimmt. Wollte aus meinem Alltag ausbrechen. Dann eines Nachts hatte ich eine Vision, die mir die Wahrheit zeigte. Ich war von göttlichem Geschlecht. Kein Wunder, dass das normale Leben bei meinen Eltern mir zu trist war. Ich war in dem Körper dieses Mädchens wiedergeboren worden, als ich im Kampf gegen die Dunkelheit zu Tode gekommen war. Meine wahre Bestimmung wäre gewesen, nach dem Sieg über die Dunkelheit in die Arme meines Geliebten zu sinken und ihm Kinder zu gebären. Ein neues Adelsgeschlecht zu begründen. Doch dazu war es noch nicht zu spät. Ich hatte zwar den Körper eines jungen Mädchens, aber die Erfahrungen einer reifen Frau. Damit würde ich ihn beglücken können. So schlich ich mich eines Nachts aus dem Haus und lief in Richtung Süden. Doch ich hatte die Gefahren meiner Welt unterschätzt. Im Dunkeln geriet ich in ein Waldstück mit Bäumen des Blutes, deren wunderschöner Gesang mich von der ersten Sekunde an verzauberte. Ich kam ihnen immer näher und näher, doch aus irgendeinem Grund verschonten sie mich und töteten mich nicht.

Allerdings hatten sie eine andere Wirkung auf mich. Durch ihren überwältigenden Gesang war ich vollkommen gefesselt und konnte mich nicht mehr von ihnen entfernen. Langsam verlor ich mich selbst. Konnte mich bald nicht mehr daran erinnern, wer ich war. Wusste nicht mehr, dass ich überhaupt existierte. So lebte ich eine Weile unter ihnen. Trank den Tau von ihren Blättern und aß ihre Rinde. So fanden mich ein paar Wanderer, die mich zum Dorf der Erinnerung brachten. Da man dort keinen Rat wusste, was mit mir geschehen solle, wurde ich schließlich in die Obhut von Amata gegeben. Die Heilerin versuchte ihr Möglichstes um mich zu retten, doch hinter meiner Stirn blieb es leer, ganz so wie ein weißes Blatt Papier.

Dann irgendwann hörte ich eine Stimme in meinem Kopf. Es war die Stimme meiner Mutter. Irrte ich mich oder rief sie mich? Lockte mich mit dunklen Versprechungen. Dann kamen die Erinnerungen zurück. Nicht nur die von meinem jetzigen Leben. Nein, auch die aus meinem Leben vorher. Ich sah sie vor mir. Meine Mutter, schön und grausam. Und mich an ihrer Seite. Wir kämpften gemeinsam für den Sieg der Dunkelheit. Doch das hatte eines Tages ein Ende. Ich verliebte mich in einen Sterblichen. Opferte sogar mein Leben für ihn. Jetzt wusste ich, was ich wollte. Es war an der Zeit, ihn zu finden und ihn mir zurückzuholen."

„Und wer war Dein Geliebter?"

„Ein Mensch namens Devius Melzer."

# 12. Kapitel

Ihre Mutter hatte nach ihr gerufen und sie dadurch aus ihrer finsteren Umnachtung geweckt. Aber Eris war nicht dazu bereit gewesen, diesem Ruf zu folgen. Alles, was ihre Mutter ihr bot, war Kälte und Dunkelheit. Doch sie hatte von dem Licht und der Liebe gekostet. Darauf wollte sie nicht mehr verzichten. Endlich sollte ihr Geliebter sie in seine Arme nehmen und sie nie mehr loslassen. Eris wusste, dass Devius sie brauchte. Spürte das mit jeder Faser ihres Körpers. Außerdem war er in großer Gefahr. Drohte sich selbst zu verlieren, wie auch sie sich einst selbst verloren hatte.

Eris war hier gefangen. Galt als wahnsinnig und gefährlich. Doch sie spürte, wie ihre göttlichen Kräfte in sie zurückkehrten. Außerdem war Ihr Körper jung und kraftvoll. Wer sollte ihr da noch im Wege stehen? Niemand würde das wagen. Dann kam noch eine weitere Erinnerung. Das war der Ort, wo sie einst gestorben war. Eine ihrer dunklen Schwestern hatte sie hier ermordet. In einem dieser Gänge. Sie spürte die Schmerzen von damals und auch die finstere Schmach. Das war ein noch größerer Ansporn von hier zu fliehen.

Eris klopfte an ihre Zimmertür. Rief nach dem Pfleger. Er schöpfte keinen Verdacht. Kam zu ihr hinein. Sie machte ihm schöne Augen. Weckte in ihm eine unstillbare Begierde. Lockte ihn auf das Bett. Er legte sich hin. Sie kniete auf ihm. Fing an, ihn zu liebkosen. Er stöhnte auf. Dann fesselte sie ihn. Er ließ es zu. Erwartete weitere Zärtlichkeiten. Doch stattdessen entwand sie ihm den Schlüsselbund. Stopfte ihm einen Knebel in den Mund. Jetzt war er gefangen und sie frei. Noch nicht ganz, aber fast. Holte sich eine

Schwesterntracht aus einem der Schränke. Zog sie an. Langsam ging die Treppe hinunter, dann auf den Ausgang zu. Dort sah Eris die zwei jungen Menschen von vorhin. Sie drehten sich um. Bemerkten sie. Erkannten sie aber nicht.

Doch Amata erkannte sie. Sie stand bei den Beiden. Bekam vor Schreck große Augen. Doch ihr Erstaunen dauerte nicht lange an, dann rief sie:

„Pfleger ergreift sie, sie will fliehen." Die Wächter stürmten auf Eris zu. Sie konnte sich kaum wehren. Wurde von ihnen brutal festgehalten. Da fing sie an zu schreien. Wand sich mit aller Macht in ihren Armen.

„Nein, lasst mich. Ich will zu meinem Geliebten. Lasst mich bitte los. Er braucht meine Hilfe. Befindet sich in großer Gefahr. Meine Mutter wird ihn töten." Doch niemand glaubte ihr. Vielleicht die junge Frau, kaum jünger als sie. Eris sprach sie direkt an. Bat um ihren Beistand. Doch dann wurde sie von den Pflegern weggeschleppt, zurück in ihr Zimmer gebracht. Sie sank hilflos in sich zusammen, war verzweifelt. Weinte hemmungslos. Versank in einem dunklen dämmrigen Zustand.

Irgendwann waren ihre Tränen versiegt. Eris dachte nach. Versuchte sich zu entsinnen. Sie hatte magische Kräfte. Daran konnte sie sich erinnern. Aber nicht daran, wie sie sie wecken konnte. Sie verdammte ihre Mutter, dass sie sie aus ihrem dunklen Traum geweckt hatte. Dort hatte sie wenigstens keine Schmerzen gespürt. Jetzt fühlte sie eine schmerzerfüllte Sehnsucht nach den starken Armen ihres Geliebten, nach seinem sanften Blick und seinen zärtlichen Berührungen. Sie musste Amata dazu veranlassen, sie gehen zu lassen. Musste versuchen, sie zu überzeugen, dass sie nicht verrückt war.

Eris klopfte erneut an ihre Tür. Der Pfleger ließ sich Zeit. Ihre Ungeduld stieg. Sie rief laut nach ihm:

„Hallo, hört mich denn niemand. Ich brauche Hilfe. Bitte helft mir." Wieder vergingen mehrere Minuten. Nichts rührte sich. Was war hier los? Wo steckten sie alle? Eris horchte an der Tür. Draußen war nur Stille. Jetzt war bald Zeit für das Abendessen. Aber nichts war zu hören. Weder Geschirrgeklapper noch irgendwelche Stimmen. Langsam bekam sie Angst. Irgendjemand musste doch noch hier sein. Sie fühlte, wie ihre Hände anfingen zu zittern. Erneut rief sie:

„Ist da jemand? Bitte sagt doch was." Diesmal mit einem panischen Unterton in der Stimme. Wieder antwortete ihr nur Stille. Sie klopfte ein weiteres Mal an der Tür. Drückte die Türklinke ohne große Hoffnung nach unten. Da merkte sie, dass sie gar nicht abgeschlossen war. Sie konnte sie ohne Probleme öffnen. Nur wollte sie das wirklich? Was erwartete sie vor der Tür?

Eris hielt einen Moment inne. Überlegte verzweifelt. Was immer da draußen auch auf sie wartete, sie konnte es bezwingen. Sie war eine Göttin. Früher kannte sie keine Angst. Was war mit ihr geschehen, dass sich das so verändert hatte? Sie war menschlich geworden. Aber das war auch gut so, denn sonst könnte sie wahrscheinlich auch keine Liebe empfinden. Jedenfalls nicht so, wie sie es jetzt tat. Sie konnte sich nicht für immer hier verkriechen. Das hatte sie lange genug gemacht. Jetzt war die Zeit gekommen, ihrem Herzen zu folgen.

Langsam drückte Eris die Türklinke nach unten und öffnete die Tür. Sie knarrte in den Angeln. Das Geräusch zerriss die herrschende Stille. Hätte Tote wecken können. So kam es ihr jedenfalls vor. Als die Tür offen war, nahm sie einen starken Geruch wahr. Der erinnerte sie an etwas. An ein Schlachtfeld vor sehr langer Zeit. Dort war sie im Blut ihrer Gegner gewatet. Ja, es war der Geruch frischen Blutes, den sie soeben wahrnahm. Früher hatte sie dieser Geruch berauscht, aber jetzt ekelte sie sich davor. Was war hier nur passiert? Sie schritt vorsichtig durch die Tür nach draußen. Schaute mit Bedacht nach rechts und nach links in den Flur. Dort war niemand zu sehen. Sie ging leise an ein paar Zimmern vorbei. Die meisten Türen waren von innen aufgebrochen. Jetzt hörte sie doch noch ein Geräusch. Es hörte sich an wie ein gieriges Schlürfen und Schmatzen. Sie bog um die Ecke des Flurs. Was sie da sah, ließ sie vor Ekel zurückweichen.

Es waren bestimmt vier oder fünf dunkle Gestalten, die am Boden knieten und den toten Körper eines Pflegers umringt hatten. Sie waren dabei, immer wieder Stücke seines reglosen Körpers herauszubeißen und voller Gier herunterzuschlucken. Zwischendurch schlürften sie das frische Blut, das ihn umgab, von dem Boden auf und leckte sich dabei genüsslich die Lippen. Eines dieser Monstren hob plötzlich seinen Kopf und schaute sie direkt an. Sein Gesicht war völlig blutverschmiert und von Hass und Gier verzehrt. Es knurrte sie kurz an, verlor aber dann wieder das Interesse an ihr und wandte sich erneut seinem Mahl zu.

Eris wollte hier keinen Augenblick länger bleiben und rannte den Flur die entgegengesetzte Richtung entlang. Irgendwann fand sie sich vor dem Eingang des riesigen Gebäudes wieder. Atmete erleichtert die kühle Luft ein. Versuchte sich zu beruhigen. Was war hier geschehen? Waren die Wesen in der Krankenanstalt dem finsteren Ruf ihre Mutter gefolgt? Hatten sie deswegen völlig den Verstand verloren und die Pfleger und Schwestern überfallen? Was hatte ihre Mutter mit ihnen vor? Wollte sie eine neue dunkle Horde rekrutieren? Fast sah es danach aus. Sie musste ihren Geliebten davor warnen, dass die Herrscherin der Dunkelheit erneut ihre Finger nach dem dunklen Reich und der Welt des Lichts ausstreckte. Je schneller desto besser. Eris wandte sich nach Norden und machte sie auf den Weg zum Schrein der dunklen Mächte, um von dort aus in die Welt des Lichts zu gelangen. Sie hoffte, dass sie noch nicht zu spät kam.

# 13. Kapitel

Devius träumte. Er träumte von der letzten Schlacht um das dunkle Reich und wie er dabei in die Hände von Nyx gefallen war. Wie sie ihn beinahe dazu gebracht hatte, sich selbst zu verlieren. Doch schließlich hatte er sie doch noch besiegen und in die Flucht schlagen können. Gerade versuchte sie durch den dunklen Spiegel zu entkommen. Er wollte sie aufhalten, wurde aber abgelenkt. Vernahm eine Stimme. Wendete seinen Blick von der flüchtenden Göttin ab. Es war die Stimme von Eris. Der wunderschönen Göttin, die ihr Leben für ihn geopfert hatte. Eris, die ihn in ihr Herz geschlossen hatte und die ihm fast so nah stand wie Clarissa. Sie rief nach ihm:

„Wo bist Du, Geliebter? Sag mir, wo ich Dich finden kann." Sie suchte ihn. Ehe er ihr zurufen konnte, wo er sich befand, trat sie in den Raum. Sie sah sehr jung aus und blickte ihn voller Ernst an. Dann sprach sie:

„Endlich habe ich Dich gefunden. Wir haben allerdings nur wenig Zeit. Ich muss Dich warnen, Devius. Die Dunkelheit ist Dir erneut sehr nah. Doch diesmal ist sie gut verborgen. Versuche hinter die Fassaden der Gesichter in Deiner Umgebung zu schauen, sonst wird es bald zu spät sein. Lass Dich nicht durch Äußerlichkeiten täuschen, Geliebter. Merke Dir meine Worte." Jetzt erklang ein Klingeln. Er schaute sich um, woher es kam. Eris und Nyx waren plötzlich verschwunden, doch das Klingeln hörte nicht auf. Endlich begriff er. Es klingelte an der Haustür. Er musste aufwachen und an die Tür gehen. Sein Traum wollte ihn nicht loslassen. Er zwang sich, seine Augen aufzureißen. Endlich wachte er auf. Torkelte mehr, als dass er ging. Öffnete schlaftrunken die Tür. Da standen Ravena und Lucius vor ihm. Sie versuchten zu lächeln, aber er sah das Erschrecken in ihren Augen. Sah er so furchtbar aus?

„Dürfen wir hereinkommen, Devius?"

„Aber natürlich. Was verschafft mir die Ehre Eures Besuches?" Er machte eine einladende Geste und bat sie einzutreten.

„Unsere Sorge um Dich." Sie gingen gemeinsam ins Esszimmer und setzten sich dort an den großen Holztisch.

„Weshalb glaubt Ihr, dass Ihr Euch um mich sorgen müsst?"

„Wir sehen es Dir an, dass es Dir nicht gut geht. Du siehst schrecklich abgemagert aus. Hast Du schon einmal daran gedacht, Dich deswegen ärztlich untersuchen zu lassen? Außerdem hast Du in unserer letzten Ratssitzung so abwesend gewirkt, als ob Du unter Drogen stehen würdest. Das alles bereitet uns Sorgen."

„Macht Euch keine Gedanken um mich. Mir geht es gut. Kann sein, dass mir der Stress in der letzten Zeit etwas zu schaffen gemacht hat, aber das kriege ich schon wieder in Griff. Aurelia hilft mir dabei." Ravena und Lucius warfen sich einen vielsagenden Blick zu, dann ergriff Lucius das Wort:

„Wir haben Unregelmäßigkeiten in den globalen Netzwerken feststellen müssen. Unsere Spezialisten befürchten, dass das mit der Einnahme des Netzwerkknotenpunktes in Texas durch die dunklen Kleriker in Zusammenhang stehen könnte. Wir konnten dort verstärkt Aktivitäten feststellen. Noch ist unklar, was sie damit bezwecken, aber klar ist, dass es nichts Gutes für uns bedeuten wird."

„Das klingt nicht gut. Was meint Ihr, sollten wir jetzt tun?"

„Wir sollten versuchen, den Netzwerkknotenpunkt wieder zurückzuerobern."

„Ich bin mir sicher, dass wir von den dunklen Klerikern nichts zu befürchten haben.", sagte Aurelia, die soeben ins Zimmer trat. Sie räkelte sich in ihrem hauchdünnen Nachthemd in der Tür und warf Devius ihr schönstes Lächeln zu. Devius verwandelte sich von einem Moment auf den anderen in ihren braven Schoßhund. Hatte nur noch Blicke für sie. Folgte mit strahlenden Augen sämtlichen ihrer Bewegungen. Dann, als ob er seine Bedenken von eben vollkommen vergessen hatte, sagte er:

„Da hat Aurelia recht. Es wäre zu voreilig, irgendwelche Maßnahmen zu ergreifen. Wir sollten noch etwas abwarten."

„Das kann doch nicht Dein Ernst sein, Devius. Unsere Informanten sind sicher, dass die dunklen Kleriker irgendetwas planen.", entgegnete ihm Ravena mit Zornesröte im Gesicht.

„Das ist mir alles zu vage. Händigt mir Beweise aus und wir können gerne erneut darüber sprechen. Aber solange ihr mir nichts Konkretes liefern könnt, beenden wir dieses Gespräch. Ihr kennt den Weg zur Tür." Sichtbar ungehalten verließen Ravena und Lucius nun das Haus von Devius, während Aurelia ihre Arme um Devius schlang und ihn küsste.

„Das hast Du sehr gut gemacht, mein kleiner Liebling. Deine Herrin ist sehr zufrieden mit Dir. Und nun bereite mir ein Frühstück vor. Ich bin sehr hungrig."

Während Devius nun in der Küche werkelte und das Frühstück für Aurelia und sich vorbereitete, erschien ihm der Besuch von Ravena und Lucius so unwirklich wie ein Traum. Waren sie wirklich hier gewesen und hatten ihn besucht? Und war er tatsächlich so unfreundlich und schroff zu ihnen gewesen? Worüber hatten sie miteinander gesprochen? Er wusste es nicht mehr. Irgendetwas stimmte doch nicht mit ihm. Weshalb vergaß er alles so schnell?

Aber jetzt fiel ihm sein Traum wieder ein. Eris war ihm dort erschienen. Er versuchte sich daran zu erinnern, was sie zu ihm gesagt hatte. Langsam kamen ihre Worte wieder in sein Bewusstsein. Er sollte versuchen hinter die Fassaden der Gesichter, die ihn umgaben, zu schauen. Wen meinte sie damit? Sollte er Aurelia misstrauen?

Das konnte er nicht. Er braucht sie so sehr. Er wusste gar nicht mehr, wie er bisher ohne sie leben konnte. Er würde es sich niemals verzeihen, wenn sie ihn eines Tages verließ, weil er ihr nicht voll und ganz vertraute. Doch ein kleiner Zweifel war durch die Worte von Eris in ihm entstanden. Sah er nicht ab und zu einen dunklen Schatten in den glänzenden Augen von Aurelia? Kam es ihm nicht mitunter so vor, dass ihm ihre Freundlichkeit und Leidenschaft nur aufgesetzt war? Er schüttelte den Kopf. Es war sinnlos, darüber nachzudenken. Wem sollte er vertrauen, wenn nicht ihr?

# 14. Kapitel

Kaum hatten wir der Geschichte der wahnsinnigen Frau gelauscht, die behauptete, die Geliebte meines Vaters und zudem eine auferstandene dunkle Göttin zu sein, und Amata atemlos davon berichtet, als die Hölle über uns hereinbrach. Die Kranken waren plötzlich wie von tausend Teufeln und Dämonen besessen. Sie brachen aus ihren Zimmern aus, überwältigten die Pfleger und Schwestern und begannen dann damit, sie bei lebendigem Leib aufzufressen. Nur knapp konnten Serenus und ich dem Angriff des mächtigen Minotaurus ausweichen, der vor kurzem noch weinend wie ein kleines Kind vor unseren Beinen gelegen hatte. Völlig von Sinnen stürmte er die Treppe herunter und trampelte alles nieder, was sich ihm auf den Weg in die Freiheit in den Weg stellte. Die stabile Eingangstür aus dunklen Holz wurde vom ihn wie eine Attrappe aus den Angeln gerissen und einfach zur Seite geschleudert.

Uns blieb nichts anderes übrig, als vor dieser mörderischen Horde zu fliehen. Zusammen mit Amata eilten wir zu unseren Reitechsen und ritten dann wie die Teufel in Richtung des Dorfes der Erinnerung, um die Bewohner dort vor den dämonischen Wesen zu warnen. Doch wir kamen zu spät. Das Dorf lag bereits zu großen Teilen in Trümmern. Auch hier hatten die Verrückten schon zugeschlagen. Das einzige was wir dort noch fanden, waren grauenvoll zugerichtete Leichen. Wie war es nur zu diesem schrecklichen Unheil gekommen? War die dunkle Göttin tatsächlich wieder auferstanden und hatte ihren Rachefeldzug begonnen? Fast sah es danach aus. Aber irgendwohin mussten die verbliebenen Dorfbewohner doch geflohen sein? Sie konnten doch unmöglich alle getötet haben, oder?

„Lasst uns zu meinem Elternhaus reiten. Ich muss wissen, ob meine Eltern noch leben.", sagte Serenus mit belegter Stimme, sobald offenbar wurde, was hier passiert war. Die große Sorge um seine Eltern stand ihm ins Gesicht geschrieben. Als wir in der Ortsmitte eintrafen, konnten wir zu unserer Beruhigung feststellen, dass das Haus noch fast vollkommen intakt war. Allerdings war es verlassen. Seine Eltern hatten in großer Eile nur das Notwendigste zusammengepackt und waren dann Hals über Kopf geflohen, so unordentlich wie das Haus aussah.

Serenus holte uns eine Streitaxt und einen Morgenstern aus dem Waffenschrank seines Vaters und packte diverse Vorräte zusammen. Dann ritten wir wieder los. Wir wandten uns in Richtung des Tals der schwarzen Nebel, um dort nach einer Unterschlupfmöglichkeit zu suchen. Das Dorf der Erinnerung erschien uns derzeit zu unsicher. Amata wollte uns allerdings nicht begleiten.

„Reitet nur allein, Kinder. Ich lebe schon mein ganzes Leben im Dorf der Erinnerung. Weshalb sollte ich es jetzt wegen ein paar wahnsinnigen Wesen verlassen? Außerdem möchte ich versuchen, noch ein paar Überlebende ausfindig zu machen, um sie wieder gesund zu pflegen."

Wir versuchten wirklich alles, um sie vom Gegenteil zu überzeugen, aber es gelang uns nicht. Also ritten wir alleine weiter.

Als wir das Tal der schwarzen Nebel erreicht hatten, wurde es gerade dunkel. Außerdem wogte dort der Nebel auf, der dem Tal scheinbar seinen Namen gegeben hatten. Bald konnten wir kaum noch die Hand vor Augen sehen, so dicht war er. Schließlich blieb uns nichts anderes übrig, als uns unter freien Himmel ein provisorisches Lager zu errichten und zu versuchen, ein wenig Schlaf zu bekommen. Schon bald glitt ich in einen traumlosen Schlaf.

Plötzlich wachte ich auf. Bekam kaum noch Luft. Irgendjemand hielt mir den Mund zu, um zu verhindern, dass ich um Hilfe schrie. Außerdem spürte ich die Spitze einer Messerklinge an meinem Hals. Ich war vor Angst wie gelähmt. In dem Moment bereute ich, dass Serenus und ich nicht abwechselnd Wache gehalten hatten. Nun war es zu spät, darüber nachzudenken. Alles ging völlig geräuschlos und sehr schnell über die Bühne, was meine Angst nochmals verstärkte. Lebte Serenus überhaupt noch? Doch da sah ich ihn. Genauso wie ich wurde er von einer Gruppe dunkler Wesen an Händen und Füßen gefesselt und bäuchlings auf sein Reittier geworfen. Dann ging unsere Reise schon los. In der Dämmerung sah ich, dass wir uns den Ausläufern eines großen Gebirgszuges näherten. Nach einer Weile kam ein Heerlager in Sicht, das von Fackeln erhellt wurde. Das war scheinbar unser Ziel.

Nicht weit vor dem Lager war eine riesige Burg zu sehen, die direkt aus dem Berg gehauen worden war. Auch dort brannten Fackeln. Wenn ich richtig vermutete, wurde die Burg von den dunklen Wesen, die uns entführt hatten, belagert. Nur was hatten wir damit zu tun? Ich versuchte zu erkennen, wer die Wesen waren, die Serenus und mich überwältigt hatten, aber es gelang mir nicht. Sie waren schattengleich und schienen immer wieder zu zerfließen, wenn ich versuchte Einzelheiten von ihnen zu erkennen. Vielleicht war das eine Art Schutzzauber, den sie trugen, um von ihren Feinden nicht erkannt zu werden.

Als wir das Lager erreichten, trieben sie unsere Tiere in dessen Mitte, holten uns von den Reitechsen und schleppten uns in ein großes schwarzes Zelt, das dort bedrohlich, wie das Versprechen auf einen grausamen Tod, herausragte. Darin herrschte Düsternis. Erst nach einigen Momenten hatten sich meine Augen an das Zwielicht gewöhnt und konnte ich sehen, was uns dort erwartete.

Vor uns stand eine riesige Kreatur, die in eine schwarz glänzende Rüstung gekleidet war und uns mit einem kalten Blick aus ihren rot leuchtenden Augen anstarrte. Ihr Gesicht war unter dem halb geschlossenen Helm ebenso verschwommen, wie die Gesichter ihrer Kämpfer. Denn dass es sich dabei um den Heerführer der in diesem Lager versammelten Krieger handelte, war mir auf den ersten Blick klar geworden.

Die dunklen Wesen, die uns in das Zelt getrieben hatten, zwangen uns nun dazu, vor ihrem Führer auf die Knie zu fallen. Dann begann er zu sprechen. Und mit den ersten Worten, die aus seinem Munde drangen, wurde ich von einer unsäglichen Furcht erfasst, so sehr schien diese Stimme aus den tiefsten Tiefen der Hölle zu stammen:

„Wie ich sehe, war uns die Dunkelheit außerordentlich gnädig gestimmt und hat dafür gesorgt, dass ihr in unsere Hände gefallen seid, meine Kinder. Vor mir knien die Sprösslinge unserer zwei größten Feinde. Das kann doch kein Zufall sein. Das ist göttliche Fügung. Und ihr könnt Euch sicher sein, dass ich Großes mit Euch vorhabe. Ihr werdet mir den Weg zur Rückeroberung des dunklen Reiches ebnen. Daran habe ich keinen Zweifel." Kaum hatte diese finstere Kreatur die letzten Worte ausgesprochen, schon fing sie an wie wahnsinnig zu lachen. Das war der Moment als mir ein eisiger Schauer über den Rücken lief und ich begann vor Grauen zu zittern. Noch nie in meinem Leben hatte ich solch eine Furcht verspürt, wie in diesem Moment. Was immer auch dieses dunkle Wesen mit uns vorhatte, es war etwas, was jegliche Vorstellungskraft sprengte.

Nachdem das düstere Monstrum sich wieder beruhigt hatte, sagte es zu seinen Schergen:

„Bringt sie zu den Türmen und schnürt sie gut fest. Nicht, dass sie noch verloren gehen." Nach einen kaum sichtbaren Handzeichen des Anführers, wurden wir von den Kämpfern, die uns in das Zelt gebracht hatten, wieder nach draußen getrieben. Ich warf Serenus einen verzweifelten Blick zu, während er versuchte mich aufmunternd anzulächeln, was ihm aber nicht ganz gelang. Auch in seinen Augen konnte ich blankes Entsetzen lesen. Unsere Wächter scheuchten uns durch fast das gesamte Lager bis wir den Standplatz zweier Belagerungstürme erreichten. Dort ließen sie mich zitternd vor Angst liegen, während sie Serenus den einen Turm hinaufbrachten und an seiner Front festketteten. Dann war ich dran. Ich versuchte mich zwar mit Händen und Füßen zu wehren, aber auch mich banden sie schließlich an dem anderen Belagerungsturm fest. Da wurde mir klar, was sie mit uns vorhatten. Wir sollten als lebende Schutzschilde bei dem Sturm auf die Burg dienen. Ein infamer und widerwärtiger Plan.

# 15. Kapitel

Eris genoss es, sich endlich wieder frei und ungehindert bewegen zu können. Der Wind wehte ihr in das schöne Gesicht und wirbelte ihre langen schwarzen Haare hoch, so dass es fast so aussah, als ob sie von einem dunklen Heiligenschein umgeben war. Neben dem Weg, auf dem sie lief, floss der Bach des roten Todes und plätscherte leise vor sich hin. Vor ihr tauchte langsam der Umriss des Schreins der dunklen Mächte auf. Eris fühlte sich voller Kraft und Tatendrang und freute sich darauf, ihren Geliebten bald wiederzusehen. Nur noch wenige Schritte trennten sie von ihrem Ziel.

Gerade wollte sie die Tür des Schreins öffnen, als sie völlig unerwartet von mächtigen Armen zurückgerissen und in den Dreck geschleudert wurde. Vor ihr standen plötzlich drei monströse Wesen, die sie daran hindern wollten, in die Welt des Lichts zu reisen. Sie sagten kein Wort, knurrten sie nur angriffslustig an. Schienen nicht sprechen zu können. Gerade jetzt öffneten sie ihre Mäuler und dabei kamen bei jedem von ihnen zwei Reihen langer und rasiermesserscharfer Zähne zum Vorschein, die sie im Nu zerfleischen würden, wenn sie nicht aufpasste.

Eris hatte eine solche Art von Wesen noch nie erblickt. Diese Kreaturen verfügten über lange storchenartige Glieder und tiefschwarze Augen. Sie bewegten sich schlaksig und hatten eine schuppenartige leichenblasse Haut, die seltsam glänzte. Außerdem waren ihre bleichen Schädel mit seltsamen Symbolen tätowiert.

Nun gingen die Kreaturen zum Angriff über. Sie näherten sich ihr von drei Seiten und schnappten immer wieder mit ihren scharfen Zähnen nach ihr. Wie sollte sie sich dagegen wehren? Sie besaß keine Waffe. Ihr wurde mulmig zumute. Noch konnte sie die Angriffe durch Boxhiebe und Tritte abwehren. Aber sie merkte schon, dass ihre Kräfte begrenzt waren. Diese Wesen wollten sie töten. So sah hatte es jedenfalls den Anschein. Sie musste sich unbedingt etwas einfallen lassen, sonst war sie verloren.

Auf einmal wurde Eris durch irgendein Geräusch abgelenkt. Da gelang es einer der Kreaturen, sich an ihrem Arm festzubeißen. Sie schrie laut vor Schmerzen und Wut auf. Ihre Augen verdunkelten sich. Sie fühlte sich viele Jahre zurückversetzt. In eine Schlacht im Gebirge der toten Riesen. Dort hatte sie allein gegen eine ganze Kohorte von widerlichen Dämonen kämpfen müssen. Diese teuflischen Geschöpfe hatten zunächst alle ihre Kämpfer getötet und sie dann in die Enge getrieben. Nur durch die Anwendung eines der mächtigsten dunklen Zauber konnte sie sich damals retten. Wenn sie sich nur daran erinnern konnte, wie sie ihn damals beschwört hatte?

Mit großer Mühe gelang es Eris nun, das eine Wesen abzuschütteln. Doch gleich darauf erfolgte ein Angriff der zwei anderen storchenhaften Kreaturen, die sie dadurch arg in Bedrängnis brachten. Noch während sie versuchte, deren Bisse abzuwehren, fiel ihr endlich der Zauber wieder ein. Ohne zu zögern sprach sie dessen Beschwörung aus und im gleichen Augenblick erschienen wie aus dem Nichts drei riesige Gestalten, die die dunklen Geschöpfe sofort angriffen und sie versuchten aufzuhalten. Anfangs sah es so aus, dass diese gewaltigen Lichtgestalten den Monstren nichts anhaben konnten, aber plötzlich ertönten dann doch deren Schmerzensschreie und ließen sie von ihr ab. Keinen Augenblick zu spät wurden die Kreaturen von ihren zauberhaften Helfern hoch in die Luft gerissen und zu Boden geschleudert. Dort blieben sie regungslos und mit zerschmetterten Gliedern liegen. Sie war gerettet.

Nachdem sie ihre Aufgabe erfüllt hatten, verschwanden die drei riesigen Gestalten wieder genauso schnell wie sie erschienen waren. Endlich war es Eris möglich, die Tür zum Schrein der dunklen Mächte zu öffnen. Als sie den dunklen Raum betrat, konnte sie schon von weitem das blaue Leuchten des dunklen Spiegels erkennen. Schließlich vor ihm angekommen, schien er sie sanft aufzufordern, durch ihn in die andere Welt zu reisen. Dieser Aufforderung kam sie gerne nach.

Wenige Augenblicke später erreichte Eris auf der anderen Seite eine dunkle Kammer, die stark muffig roch und mit Relikten aus dem dunklen Reich vollgestellt war. Somit sprach vieles dafür, dass sie sich im Haus von Devius befand. Von dort aus gelangte sie in einen Raum mit Regalen voller Bücher. Plötzlich hörte sie etwas. Ein lautes Stöhnen. Befand sich hier jemand in Gefahr? Eris eilte die Treppe nach oben. Doch die Stimme kam von noch weiter oben. Sie rannte die Stufen hoch, die in den ersten Stock führten. Stürzte um die Ecke. Dort sah sie eine offene Tür. Das Stöhnen kam von dort. War nun ganz nah.

Jetzt sah Eris, was dort vorging. Ihre Mutter saß auf Devius Schoß. Hatte sich mit ihm vereinigt. Er stöhnte so laut, dass es fast einem Schreien gleichkam. Machte einen furchtbar geschwächten und abgemagerten Eindruck auf sie. Nyx sah dagegen wie das blühende Leben aus. Sie fürchtete um das Leben ihres Geliebten. Die Herrscherin der Dunkelheit schien auch den letzten Rest Leben aus ihm heraussaugen zu wollen. Das konnte sie nicht zulassen. Daher schrie sie vor lauter Verzweiflung:

„Lass ihn gehen, Mutter. Du bringst ihn noch um!" Nyx schien wie aus einem Traum zu erwachen. Sah etwas benommen aus. Drehte sich zu ihrer Tochter um. Sah sie erstaunt an:

„Eris, Du bist nun doch meinem Ruf gefolgt. Das erfreut meine dunkle Seele. Mach Dir keine Sorgen um Deinen kleinen Liebling. Ich weiß, Du hast einen Narren an ihm gefressen. Devius hat sich mir freiwillig hingegeben. Ich zwinge ihn nicht dazu, mir seine Lebenskraft zu schenken. Er macht das vollkommen freiwillig. Oder, mein Geliebter?

„Ja, meine Herrin, ich gebe mich Dir aus freien Stücken hin. Ich würde sogar für Dich sterben."

„Siehst Du. Er liebt mich so abgöttisch, dass er alles für mich tun würde. Wirklich alles."

„Zum letzten Mal, lass ihn los, Mutter!" Der drohende Unterton in Eris Stimme veranlasste Nyx nun wirklich dazu, von Devius abzulassen und sich aus dem Bett zu erheben. Sie streifte einen hauchdünnen Morgenmantel über, kam zu ihr, tätschelte kurz ihre Wange und sagte:

„Ich gehe unter die Dusche. Er gehört jetzt ganz und gar Dir, mein Kindchen." Ehe Eris etwas darauf erwidern konnte, war Nyx im Badezimmer verschwunden. Sie eilte nun zu ihrem Geliebten. Nahm ihn in ihre Arme. Aus der Nähe sah er nochmals erheblich schlechter aus. Falten hatten sich in sein Gesicht gegraben. Die Augen lagen tief in den Höhlen und waren von dunklen Ringen umgeben. Außerdem war er so hohlwangig, dass ihr angst und bange wurde. Devius hatte Mühe, sich wach zu halten, und verdrehte immer wieder die Augen, um dann beinahe einzuschlafen. Er hatte an Gewicht verloren und kam ihr federleicht vor, als sie ihn nun hochhob. Ihre Mutter hatte ein Wrack aus ihm gemacht.

Wenn es so weiter ging, würde er keine drei Tage mehr überleben.

Sie musste ihn aus ihren Fängen befreien. Ihn wieder gesund pflegen. Der Gedanke formte sich im gleichen Moment in ihrem Kopf. Sie würde ihn jetzt gleich mitnehmen. Ihn vor dieser Hexe, die ihre Mutter war, retten. Noch dachte Nyx, dass Eris ihrem Ruf gefolgt war und sie ihrer Tochter vertrauen konnte. Sobald sie über die Pforte dieses Hauses nach draußen trat, würde das nicht mehr der Fall sein. Die Herrscherin der Dunkelheit würde sie erbarmungslos jagen. Und sie war derzeit sehr mächtig und stark. Das hatte Eris auf den ersten Blick gesehen. Trotzdem musste sie es wagen. Allein schon für ihren Geliebten.

Nur wohin sollte sie sich wenden? Sie kannte hier niemanden. Irgendeine Möglichkeit würde sich schon ergeben. Da war sie sich sicher. Sie musste es nur wollen.

„Wir werden jetzt gemeinsam nach unten gehen und dieses Haus verlassen. Hast Du mich verstanden, Devius?"

„Ja, das habe ich, Herrin."

„Ich bin Eris. Deine Geliebte. Erinnerst Du Dich?" Devius nickte leicht. Eris, wusste nicht, ob sie ihm das glauben konnte. Er war kaum ansprechbar. Sie zog ihn auf seine Beine. Er stöhnte auf, ergab sich dann aber doch ihrer Willenskraft. Langsam gingen sie die Treppe hinunter, näherten sich der Eingangstür. Eris verfluchte es, dass sie nicht schneller vorankamen. Da hörte sie den wütenden Schrei von Nyx. Sie hatte ihre Flucht entdeckt. Zu früh. Viel zu früh. Sie packte ihn noch fester am Arm, drängte ihn dazu, schneller laufen. Es klappte tatsächlich, er erhöhte sein Tempo. Sie traten vor die Tür in den Sonnenschein. Hatten es gleich geschafft. Gingen durch den Garten auf die Straße zu.

Doch da kam auch Nyx vor die Tür gerannt. Sah aus wie eine wilde Furie. Hatte ein zornentbranntes Gesicht. Eben hob sie ihre Hände, um die beiden Flüchtenden mit einem tödlichen Zauber zu belegen. Eris duckte sich voller Angst und Devius folgte ihrem Beispiel. Warteten gemeinsam auf den Todesstoß, der gleich kommen würde.

# 16. Kapitel

Devius war völlig erschöpft. Fühlte sich krank und schwach. Konnte die Augen kaum offen halten. Doch dann hörte er den Schrei seiner Herrin. Das riss ihn aus seiner Benommenheit. Sie wollte ihn eher töten, als ihn seiner jungen Begleiterin zu überlassen. Das wusste er in diesem Augenblick. Trotzdem hatte er große Sehnsucht nach ihr. Vielleicht sollte er sich einfach hier auf den Boden legen. Sich seinem Schicksal ergeben. Auf ihre Gnade hoffen. Nein, das wäre wahrscheinlich ein großer Fehler. Sein Instinkt sagte ihm, dass er der jungen Frau, die ihn begleitete, vertrauen musste. Das ließ ihn alle seine Kräfte zusammennehmen und ihr folgen.

Sie hatten schon fast die Straße erreicht, als Aurelia im Türrahmen erschien. Jetzt waren sie verloren. Gleich würde sie ihnen einen tödlichen Streich versetzen. Vor ihnen liefen Leute zusammen. Die Nachbarn waren durch den Tumult aufgeschreckt worden. Fragten, was passiert war. Er sah wie Aurelia ihre Arme sinken ließ. Es waren zu viele Menschen hier. Sie konnte sie nicht töten. Nicht hier in aller Öffentlichkeit. Noch wollte sie sich diese Blöße nicht geben. Das war ihrer beider Glück.

Er rannte mit seiner jungen Begleiterin fort. Doch wohin sollten sie sich wenden? Wer würde ihnen Unterschlupf bieten? Da fiel ihm Ravena Grünbaum ein. Hatte sie ihn nicht kürzlich besucht. Er wusste es nicht mehr genau. Nur noch schemenhaft sah er ihr Gesicht vor sich.

„Lass uns zu Ravena Grünbaum fahren. Sie wird uns sicherlich helfen." Sie nahmen ein Taxi.

Das Schicksal war ihnen geneigt. Ravena war zu Hause. Voller Bestürzung bat sie sie herein.

„Was ist passiert, Devius? Was hat Dir Aurelia angetan?"

„Ich … fühle … mich … so … ." Er konnte es ihr nicht mehr sagen. Fiel vor Schwäche ohnmächtig auf den Boden. Erst als es schon dunkel war, wachte er wieder aus seiner Ohnmacht auf. Die junge Frau saß bei ihm, lächelte ihn an. Tupfte ihm den Schweiß von der Stirn. Er nahm sie genau in Augenschein. Jetzt fiel ihm auf, was er die ganze Zeit nicht wahrgenommen hatte. Ihr Gesicht erinnerte ihn an jemanden aus seiner Vergangenheit. Eine der dunklen Göttinnen. Sie sah wie Eris aus, nur erheblich jünger. Hatte sie ihm das nicht auch schon gesagt. Er war sich nicht sicher.

„Eris, bist Du das? Du lebst?" Eris fing an zu lächeln. Freute sich, dass er sie wiedererkannt hatte.

„Ja, mein Geliebter, ich lebe. Nach meinem Tod in den dunklen Kerkern vor zwanzig Jahren, wurde ich wiedergeboren. Doch es dauerte lange, ehe ich mich an mein altes Leben und damit auch an Dich erinnern konnte. Ich wollte zu Dir zurückkehren. Auch da ich spürte, dass Du Dich in Gefahr befindest."

„Du hast mich gerettet? Aber wovor? Aurelia war gut zu mir. Hat mir nichts zu Leide getan."

„Da irrst Du Dich. Nur noch wenige Tage und Du wärst gestorben. Sie hat Dir regelmäßig mit Deinem Samen Deine Lebenskraft entzogen, außerdem hat Sie Dir Rattengift ins Essen mischen lassen. Oder, weshalb meinst Du, fühlst Du Dich so elend?", sagte sie sichtbar enttäuscht darüber, dass Devius so naiv war und scheinbar immer noch nicht ahnte, wie knapp er dem Tode entronnen war.

„Aber ich möchte Dir keine Vorwürfe machen. Meine Mutter ist eine sehr mächtige Zauberin. Es ist sehr schwierig für einen Sterblichen, ihr zu widerstehen."

„Deine Mutter?"

„Ja, es war Nyx, die sich bei Dir eingeschlichen und Dich getäuscht hat."

„Aber sie sah Clarissa so ähnlich. Sie sagte, sie sei die Halbschwester von ihr."

„Alles Lug und Trug. Die Macht von Nyx hat seit Eurem letzten Zusammentreffen erheblich zugenommen. Sie hat mit Dir wie mit einer Maus gespielt." Eben begann Devius zu ahnen, wie sehr er betrogen worden war. Die Dunkelheit hatte es vermocht, ihn Lügen als Wahrheit erscheinen zu lassen. Große Verbitterung machte sich daraufhin in ihm breit.

„Ich verstehe.", sagte Devius mit einen traurigem Ausdruck auf dem Gesicht.

„Lass uns zu Ravena hinuntergehen. Sie erwartet uns schon. Hat Dir einiges zu berichten. Vielleicht wird Dir dann das ganze Ausmaß der Angelegenheit deutlich."

„Ja, lass uns das machen.", sagte Devius, dem seine Frustration immer noch deutlich anzumerken war. Er versuchte aufzustehen, sackte aber im gleichen Moment vor Schwäche zusammen. Eris half ihm dabei, wieder aufzustehen und führte ihn langsam die Treppe herunter. Immer wieder blieben sie zwischendurch stehen, da Devius außer Atem war und nach Luft schnappen musste. Als sie das Arbeitszimmer von Ravena erreicht hatten, stand sie von Ihrem Schreibtisch auf und kam ihnen entgegen. Gemeinsam mit Eris führte sie Devius zu einer Sitzgruppe in der Ecke ihres Büros.

Als sie Platz genommen hatten, bot sie ihnen etwas zu trinken an. Devius verlangte ein Glas Wasser, das er voller Gier austrank. Dann begann Ravena zu sprechen:

„Ich bin sehr froh, dass Du Dich nun doch noch vom Einfluss dieser Fremden lösen konntest und den Weg zu mir gefunden hast, Devius. Doch leider ist eine ganze Reihe von Dingen geschehen, seitdem wir uns das letzte Mal gesehen haben.

Am bedrohlichsten scheint mir dabei zu sein, dass immer mehr junge Menschen von einer seelischen Finsternis eingenommen werden, die sie dazu zwingt, entweder an sich selbst oder an Menschen aus ihrer nächsten Umgebung Hand anzulegen. Die Telefone der örtlichen Polizeistationen stehen seit ein paar Tagen nicht mehr still und werden in immer mehr und in immer grausamerer Weise mit Todesfällen konfrontiert. Niemand kann sich erklären, wie es gerade jetzt zu solch einer Häufung von Tötungsdelikten kommt, aber es steht zu vermuten, dass es mit irgendwelchen Aktivitäten der dunklen Kleriker zusammenhängt.

Daneben wurden in letzter Zeit gehäuft Sichtungen von geisterhaften Erscheinungen in verschiedenen Städten gemacht, die darauf hindeuten, dass etwas versucht, in unsere Welt einzudringen. Auch in diesen Fällen stehen wir bislang vor einem Rätsel.

Es scheint so, dass der Friede, in dem wir lange lebten, sein Ende erreicht hat und wir uns den dunklen Ereignissen, die ihre Schatten vorauswerfen, entgegenstellen müssen. Dazu brauchen wir einen starken Führer. Dein Volk ruft nach Dir und Deiner Kraft, Devius. Du hast uns schon einmal vor den Abgründen der Dunkelheit gerettet."

„Ja, das stimmt, Ravena. Ich habe gemeinsam mit Clarissa schon einmal die Welt des Lichts vor den dunklen Mächten bewahrt. Aber siehe mich an. Von meiner einstigen Kraft ist kaum etwas übrig. Ich bin ein körperliches Wrack. Schon vor Nyx Auftauchen war ich verweichlicht und schwach, aber nun bin kaum noch fähig, allein die Treppe hinunter zu gehen. Wie soll ich es da mit der mächtigsten der dunklen Göttinnen aufnehmen? Wie soll ich mein Volk in so einem Zustand in den Kampf führen?"

„Ich weiß, dass Du nach dem Tod von Clarissa so verletzt und enttäuscht warst, dass Du Dich vom Licht fast völlig abgewandt hast und voller Bitterkeit darauf gehofft hast, dass die Dunkelheit Dich vergessen wird. Aber jetzt ist der Moment gekommen, zu erkennen, dass das nicht der Fall war. Die dunklen Kleriker dienen der Dunkelheit und auf irgendeine verdorbene Art und Weise ist es ihnen gelungen, in den tiefsten Tiefen der Hölle Verbündete zu finden. Du kannst Dich nicht länger davor verstecken, dass uns große Gefahr droht. Wir müssen handeln. Und zwar jetzt."

„Ich sehe die Gefahr, ich sehe aber auch meine Schwäche. Was denkst Du, soll ich nun tun?"

„Lass Dich durch das Licht berühren, so wie es Dich schon einmal berührt hat. Ich habe Dein altes Medaillon all die Jahre aufgehoben, nachdem Du es nicht mehr haben wolltest. Jetzt ist die Zeit gekommen, es wieder anzulegen.", sagte Ravena während sie ein kleines silbernes Kästchen aus ihrem Schreibtisch holte und Devius Amulett daraus entnahm. Devius sah Eris fragend an. Daraufhin lächelte sie ihm aufmunternd zu und nickte. Somit ließ er sich das Amulett von Ravena umlegen.

In gleichen Moment als das Amulett Devius berührte, begann es sanft zu leuchten. Dieses Leuchten hüllte innerhalb weniger Momente Devius gesamten Körper ein. Währenddessen gab Devius ein wohliges Seufzen von sich und rekelte sich wie unter einer Vielzahl von sanften Berührungen. Gleich darauf schien sein Körper das Licht gierig aufzusaugen. Schließlich war es verschwunden. Nur in Devius Augen war noch ein Schimmer von ihm zu entdecken.

Als Devius seinen Blick nun wieder erhob, waren alle Pein und alle Schwäche aus seinem Gesicht verschwunden. Er wirkte jünger und kraftvoller als noch vor wenigen Augenblicken. Während er jetzt sprach war seine Stimme kraftvoll und fest:

„Erst jetzt sehe ich, was mir die Herrscherin der Dunkelheit wirklich angetan hat und wie nah ich durch sie dem Tod gekommen war. Sie hat meine Gutmütigkeit ausgenutzt, um sich auf schändlichste Art und Weise bei mir einzuschleichen und mir infame Lügen ins Ohr zu flüstern. Zu meiner Schande bin ich darauf hereingefallen. Doch ihr habt mir meine Augen geöffnet und mir die Kraft gegeben, mich dagegen zu wehren. Vor Verzweiflung habe ich nach dem Tod meiner geliebten Frau den Glauben an die Kraft des Lichts verloren und mich dem Irrglauben hingegeben, dass mir die Dunkelheit nichts mehr anhaben kann. Ich habe mich geirrt und diesen Irrtum beinahe mit meinem Leben bezahlt.

In diesem Moment fühle ich, dass ich all die Jahre in undurchdringlicher Finsternis verbracht habe und nun erst wieder beginne zu leben. Nach langer Zeit hat mich das Licht erneut berührt und meine Seele zum Erstrahlen gebracht. Soeben fühle ich genügend Kraft in mir, um Nyx den Widerstand entgegenzubringen, der ihr gebührt. Ab diesem Augenblick wird der Kampf gegen die Finsternis wieder aufgenommen und ihr könnt sicher sein, dass die Dunkelheit daraus nicht als Sieger hervorgehen wird.“

Ravena und Eris waren fasziniert davon, welche Veränderungen durch die Kraft des Amuletts mit Devius vorgegangen waren. Beide sahen jetzt den Mann vor sich, wie er einstmals gewesen war und dem sie damals so viel Respekt und Zuneigung entgegen gebracht hatten. Der Mann, der die Welt des Lichts und das dunkle Reich von der Finsternis befreit hatte. Der Mann, der das erneut vollbringen würde.

# 17. Kapitel

Ich schrie mir die Seele aus dem Leib, doch es nützte nichts. Keines dieser finsteren Wesen hinter uns hatte vor, Serenus und mich wieder von unseren Fesseln zu befreien. Die Belagerungstürme wurden unaufhaltsam näher an die Burg geschoben. Schon jetzt wurden die ersten Pfeile von den Verteidigern der Burg abgefeuert und trafen die Holzbalken, auf denen wir festgebunden waren. Einer davon hätte mich fast getroffen und landete nur wenige Millimeter von meinem Kopf entfernt. Das war der Moment, als mir bewusst wurde, dass es hier um mein Leben ging. Es nur noch an einem seidenen Faden hing.

Ich rüttelte erneut an meinen Fesseln, doch sie gaben kein Stück nach. Meine Angst wuchs. Die Burg kam immer näher und mit ihr die Bogenschützen, die die Belagerungstürme aufhalten wollten. Da landete wieder ein Pfeil nicht weit von mir. Ich fing an, vor Angst und Wut zu zittern. Konnten sie denn nicht sehen, dass hier zwei unschuldige Menschen festgekettet waren, die nichts mit diesem Kampf zu tun hatten? Waren sie denn blind?

Ich sah zu Serenus hinüber. Er versuchte genauso verzweifelt wie ich, seine Fesseln zu lösen. Schien damit ebensowenig Erfolg zu haben. Seine goldenen Augen wirkten wild und entschlossen. Auch er schrie vor Enttäuschung laut auf. Doch plötzlich ging eine Veränderung mit ihm vor sich. Ich sah, wie ihm Muskeln wuchsen, die vorher nicht da waren. Sein ganzer Körperbau sich veränderte. Auch sein Kopf verformte sich. Wurde zu einem Adlerkopf. Serenus verwandelte sich in einen unglaublich schönen Greif. Hatte auf einmal ein Vielfaches seiner bisherigen Körperkräfte. Zerriss die Ketten als wären sie aus Papier. Blickte sich um.

Sah mich an. Flog zu mir. Zerriss auch meine Ketten. Nahm mich auf seine starken Arme und sagte:

„Halt Dich gut fest, Sina." Dann flog er mit mir in Richtung der Burg. Ich freute mich. Doch diese Freude hielt nicht lange an. Sowohl die Verteidiger der Burg als auch die dunklen Angreifer nahmen uns jetzt unter Beschuss. Ein Pfeil nach dem anderen flog auf uns zu. Immer wieder spürte ich, wie Pfeile uns nur haarscharf verfehlten. Dann wurde Serenus getroffen. Ein Pfeil steckte in seiner Seite. Er fing an zu bluten. Sein Gesicht verzerrte sich vor Schmerz. Kam ins Trudeln. Musste mit mir landen. Das Pech schien uns nicht mehr loslassen zu wollen. Wir landeten auf einer Anhöhe, die zum Areal der Felsenburg gehörte. Wurden dort sofort umzingelt und durch die Kämpfer nach unten getrieben. Unten im Hof angekommen, riefen sie nach ihrem Heerführer, um uns ihm als ihre Beute zu präsentieren.

Aus dem Schatten trat nun ein großer Greif, der uns voller Sorge, aber gleichzeitig auch mit großer Erleichterung anblickte. Es war Aetius, der Vater von Serenus. Unglaublich, aber wir waren hier in Sicherheit. Hier konnte uns nichts mehr passieren. Ich war glücklich und erleichtert. Als er die Wunde seines Sohnes betrachtet und einen Heiler gerufen hatte, wandte er sich mir zu:

„Ich bin sehr froh, dass ihr den Überfall der dunklen Mächte gut überstanden habt. Der Angriff kam völlig überraschend für uns, so dass viele gute Krieger dabei den Tod fanden. Eine ganze Reihe von Geschöpfen, die schon einmal Teil der Dunkelheit gewesen waren, verwandelten sich von einen Augenblick auf den anderen in wilde und unberechenbare dunkle Kreaturen, die mordend und plündernd durch das Dorf der Erinnerung zogen. Das war aber noch nicht alles. Überall öffneten sich magische Tore aus den tiefsten Tiefen der Hölle und spuckten dämonische Wesen und teuflische Geschöpfe aus, die ganze Familien grausam abgeschlachtet haben, um sie gleich darauf voller Gier zu verschlingen. Ich hätte niemals gedacht, dass die Dunkelheit mit so einer Vehemenz und Stärke zurückkehren würde. Aber was geschehen ist, ist nun einmal geschehen. Es ist zu spät, unsere mangelnde Wachsamkeit zu bedauern.

Jetzt ist es wichtig, unsere Kräfte zu bündeln und vereint zurückzuschlagen. Dazu brauche ich nochmals Eure Unterstützung. Meine Späher haben mir berichtet, dass der Großteil der Angreifer aus Richtung Norden zu uns gelangt und von dort auch der Nachschub an Waffen und Ausrüstung herbeigeschafft wird. Ich bin mir daher fast sicher, dass die dunklen Kämpfer ihr Hauptquartier in der Burg der betrogenen Seelen eingenommen haben. Es wäre wichtig für unsere Planungen zu wissen, ob das wirklich so ist. Außerdem sind wir auf die Hilfe der nordischen Völker angewiesen. Ihnen müsste ein Hilfeersuchen zugestellt werden.

Da die einzige Möglichkeit, aus der Felsenburg zu entkommen, der Luftweg ist und Serenus neben mir das einzige Wesen in dieser Garnison ist, das fliegen kann, muss er diese wichtige Aufgabe erfüllen. Traust Du Dir zu, meinen Sohn bei der Erfüllung dieser Mission zu unterstützen?"

„Natürlich werde ich Serenus auch bei dieser Aufgabe gerne beistehen, Aetius." Ich war sehr stolz, dass Aetius mir zutraute, zusammen mit Serenus diese vielleicht kriegsentscheidenden Mission zu bestreiten. Meine Zustimmung kam aber auch durch den Hintergedanken zustande, den jungen wunderhübschen Greif dadurch noch näher kennenlernen zu können.

Die Untersuchung von Serenus durch den Heiler hatte ergeben, dass seine Wunde nur eine oberflächliche Fleischwunde war und dank der aufgetragenen Kräuter wieder schnell verheilen würde. Er war allerdings nicht davon begeistert zu hören, dass wir am morgigen Tag schon wieder aufbrechen sollten, um die nächste Aufgabe zu erfüllen. Aber ein zorniger Blick seines Vaters reichte aus, dass sein Protest nicht allzu vehement vorgetragen wurde. Nun bekamen wir etwas zu Essen und gönnten uns danach eine Ruhepause. Unsere Mission sollte am nächsten Morgen beginnen.

Als wir am nächsten Morgen geweckt wurden, lag noch Bodennebel über der Landschaft und machte alles einen friedlichen Eindruck. Der gestrige Angriff der dunklen Krieger konnte ohne große Verluste zurückgeschlagen werden, weshalb die Stimmung in der Garnison recht ausgelassen war. Serenus und ich sollten bald aufbrechen und zunächst in das Gebirge der dunklen Wolken nördlich der Felsenburg fliegen. Dort angekommen, würde uns ein steiler Pfad zum Fluss des Vergessens führen, dem wir flussabwärts folgen sollten. Zu großen Teilen, würden wir den Weg zur Burg der betrogenen Seelen dann per Fuß zurücklegen müssen, da Serenus nur kleinere Strecken fliegen und mich gleichzeitig tragen konnte. So geschah es dann auch.

Als wir schließlich die Burg der betrogenen Seelen vor uns sahen, war ich fasziniert von deren Anblick. Sie stand an der Mündung des Flusses des Vergessens zum Meer der Traurigkeit und war direkt in den Fluss hineingebaut worden. Die Burg hatte riesige Ausmaße und schien aus dunkelblauen, fast schwarzem Glas gefertigt zu sein. Je näher wir ihr kamen, desto mehr hatte ich den Eindruck, dass die Mauern der Gebäudeanlage irgendwie mit dem Wasser des Flusses des Vergessens verbunden waren. Die Außenmauer und der Fluss schienen fließend ineinander überzugehen und das Gemäuer mal fest und mal flüssig zu sein.

Außerdem sahen wir hier die Befürchtungen von Aetius bestätigt. In und um die Burg herum herrschte reges Treiben. Ich schätzte, dass sich hier mehrere tausend bis an die Zähne bewaffnete monströse Krieger aufhielten, die auf ihren Einsatzbefehl warteten. Um deren genaue Anzahl abschätzen zu können, schlichen Serenus und ich uns so nah wie möglich an die Burg heran. Serenus hatte inzwischen wieder seine menschliche Gestalt angenommen. Dabei hatten wir allerdings nicht berücksichtigt, dass sich in der Nähe der Burg Patrouillen herumtrieben, die auf der Suche nach Spionen wie uns waren.

Kaum lagen wir nicht weit entfernt von der Burg hinter ein paar Felsbrocken, wurden wir auch schon von einen Trupp Soldaten aufgescheucht. Wir versuchten verzweifelt uns zu wehren, doch es waren einfach zu viele. Wir mussten uns erneut ergeben. Diesmal war ich aber nicht ängstlich vor dem, was uns nun bevorstand, sondern wütend über mich selbst, dass ich nicht aus meinen Fehlern gelernt und mich vorsichtiger verhalten hatte. Die Krieger schleppten uns nun gewaltsam in die Burg und dort in eine Art Thronsaal, dessen Wände wie die Wände der gesamten Burg von innen dunkelblau leuchteten und von seltsamen Leben erfüllt waren. Die Atmosphäre des Saales war kalt und bedrückend, wie das Innere eines Glassarges. Der Herrscher der Burg der betrogenen Seelen war eine großgewachsene Gestalt, die gerade mit einem Untergebenen Truppenbewegungen diskutierte, als wir in den Raum gebracht wurden. In dem Moment als sie sich uns zuwandte, konnte ich spüren, wie sich mein Mund voller Staunen öffnete.

Dieser junge Mann hatte das Gesicht meines Vaters. Sah ihm zum Verwechseln ähnlich. Nur dass er ungefähr zwanzig Jahre jünger wirkte und in etwa mein Alter hatte. Aber dann fiel mir noch ein großer Unterschied auf. Mein Vater hatte oft ein leichtes Lächeln im Gesicht und wirkte irgendwie nett. Die Gestalt vor uns strahlte dagegen ein solche Kälte und Unmenschlichkeit aus, dass mir davon angst und bange wurde. Von diesem Wesen durften wir keine Gnade erwarten. Das war ich mir sicher. Vor ihm mussten wir auf der Hut sein. Er war uns nicht gut gesinnt, auch wenn er mein Stiefbruder zu sein schien.

# 18. Kapitel

Die Herrscherin der Dunkelheit hatte einen Moment zu lange gezögert. Eris und Devius waren ihr entkommen. Wie hatte ihr das passieren können? Lag es daran, dass die Beobachter nach der Tötung der beiden gewusst hätten, dass Nyx in die Welt des Lichts zurückgekehrt war? Das wäre sicherlich etwas verfrüht gewesen und nicht ganz ideal. Aber war das der wirkliche Anlass? Um das herauszufinden, konzentrierte sie sich nun auf ihr Innerstes und versuchte zu ergründen, was der wahre Grund gewesen war. Hatte sie Mitleid mit ihrem Todfeind bekommen? Fast fühlte es sich so an. Was lag ihr an dieser verdorbenen Kreatur? Hatte sie zu ihm irgendeine Art von unterschwelliger Zuneigung entwickelt? Das wäre fatal. Er hatte nichts außer einem grausamen Tod verdient. Der würde ihn ohnehin jetzt sehr bald ereilen. Auch wenn sie es gewollt hätte, konnte sie ihn nun nicht mehr vor diesem Schicksal bewahren.

Nyx schob diesen Gedanken beiseite. Viel wichtiger war, dass ihre Tochter nicht mehr zu ihr stand. Ihre Rufe nach Eris waren zwar nicht ungehört verhallt, aber der Einfluss des Lichts auf sie hatte sie wie einen gegorenen Wein verdorben. Sie stellte eine viel größere Gefahr als dieses niedere Geschöpf dar, das ihr ab und zu ein wenig Genuss bereitet hatte. Eris kannte sie fast so gut wie sie sich selbst. Wie oft hatten sie in der Vergangenheit Seite an Seite gegen ihre Feinde gekämpft? Unzählige Male. Eris kannte ihre Stärken, aber auch ihre Schwächen nur zu gut.

Doch es bestand noch Hoffnung. Es war ziemlich sicher, dass ihr zurzeit noch nicht alle ihre Kräfte zur Verfügung standen. Durch den plötzlichen Tod und die darauffolgende Wiedergeburt gerieten viele Dinge in Vergessenheit. Manche blieben für immer vergessen, an andere konnte sie sich sicherlich schon wieder erinnern. Die Frage war nur, wann sie es wagen würde, ihr in einem offenen Kampf entgegenzutreten?

Soeben hörte sie, wie sich jemand an der Eingangstür des Hauses zu schaffen machte. So schnell schon. Das hätte sie ihrer Tochter und den verweichlichten Menschenwesen nicht zugetraut. Sie bekam das Gefühl, dass sie ein Exempel statuieren musste. Nyx konzentrierte sich. Sie hob witternd ihre Nase. Soeben waren drei Wesen in das Haus eingedrungen. Zwei männliche Kreaturen und ihre Tochter. Sie roch Angst, aber auch Entschlossenheit. Von dieser Entschlossenheit würde nicht mehr viel übrig sein, wenn sie mit ihnen fertig war. Von der Angst umso mehr. Die drei hatten sich getrennt. Suchten sie nun unabhängig voneinander. Einen größeren Fehler hätten sie nicht begehen können.

Einer von ihnen kam nun die Treppe in den ersten Stock hinauf. Es war ein junger Mann, vielleicht Mitte Zwanzig. Er war in eine dunkelgraue Uniform gekleidet. Hatte eine Maschinenpistole im Anschlag. Wollte er sie damit verhaften? Sie lächelte spöttisch. Als er in das Schlafzimmer trat, war alles für ihn bereit. Sie stand nackt vor ihm, rekelte sich obszön.

„Hallo, mein kleiner Liebling, wie kann ich Dir zu Diensten sein?" Sie präsentierte ihm ihre nackten Brüste. Fing an, sie zu streicheln. Er war völlig perplex. Schüttelte kurz den Kopf. Versuchte sich wieder auf seine Aufgabe zu konzentrieren. Doch es war zu spät. Wie von Zauberhand geführt zog sich von der Decke des Raumes ein Nylonstrumpf wie eine hungrige Pythonschlange um seinen Hals und nahm ihm die Luft zum Atmen. Er versuchte verzweifelt, den Strumpf von seinem Hals zu lösen, doch es gelang ihm nicht. Erst machte sich Fassungslosigkeit in seinem Gesicht breit, dann Panik. Durch seine hastigen Bewegungen zog sich der Strumpf immer enger zusammen. Sein Gesicht lief erst rot an, dann blau. Jetzt quollen seine Augen aus den Höhlen. Wenige Momente später war er tot. Ihr Lächeln wurde breiter.

Sie ging nach unten in die Küche. Dort erwartete sie den nächsten Besucher. Der Mann, der kurze Zeit später durch die Tür trat, war etwas älter als ihr erstes Opfer. Schätzungsweise Anfang Dreißig. Er hatte die gleiche Uniform an, schien aber etwas cleverer zu sein. Er ließ sich nicht von ihrer Nacktheit ablenken, sondern brachte sofort seine Waffe in Anschlag und bedrohte sie damit. Doch ehe er den Abzug betätigen konnte, ließ sie durch einen dunklen Zauber eine Gabel aus dem offenen Besteckkasten hochfliegen und eine seiner Hände damit am Türrahmen festnageln. Gleich darauf auch die andere. Die Maschinenpistole fiel zu Boden. Blieb dort dumpf scheppernd liegen. Er schrie laut vor Schmerzen auf. Sie sah die Angst in seinen Augen. Diese Angst war berechtigt.

„Du wirst nun sterben. Lass es einfach geschehen, dann wird es nicht zu unangenehm."

Jetzt schwebten drei weitere Gabeln in die Luft und wandten sich auf Geheiß von Nyx dem Polizisten zu. Dieser flehte sie an, ihn nicht zu töten:

„Bitte tue es nicht nicht. Ich würde dafür alles für Dich tun, was Du möchtest. Verschone mich bitte." Sie ignorierte sein Flehen. Schickte die drei Esswerkzeuge auf ihre tödliche Reise. Eine riss ihm seine Kehle auf und ließ seine Schmerzensschreie in einem Gurgeln ersticken. Die zwei anderen bohrten sich durch seine Augen in sein Gehirn und ließen ihn stark blutend tot zusammensacken.

Das Sterben ihrer beiden Gefährten blieb Eris nicht verborgen. Sie stürzte in das Zimmer, während sich Nyx gerade an dem Blut ihres Opfers labte. Ihre Mutter beachtete sie allerdings nicht. Da fing Eris an, sie anzuschreien:

„Was hast Du getan, Du blutrünstiges Monstrum? Die beiden Polizisten waren Familienväter. Wieso hast Du sie getötet?"

„Ich habe mich von ihnen bedroht gefühlt. Vielleicht hättest Du sie besser instruieren sollen, wie sie mit mir umzugehen haben. Dann wäre das alles sicherlich nicht passiert.", sagte Nyx mit einem ironischen Beiklang in ihrer Stimme und erreichte damit, was sie erreichen wollte. Eris war jetzt so wütend, dass sie keinen klaren Gedanken mehr fassen konnte und vor Zorn ihre Hände zum Beschwören des ersten Zaubers hob.

Während sie sich das Blut ihres Opfers mit dem Handrücken von ihren Lippen wischte, drehte sich Nyx zu Eris herum. Dabei erschien ein überhebliches und siegesgewisses Lächeln in ihrem Gesicht. Es schien sagen zu wollen: „Versuch es nur, doch Du hast keine Chance gegen mich." Genau in diesem Moment flog der erste mächtige Feuerball aus Eris Händen auf die Herrscherin der Dunkelheit zu. Das Lächeln der dunklen Göttin schien sich nochmals zu verstärken. Dann überzog sich ihre Haut rasend schnell mit einer schwarz glänzenden Schicht, die den auftreffenden Feuerball wie einen Wassertropfen aufsaugte und von einer Sekunde auf die andere verschwinden ließ.

Aus eben dieser lederähnlichen Schicht wuchs ein spinnenartiges Wesen, das sich nun mit enormer Geschwindigkeit Eris näherte, sie ansprang und versuchte mit ihren Spinnenbeinen in ihren Mund einzudringen. Nur mit Mühe konnte Eris den Angriff dieser ekligen Kreatur abwehren, sie zu Boden werfen und dort zertreten.

Doch Nyx ließ ihr keine Atempause. Die Ablenkung durch das Spinnenwesen ausnutzend, ließ sie drei große schwarze Schlangen entstehen, die sich so fest um Eris Beine und Körper wanden, dass sie sich kaum noch bewegen konnte. Nyx sah, wie Eris versuchte, die in ihr aufsteigende Panik niederzukämpfen. Eine der Schlangen schlängelte sich jetzt weiter nach oben, erreichte den Hals der jungen Göttin und zog sich wie eine Schlinge zu. Eris schnappte voller Grausen nach Luft. Dann konnte sie mit viel Mühe einen ihrer Arme befreien und riss die Schlange von ihrem Hals fort. Jetzt sprach sie eilig eine Beschwörung aus und ließ damit die Körper der drei Schlangen in einem roten Feuer auflodern und zu schwarzem Staub zerfallen.

Gleich darauf beschwörte sie den Zauber der ruchlosen Rache, um ihre Mutter damit kampfunfähig zu machen. Zufrieden beobachtete sie, wie sich rund um Nyx ein Ring aus dunkelblauem Glühen bildete, aus dem es kein Entkommen geben würde. Doch auch hier schützte Nyx ihre zweite magische Haut und trat sie ohne eine Regung durch dieses Glühen auf Eris zu.

Dann tat sie etwas, womit Eris nicht gerechnet hatte. Sie lächelte ihre Tochter versöhnlich an und sagte:

„Verzeih mit Tochter, lass uns unseren Streit beenden. Du hast ja recht. Ich hätte Deine Begleiter nicht gleich töten sollen." Dann ergriff das Kinn von Eris und zog ihren Kopf zu sich heran. Jetzt küsste Nyx ihre Tochter und drang mit ihrer Zunge in ihren Mund ein. Dabei blieb es allerdings nicht. Während Eris noch überlegte, wie sie ihren Kopf aus der Umklammerung ihrer Mutter befreien konnte, gelang ein Teil der Schwärze der Seele ihrer Mutter in ihren

Körper und ließ sie augenblicklich erstarren. Kurz darauf erzitterte ihr ganzer Körper unter dem Angriff der in sie eingedrungenen Dunkelheit. Eris fiel zu Boden und wurde von krampfartigen Anfällen geschüttelt. Man sah ihr an, dass ihr Körper und Geist sich verzweifelt gegen die Finsternis wehrten. Dann entrang ihrer Kehle ein lauter Schrei. Die Dunkelheit hatte schließlich doch noch über Eris gesiegt.

Nyx hatte dies alles zufrieden beobachtet. Als Eris schließlich wieder erwachte, war jegliche Menschlichkeit aus ihrem Wesen verbannt. Sie war wieder eine folgsame Kriegerin der Dunkelheit und bereit, gemeinsam mit ihrer Mutter gegen das Licht zu kämpfen.

# 19. Kapitel

Devius fühlte sich nach der Berührung durch das Rutilquarz
voller Tatendrang, doch Ravena hatte ihn gebeten, sich
noch etwas zu erholen und bei ihr zu bleiben. Deshalb
machte sich er sich nun Sorgen um Eris. Er bedauerte es inzwischen, dass er Eris nicht zurück in sein Haus begleitet
hatte. Sie war der Meinung gewesen, in der Lage zu sein,
Nyx allein besiegen zu können, falls sie sich noch dort aufhalten sollte. Da er körperlich noch nicht ganz in Form war,
wollte sie ebenso wie Ravena nicht, dass er sie dorthin begleitete. Außerdem waren Ravena und Eris fest davon ausgegangen, dass Nyx schon längst das Weite gesucht hatte. Nur
was war, falls beides nicht zutraf? Was war, wenn Nyx in
seinem Haus geblieben war und sich gleichzeitig mächtiger
als Eris erwies? Ja, was war dann?

Devius hielt es nicht mehr im Haus von Ravena aus. Er
musste jetzt sofort zu sich nach Hause fahren. Er musste si-
chergehen, dass es Eris gut ging. Ansonsten würde er seines
Lebens nicht mehr froh werden. Als er Anstalten machte
aufzubrechen, wollte ihn Ravena aufhalten:

„Bitte tue es nicht, Devius. Du bist noch zu schwach.
Wenn Dich Nyx so in die Finger bekommt, wird sie Dich
ohne Mühe in der Luft zerreißen. Bleib bei mir. Hier bist
Du in Sicherheit."

„Nein, Ravena, das möchte ich nicht. Ich mache mir
furchtbare Sorgen um Eris  Mein Entschluss steht fest. Ich
kann keine Minute länger warten. Ich werde ihr hinterher-
fahren."

Seine Sorge erwies sich als richtig. Nachdem er in seinem
Haus eintraf, spürte er, dass hier etwas nicht stimmte. Das
Haus, in dem er sich ansonsten so wohl fühlte, war erfüllt

von einer dunklen und furchteinflößenden Atmosphäre. Die Angst schien sich wie schmieriges Öl in jeder seiner Poren festzusetzen und ihn allmählich wie eine zweite Haut zu umschließen. Wie um das zu bestätigen, wurde er vom Grauen geschüttelt, als er sich der Küche näherte und dort den ersten Leichnam entdeckte. Der Körper des Polizisten war von zwei Gabeln wie bei einer Kreuzigung an den Türrahmen genagelt worden. Aber was noch viel schlimmer war, war, dass seine Kehle und seine Augen durch drei weitere Gabeln zerfetzt worden waren und immer noch aus dem blutigen Trümmerfeld seines Gesichtes ragten. Devius versuchte voller Ekel den Körper des unschuldigen Opfers nach unten zu ziehen, aber die Gabeln hingen so fest, dass sie sich nicht lösen ließen.

Seine Furcht um Eris war inzwischen ins Unermessliche gewachsen. Wo befand sie sich? Und wo war ihr zweiter Begleiter? Voller Vorsicht untersuchte er die restlichen Räume im Erdgeschoss. Hier war keine Spur von den Beiden zu entdecken. Dann war jetzt der erste Stock dran. Stufe um Stufe wurde Devius immer nervöser. Hatte er eben nicht etwas gehört? Nein, das waren bestimmt nur seine angespannten Nerven gewesen. Dann hörte er etwas im Schlafzimmer rascheln. Das war keine Einbildung gewesen. Er näherte sich der Tür. Sah dort eine Bewegung. Er stürzte sich in den Raum. Sah den zweiten Polizisten dort erdrosselt baumeln. Schüttelte vor Verzweiflung den Kopf. Die Hoffnung, dass Eris noch am Leben war, war in ihm kaum noch spürbar.

Er zwang sich auch noch die restlichen Räume im ersten und zweiten Stock zu begutachten, aber hier war alles unauffällig. Dann blieb nur noch der Keller übrig. Devius holte tief Luft und ging die Treppen nach unten. Am Treppenabgang zum Keller versuchte er das Licht einzuschalten, aber es funktionierte nicht. Er horchte in die Dunkelheit. Hatte er da nicht ein leises Stöhnen gehört? Er vergaß alle Vorsicht und eilte die Kellertreppe hinunter. Es war noch dunkler, als er gedacht hatte, aber er kannte sich hier aus. Folgte einfach seinem Instinkt und der Stimme, die ihn zu sich zu rufen schien. Dann sah er ein schwaches Leuchten. Das kam aus dem Raum, wo der dunkle Spiegel stand. Die Tür stand einen Spalt breit offen. Dorther kam das Stöhnen.

Devius näherte sich behutsam der Tür und versuchte schon von weitem einen Blick in den Raum zu werfen. Er konnte in seinem Sichtfeld nichts Auffälliges erblicken. Das Stöhnen wurde allerdings immer lauter, je näher er dem Raum kam. Langsam und sachte öffnete er jetzt die Tür. Da sah er sie liegen. Eris lag in einer Ecke des Raumes und versuchte gerade, sich wieder aufzurichten. Er rannte zu ihr. Half ihr aufzustehen. Fragte nach, was passiert war und wie es ihr ging. Sie lächelte ihn dankbar an und sagte:

„Nyx hat meine beiden Begleiter überwältigt und getötet. Danach wollte sie auch mich umbringen. Ich konnte mich aber erfolgreich gegen sie wehren. Hatte sogar so viele Kräfte entwickelt, dass sie aus Furcht vor mir durch den dunklen Spiegel fliehen wollte. Als ich sie daran hindern wollte, hat sie mich in die Ecke gestoßen. Dort habe ich mir den Kopf angeschlagen. Bin erst vor wenigen Minuten bin wieder aufgewacht. Wo sie hin ist, weiß ich nicht."

„Und hast Du herausfinden können, was sie im Schilde führte?"

„Nein, das weiß ich leider nicht. Aber es schien mir so als ob sie mit dem Erfolg ihrer Vorhaben nicht besonders zufrieden war."

„Wie dem auch sei, wir werden sicherlich sehr bald wieder von ihr hören. Hast Du starke Schmerzen? Soll ich Dir einen Arzt rufen?"

„Nein, mir geht es schon wieder gut. Ich bin sehr froh, dass Du jetzt bei mir bist. Lass uns nach oben gehen. Ich brauche nur noch ein wenig Ruhe.", sagte Eris mit einem erschöpften Lächeln und ließ sich von Devius nach oben in das Wohnzimmer bringen. Wenn Devius darauf geachtet hätte, hätte er in diesem Moment einen düsteren Schatten in Eris Augen erblicken können. Aber er war so froh, dass sie noch lebte und wohlauf war, dass er den nicht wahrnahm.

## 20. Kapitel

Kaum hatte sich der finstere Blick meines Stiefbruders uns zugewandt, brüllte einer der Krieger, der uns in den Thronsaal gebracht hatte:

„Kniet nieder vor Lethius, dem Sohn von Lethe und rechtmäßigen Herrscher des dunklen Reiches.", und zwang uns mit gezogenem Schwert auf die Knie. Während ich den intensiven modrigen Geruch wahrnahm, der hier dem Raum herrschte, bemerkte ich, wie die eiskalten Augen von Lethius mich von oben bis unten musterten und scheinbar Gefallen an mir fanden. Nachdem diese Musterung abgeschlossen war, erschien ein lüsternes Grinsen auf seinem Gesicht, das mich ernsthaft beunruhigte. Serenus hingegen, wurde von ihm kaum beachtet. Dann begann der dunkle Herrscher zu sprechen und seine Stimme überraschte mich durch ihren Wohlklang und ihren Liebreiz, die so gar nicht zu seiner finsteren Gestalt passen wollte:

„Ein Wesen aus der Welt des Lichts und eine Kreatur aus dem dunklen Reich machen sich gemeinsam auf den Weg, um den mächtigsten Herrscher des dunklen Reiches seit der Göttin der Nacht auszuspionieren und dann an seine Feinde zu verraten. Wie Ihr Euch sicherlich vorstellen könnt, ist diese Erkenntnis nicht sehr angenehm für mich gewesen. Im Gegenteil, sie hat mich sogar tief verletzt. Nun ja, werdet Ihr jetzt sagen, im Krieg sind doch alle Mittel, selbst die schäbigsten, erlaubt, oder etwa nicht? Aber seht mich doch nur an. Verdiene ich es, von Euch hintergangen und betrogen zu werden? Steht es mir stattdessen nicht zu, von Euch geliebt und bewundert zu werden? Wer kann sich schon rühmen von so einem attraktiven und weltoffenen Machthaber wie mir beherrscht zu werden? Ja, ich sehe schon am

Leuchten in Euren Augen, dass ich Euch aus Euren Herzen gesprochen habe und Ihr Euch mir und meiner Sache anschließen wollt. Doch ich möchte keine übereilten Entschlüsse von Euch. Ich gebe Euch noch ein wenig Bedenkzeit, um mir dann freudestrahlend Eure Entscheidung am Morgen des kommenden Tages mitzuteilen.", mit dem Ende seiner Ausführungen gab Lethius mit einer leichten Handbewegung unseren Bewachern zu verstehen, dass sie uns abführen sollten und er sich ab diesem Augenblick nicht mehr mit uns befassen wollte.

Entgegen seinen schönen Reden wurden wir aber nicht in einem komfortablen Zimmer mit Blick auf den Fluss des Vergessens untergebracht, sondern in einem tiefen Kellerverlies, das nach Feuchtigkeit und Verwesung roch und ein Loch im Boden als Abort hatte. Trotzdem musste ich zugeben, dass mich Lethius und seine Art zu reden tief bewegt hatten. Erst viel später wurde mir klar, dass ich einem dunklen Zauber aufgesessen war. In diesem Moment konnte ich aber einfach nicht glauben, dass er von Grund auf schlecht war. Ganz im Gegensatz zu Serenus, der in Lethius die Verkörperung des Bösen sah. Er schien mir ein feinsinniger Mensch zu sein und war wahrscheinlich durch widrige Umstände zu dem gemacht worden, was er jetzt war. Da er scheinbar Gefallen an mir gefunden hatte, glaubte ich, ihn den richtigen Weg weisen und als unseren Verbündeten gewinnen zu können:

„Lethius scheint ein Mann zu sein, der für sachliche Argumente durchaus offen ist. Vielleicht können wir ihn ja auf unsere Seite ziehen. Oder was meinst Du?"

„Nein, ich glaube, da machst Du Dir was vor. Ich denke, dass Lethius durch und durch wahnsinnig ist. Hast Du Dir mal seine Augen genauer angesehen. Das sind die Augen eines Verrückten. Er wird uns bei nächster Gelegenheit töten lassen."

„Ich denke, er ist zivilisierter als Du meinst."

„Das denkst Du aber nur, weil er Dir schöne Augen gemacht hat."

„Das stimmt ja gar nicht. Ich glaube das wirklich." Langsam wurde ich sauer auf Serenus. Er war der festen Absicht, möglichst bald von hier zu fliehen und seinem Vater die seiner Meinung nach kriegsentscheidenden Informationen zu liefern. Ich dagegen war der Auffassung, dass wir uns zum Schein der Sache von Lethius anschließen sollten, um ihn dann davon zu überzeugen, sich von der Dunkelheit abzuwenden. Schließlich lagen wir in entgegengesetzten Ecken unserer Zelle auf dem muffig riechenden Stroh und redeten nicht mehr miteinander. Ich war furchtbar wütend auf Serenus, da er sich kein Stück auf mich zubewegen wollte. Mit dieser Wut im Bauch schlief ich schließlich irgendwann ein.

Als ich am nächsten Morgen aufwachte, war Serenus verschwunden. War es ihm tatsächlich gelungen zu fliehen? Nein, das glaubte ich nicht. Trotz unserem Streit hätte er mich mitgenommen. Warum hatte ich bloß nicht bemerkt, wie er gegangen war? War Lethius doch nicht so vertrauenswürdig, wie ich dachte? Aber mir blieb keine Zeit, zu überlegen, was mit Serenus tatsächlich passiert war. Soeben öffnete sich die Kerkertür und zwei mächtige Krieger, die mehr Wölfen als Menschen ähnelten, betraten meine Zelle und gaben mir das Zeichen ihnen zu folgen. Nun würde ich vielleicht etwas mehr erfahren. Sie führten mich in den Thronsaal, den ich gestern schon kennengelernt hatte und wieder stand Lethius dort und erwartete mich.

Diesmal strahlte sein Gesicht von Beginn an eine überschwängliche Freude aus, die mich zunächst etwas misstrauisch machte. Ehe ich mich dagegen wehren konnte, kam er auf mich zu und legte seinem Arm um meine Schulter. In diesem Augenblick nahm ich einen Geruch von Myrrhe und Sandelholz wahr, der mich leicht benebelte. Dann fing er mit weit ausholenden Gesten an zu reden und während er sprach, führte er mich zu einem weit ausladenden Fenster, das den Blick auf die Küste des Meeres der Traurigkeit und die Einmündung des Flusses des Vergessens freigab. Es war ein bewegender Anblick, der von der wilden Natürlichkeit des dunklen Reiches ausging und mich einen Moment völlig in seinem Bann hielt. Erst nach und nach verstand ich, was Lethius zu mir sagte:

„Es freut mich sehr, meine Liebste, dass Du Dich entschieden hast, zu bleiben. Dein Gefährte wollte das zu meinem großen Bedauern nicht. Er bat noch in der Nacht um ein Gespräch mit mir. Deswegen ließ ich ihn kurz danach durch meine Kämpfer vor die Tore der Burg bringen. Er ist dann wohl in Richtung Süden abgereist. Mit Dir habe ich allerdings Großes vor. Du strahlst eine so große Erhabenheit und Kraft aus, wie ich sie noch niemals in einem Menschen erblicken konnte. Außerdem hast von Beginn an mein Wohlgefallen erregt. Und nun schau Dir diese Herrlichkeit vor uns an und denke daran, wie es sein könnte, dass das, was wir hier vor uns sehen, ganz allein uns gehört. Dir und mir. Du meine Königin wirst und ich Dein König. Was hältst Du davon?"

„Serenus ist ohne mich abgereist?"

„Ja, er sagte, dass ihr Euch gestritten habt und dass ihr zu unterschiedliche Ansichten hättet, als dass es für ihn noch Sinn hätte, hier zu bleiben."

„Das ist ja unglaublich. Er hatte noch nicht einmal den Anstand, sich von mir zu verabschieden?" Lethius nickte bedauernd und sah mich gleich darauf fragend an. Was sollte ich ihm sagen? Dass er gut roch und sich sehr ansprechend ausdrücken konnte, ich aber auf keinen Fall eine Liaison mit meinem Stiefbruder beginnen wollte?

„Ich sehe, dass Du zögerst, aber Deine Überlegtheit spricht für Dich. Doch fühle einmal in Dich hinein und Du wirst das gleiche spüren wie ich. In Deinem Innersten liegt eine große Macht verborgen, die darauf wartet zu ihrer vollen Blüte zu reifen. Mit mir zusammen könntest Du das erreichen. Auch mir hat meine Mutter eine Stärke vererbt, die ich erst vor kurzer Zeit mit Hilfe meiner Großmutter voll entfalten konnte. Es war wie ein Wunder. Nun sehe mich an. Ich bin voller ungezügelter Vitalität. Was wir vereint erreichen könnten, sprengt jede Vorstellungskraft, meine Liebste. Ein Wort von Dir genügt und es wird passieren. Ein Wort von Dir und wir machen uns unsere zwei Welten untertan.“

Lethius hatte recht. Ich fühlte etwas in mir. Hatte es vor dem dunklen Spiegel gespürt, aber auch als die Nachtfalterorchideen sich meiner angenommen hatten. Ich war in eine Welt der Wunder geraten, ohne zu merken, dass ich selbst ein Teil dieses Wunders war. Nur war ich auch dazu bereit, diese Macht zu nutzen? War ich bereit, gemeinsam mit Lethius diesen Weg zu gehen? Mich der dunklen Verlockung hinzugeben? Was war, wenn ich mich darauf einließ? Konnte ich mit seiner Hilfe nicht auch viel Gutes tun? Je näher wir uns waren, desto eher würde er mich auf mich hören. Desto größer war mein Einfluss auf ihn. Ja, ich musste auf sein Angebot eingehen. Was hatte ich auch für eine andere Wahl? Ohne Serenus Hilfe könnte ich Lethius niemals entkommen. Aber Sex wollte ich auf keinen Fall mit ihm haben. Obwohl er mir schon irgendwie gefiel. Nein, diese Frage stellte sich nicht. Wir waren Stiefgeschwister.

Lethius sah mich erwartungsvoll an und schien zu ahnen, was ich ihm als Antwort geben würde. Er verließ sich auf seine charmanten und einschmeichelnden Worte und den finsteren Zauber, den er auf mich ausübte. Und er hatte recht damit. Noch ahnte ich nicht, auf was ich mich damit eingelassen hatte. Deshalb sagte ich:

„Du gehst richtig in der Annahme, dass ich seit einer gewissen Zeit spüre, dass etwas in mir vorgeht. Etwas sehr Machtvolles und Großes. Mir gefällt der Gedanke, Einfluss zu haben und mächtig zu sein. Ein Volk zu beherrschen, das zu mir aufblickt und alles für mich tut. Über eine Welt Macht auszuüben, die so wunderbar ist, wie das dunkle Reich. Aber kann ich Dir auch vertrauen? Wirst Du mir den Respekt zollen, den ich verdiene?" Seine Augen leuchteten nun voller Freude auf und er strahlte mich mit einem einnehmenden Lächeln an. In diesem Moment war ich überglücklich, dass ich ihm diese Antwort gegeben hatte.

„Meine Liebste, ich bin vollkommen entzückt von Deiner Entgegnung. Ich versichere Dir, niemals werde ich Dein Vertrauen missbrauchen oder Dich hintergehen. Für immer werde ich an Deiner Seite stehen. Bald wirst Du es sehen. Ob Halbwesen oder Menschen, alle werden uns zu Füßen liegen und ihr Glück kaum fassen können.

Sicherlich werden aber auch manche dabei sein, die sich unserem Willen widersetzen wollen. Aber wo gibt es keine Querulanten und Neider? Doch das wird ein verschwindend geringer Teil sein. Kaum der Rede wert. Außerdem habe ich die passenden Mittel parat, um mit solchen minderwertigen Kreaturen umzugehen.

Ich sehe es schon genau vor mir, wie der feierliche Einzug unserer siegreichen Kämpfer in der Welt des Lichts aussehen wird. Und wir werden diesen Triumphzug anführen und im Beifall baden. Dein Volk wird uns als Befreier feiern. Es wird ganz einzigartig sein."

Während er sprach, war Lethius hinter mich getreten. Umfasste voller Sanftmut meine Schultern und fing an, sie sachte zu streicheln. In diesem Moment ergriff eine fühlbare Erregung von mir Besitz. Mein Schoß wurde so warm und feucht, dass ich ein leises Stöhnen von mir gab. Lethius hörte das voller Genugtuung und begann damit, mit seinen Händen meinen Po zu tätscheln. Dann spürte ich wie seine hart gewordene Männlichkeit sich gegen mein Hinterteil presste. Nun begann er sein Becken kreisend zu bewegen. Seine Bewegungen wurden immer schneller und fordernder. Auch meine Gier wuchs immer mehr. Jetzt umfasste er mit seinen heißen Händen meine Brüste und begann sie behutsam zu liebkosen. Gleich würde ich mich zu ihm umdrehen und mich ihm völlig hingeben.

Doch plötzlich wurde die Tür zu dem Thronsaal aufgerissen und rannte einer seiner Krieger unangemeldet in den Saal. Gleich darauf schrie er aus voller Seele:

„Mein Herr, wir werden angegriffen. Die Krieger des Lichts stehen vor unseren Toren. Es sind Tausende." Lethius ließ sofort von mir ab und wandte sich dem jungen Kämpfer zu, der die Haut und den Kopf einer giftgrünen Schlange besaß. Dieser schaute ihn jetzt aus solch ängstlichen Augen an, als ob Lethius die Schlange war und er die Maus.

„Unsere Späher hätten uns schon längst melden müssen, dass ein Heer der Krieger des Lichts auf dem Weg zu uns ist. Wieso erfahre ich das erst jetzt?"

„Wir dachten, Du wolltest ungestört sein."

„Hatte ich Euch befohlen zu denken oder Befehlen zu gehorchen?" Ehe der Krieger noch etwas darauf antworten konnte, stieß ihn Lethius zur Seite und eilte, ohne sich nochmals umzudrehen, aus dem Raum.

Mir blieb nun nichts anderes übrig als meine Gier zu besänftigen und auf die Rückkehr meines Liebhabers zu warten.

# 21. Kapitel

Das ernste Gesicht von Nyx entspannte sich etwas. Sie war froh, den Schritt durch den dunklen Spiegel getan zu haben und endlich wieder im dunklen Reich zu sein. Seine saubere und klare Luft atmen zu können. Ab und zu bereitete es ihr zwar Vergnügen, mit diesen niederen Kreaturen in der Welt des Lichts zu kokettieren, aber nach einer Weile widerten die Menschen sie einfach nur an. Nun war sie zufrieden, Devius in den zuverlässigen Händen von Eris zu wissen. Sie würde ihn statt ihrer in den Tod begleiten. Viel wichtiger als Devius war im Moment, ihren Enkelsohn im Kampf gegen das Licht zu unterstützen. Sie hörte den Nachhall seines Hilferufes noch voller Intensität in ihrem Geist.

Seitdem sie ihn in den Gebrauch der schwarzen Künste eingeführt hatte, bestand eine sehr enge Bindung zu Lethius, die fast der Bindung von Mutter und Kind gleichkam. Oder der Verbindung zweier Liebenden. Denn wer konnte schon so eine begehrenswerte Großmutter wie sie sein Eigen nennen? Dadurch spürte sie, wenn es ihrem Enkelsohn nicht gut ging oder ihn etwas belastete. Und das hatte sie jetzt veranlasst, Kontakt zu ihm aufzunehmen und ins dunkle Reich zu reisen.

Soeben traf die Gruppe von Reitern ein, die Lethius zu ihr entsandt hatte. Sie sollten ihr sicheres Geleit zur Burg der betrogenen Seelen gewähren. Sofort sah sie, dass sie eine stattliche Reitechse im Schlepp hatten, die einer dunklen Göttin würdig war. Sie begrüßte die zwölf Krieger förmlich:

„Seid gegrüßt, dunkle Krieger. Wie ich vermute, seid Ihr beauftragt worden, mich zur Burg der betrogenen Seelen zu begleiten. Außerdem sehe ich, dass Ihr mir eine Reitechse mitgebracht habt."

„Seid gegrüßt, dunkle Göttin. Nicht nur das. Wir haben auch den Auftrag von unserem Herren erhalten, Euch während Eures Aufenthaltes im dunklen Reich als Leibwächter zu dienen." Nachdem Nyx das gehört hatte, umspielte ein zufriedenes Lächeln ihre Lippen. Sie benötigte zwar nicht unbedingt eine Leibgarde, doch war diese Ehrerbietung ganz in ihrem Sinne.

Schon bald nachdem sie los geritten waren, wurde der zufriedene Ausdruck auf ihrem Gesicht nochmals vertieft. Das Dorf der Erinnerung, ebenso wie die umliegenden Felder, war durch die Krieger ihres Enkels niedergebrannt und fast vollkommen zerstört worden. Endlich lag dieser Hort des Widerstandes in Trümmern. Dort würde nie wieder ein Aufstand seinen Ursprung finden.

Wie sie sich schließlich der Burg der betrogenen Seelen näherten, wurde ihre Stimmung aber von Moment zu Moment schlechter. Sie konnte kaum glauben, was sie dort vor sich sah. Bestimmt fünftausend Krieger des Lichts hatten die Burg ihres Enkels umringt. Von dort konnte niemand ungesehen entkommen. Eben so wenig wie sie in die Burg gelangen konnte. Daher befahl sie ihren Begleitern auf die andere Seite des Flusses zu wechseln. Dort befand sich ein Geheimgang zu der Burg. Ihre Begleiter und sie mussten dazu allerdings von ihren Reitechsen steigen und sie durch den reißenden Fluss führen, der hier glücklicherweise verhältnismäßig seicht war. Trotzdem war es ein riskantes Unterfangen, da der Fluss des Vergessens über zahlreiche Strudel und Untiefen verfügte.

Als ob sie es voraussehen hatte, gerieten zwei Mann ihrer Leibgarde in Untiefen und verloren dadurch ihr Gleichgewicht. Zusammen mit ihren Reittieren wurden sie durch die starke Strömung erfasst und ins offene Meer getragen, wo schon eine Anzahl von großleibigen Raubfischen auf sie warteten und sie ohne Gnade verschlangen.

Erschöpft von der Anstrengung kam der Rest der Gruppe schließlich auf der anderen Seite des Ufers an. Aber Nyx wollte ihren Männern keine Verschnaufpause gönnen. In deren Genuss kamen sie aber dennoch, da die Suche nach dem Eingang des Geheimganges mehr Zeit als geplant in Anspruch nahm. Er war doch besser verborgen, als Nyx es in Erinnerung hatte. Schließlich ließ die dunkle Göttin drei Krieger bei ihren Reittieren zurück, während sie mit den anderen in die dunkle Höhle eindrang, die sie in die Burg führen sollte.

Sobald sie in den dunklen Gang traten, wurden sie von einem starken Geruch nach Moder und Fäulnis empfangen. Nyx atmete diesen Duft voller Genuss ein. Er erinnerte sie an die ein oder andere finstere Gruft, wo sie ihre Feinde verscharrt hatte. Sie führte die Gruppe an und bewegte sich sehr zielstrebig in der herrschenden Dunkelheit fort. Seitdem sie denken konnte, waren die Dunkelheit und sie eins. So wie Zwillingsschwestern. Wenn sie einmal Trost und Zuwendung gebraucht hatte, war die Dunkelheit immer für sie da gewesen. Sie war die verlässlichste Freundin, die sie besaß, und noch nie in ihrem Leben von ihr enttäuscht worden.

Nyx und ihre Männer näherten sich nun einer rutschigen und steilen Treppe, die sie nach oben führte. Weit vor ihnen war nun ein Lichtschimmer zu erkennen, der sie hoffen ließ, dass sie ihr Ziel bald erreicht hatten. Doch der Aufstieg war doch länger und beschwerlicher, als sie zunächst gedacht hatte. Kaum oben angekommen, sah die dunkle Göttin, dass Lethius sie schon voller Ungeduld erwartete. Er schien äußerst nervös und mit der Situation völlig überfordert zu sein. Hatte sie wirklich die richtige Entscheidung getroffen, als sie ihn mit dieser wichtigen Aufgabe betraut hatte? Er war ein sehr strebsamer junger Mann und sehr von sich und seiner Wirkung auf andere überzeugt. Deswegen war es ihr auch sehr leicht gefallen, ihn für ihre Zwecke auszunutzen. Sie kannte solchen Art von Wesen zur Genüge. Immer wieder war sie in ihrem langen Leben Kreaturen begegnet, die in ihr Spiegelbild vernarrt und dadurch sehr leicht durch sie zu beeinflussen waren.

„Endlich bist Du hier, Großmutter. Ich weiß langsam nicht mehr, was ich noch tun soll. Es sind so schrecklich viele. Ich kann mir wirklich nicht erklären, woher sie so plötzlich aufgetaucht sind. Außerdem scheinen sie vollkommen furchtlos zu sein. In ihren Mienen regt sich nichts, auch wenn wir sie mit Pfeilen beschießen. Außerdem scheinen sie sich blind zu verstehen, oder hörst Du irgendeinen Laut von dort drüben. Es herrscht eine beängstigende Stille. So als ob sie gar nicht da wären."

„Du hast recht Lethius. Das ist schon sehr ungewöhnlich. Ist Dir noch etwas aufgefallen?"

„Ja, die Krieger vor unseren Toren machen keine Anstalten uns anzugreifen. Kommen uns aber auch nicht so nah, dass wir sie erfolgreich bekämpfen könnten. Das ist eine Kampfstrategie, die ich nicht kenne und ich kenne wirklich alle."

„Beruhige Dich Lethius. Lass uns zunächst in Deinen Thronsaal gehen und alles in Ruhe besprechen. Dann sehen wir weiter. Ich habe da schon eine Idee, wie wir mit diesen Geschöpfen fertig werden können."

„Gut, dann folge mir." Lethius führte Nyx eilig in den Thronsaal, wo Sina noch immer auf Lethius wartete und sich zu ihnen mit einem ungeduldigen Ausdruck auf dem

Gesicht umwandte, als sie eintraten. Die beherrschte Fassade der Herrscherin der Dunkelheit bekam tiefe Risse, als die das Gesicht von Sina erblickte, das so sehr dem Gesicht ihrer Mutter ähnelte.

„Ach, Du hast noch einen Gast, Lethius. Willst Du uns nicht vorstellen?", sagte Nyx, während sie versuchte, ihre Fassung wieder zurückzuerhalten.

„Entschuldige bitte. Natürlich, Nyx, das ist Sina Melzer, eine junge Frau aus der Welt des Lichts. Schon als ich sie zum ersten Mal sah, fühlte ich, dass sie über unvorstellbare Kräfte verfügt. Sie wird uns in unserem Kampf gegen das Licht unterstützen und unsere Sache sicherlich sehr dienlich sein."

„Ja, das glaube ich auch. Da hast Du sehr viel Feingefühl bewiesen, mein Lieber." Lethius war hocherfreut über das Lob der dunklen Göttin und bemerkte deshalb gar nicht, wie fasziniert Nyx Sina von oben bis unten begutachtete. Die Tochter von Clarissa und Devius in ihren Händen und willig der Dunkelheit zu dienen. Das hätte sie sich noch nicht einmal in ihren kühnsten Träumen ausmalen können. Schon fast vor Glück schwebend ging Nyx auf Sina zu und ließ sie dabei wie eine Schlange, die ihr Opfer mit ihrem Blick gefangen hält, nicht aus den Augen. Dann setzte sie ihr liebevollstes Lächeln auf und strich der jungen Frau leicht über ihre Wange.

„Es freut mich sehr, Kindchen, dass Dir mein Enkel so gut gefällt, dass Du bei ihm bleiben und unserer gemeinsamen Sache dienen möchtest. Sei Dir sicher, diese Entscheidung wirst Du nicht bereuen. Nur mit uns gemeinsam wird es Dir gelingen, Dir die Wünsche zu erfüllen, die Du schon immer gehabt hast und tief in Dir geschlummert haben. Ich sehe in Deinen Augen, dass es Dir schon zeitlebens gefiel,

Macht über andere auszuüben und sie ein klein wenig zu quälen. Das ist doch so, meine Liebe, oder nicht?"

„Ja, Du hast recht, Nyx. Es hat mich immer wieder fasziniert, wie leicht ich andere Menschen um den Finger wickeln und sie dazu bringen konnte, das zu tun, was ich wollte. Es war stets ein gutes Gefühl, diese Macht zu besitzen."

„Gut, dann werden wir jetzt unsere gemeinsame Macht nutzen, um die Belagerer dieser Burg für alle Zeit zu vertreiben. Lasst uns dazu auf den höchsten Turm der Burg gehen. Dort, wo wir den besten Überblick haben. Kannst Du uns den Weg zeigen, Lethius?"

„Ja, lasst mich vorausgehen." Lethius geleitete Nyx und Sina nun im raschen Tempo durch eine Vielzahl dunkler und verwinkelter Gänge und Treppenhäuser, die sie nach und nach in immer höhere Bereiche der Burg führten. Irgendwann hatten sie dann den höchsten Punkt des Gebäudekomplexes erreicht und verfügten über einen achtunggebietenden Blick über weite Teile des dunklen Reiches. Selbst Nyx hielt einen Moment inne angesichts der fulminanten Sicht, die sich ihr hier bot. Doch ihre Begeisterung hielt nicht lange an. Es gab jetzt dringendere Angelegenheiten zu erledigen, als die Aussicht zu bewundern.

„Stellt Euch nun mir gegenüber auf, reicht Euch eine Hand und gebt mir die andere, so dass wir ein Dreieck bilden. Jetzt schließt die Augen und hört auf meine Worte.

Gelobt sei die Unvergänglichkeit der Dunkelheit, die Macht des Hasses und die Entschlossenheit des Todes. Die Dreifaltigkeit der Finsternis wacht über uns und unser Tun. Drei sind wir und bitten um drei Dinge. Die Unvergänglichkeit unseres Tuns, die Macht unsere Feinde zu vernichten und die Entschlossenheit ihnen gegenüber kein Mitleid zu empfinden. Im Namen der Dreifaltigkeit der Finsternis beschwören wir den Sturm des Untergangs, auf dass damit unsere Feinde ausgelöscht werden."

Kaum war das letzte Wort von Nyx ausgesprochen worden, schon fing ein starker Wind an, die Haare der drei Bündnispartner durcheinanderzuwirbeln. Zur gleichen Zeit trieben heftige Böen große dunkle Wolken aus drei verschiedenen Richtungen des Himmels zusammen, die sich schließlich über dem Standort der drei Wesen vereinten. Jetzt begann ein dunkles Donnergrollen, das mit jeder Minute lauter wurde. Vereinzelt waren Blitze zu sehen, die den Gesichtern der Anwesenden geisterhafte Konturen verliehen.

Doch das war noch nichts im Vergleich mit dem, was gleich darauf geschah. Als ob jemand das Tor zur Hölle geöffnet hatte, erschallte ein markerschütterndes Heulen, das das Wüten des Sturmes ohne Mühe übertönte. Dann erschienen am Himmel drei geisterhafte dunkle Gestalten, die auf riesigen schwarzen Skorpionen in der Luft ritten. Begleitet von Blitzen mit imposanten Ausmaßen stießen die drei Kreaturen mit großer Geschwindigkeit in die Mitte des feindlichen Lagers hinab und begannen im gleichen Augenblick damit, die Kämpfer dort mit Hilfe riesiger und blitzschnell sich bewegender Sensen abzuschlachten.

Diese standen der Heftigkeit und der Blutigkeit des Angriffes völlig hilflos gegenüber. Fast gleichzeitig erschienen drei gigantische Windhosen am Rande des Schlachtfeldes und hinderten die dort befindlichen Krieger daran, diesem Blutbad zu entfliehen. Vielmehr trieben sie sie immer näher an ihr Verderben heran. Dann ging auch noch eine Flut von blau leuchtenden Kugelblitzen auf die Kämpfer des Lichts nieder, die ihre Anzahl weiter reduzierte. In wenigen Minuten war das Schauspiel vorbei und sämtliche feindliche

Kämpfer von Blitzen verbrannt oder durch die Sensen der Skorpionkrieger getötet worden.

Die drei Zauberer, die dieses Blutbad verursacht hatten, erwachten nun aus der Trance, in der sie zu Beginn des Zaubers gefallen waren und betrachteten, was ihr dunkler Zauber bewirkt hatte. Nyx und Lethius waren vollauf zufrieden, mit dem, was sie sahen, während Sina mit schreckerfüllten Augen auf die vielen tausend Opfer schaute, die dort unten mit zerfetzten und verbrannten Körpern in ihrem Blut lagen. Zitternd vor Aufregung konnte sie sich kaum noch auf den Beinen halten und musste sich an den Burgzinnen festhalten. Nyx und Lethius bemerkten das und blickten sie sorgenvoll an.

„Was hast Du denn, mein Kindchen. Ist Dir schlecht? Das vergeht gleich wieder. Du hast hervorragende Arbeit geleistet. Alle unsere Feinde sind tot."

„Ich dachte, wir wollten sie vertreiben. Jetzt sind alle tot. Und ich habe sie mit Euch getötet. Das verkrafte ich nicht. Ich werde diesen Anblick niemals mehr in meinem Leben vergessen. Was habe ich nur getan?" Sina fing an zu schluchzen. Tränen liefen aus ihren Augen. Sie schaute sich hilfesuchend um. Nyx kam daraufhin auf sie zu und legte ihr mitfühlend ihre Hand auf die Schulter.

„Mach Dir darüber keine Gedanken. Die Erinnerung wird vergehen. Denke daran, was wir noch alles gemeinsam erreichen werden. Wie mächtig Du mit unserer Hilfe werden wirst."

„Ich kann das nicht. Das alles war ein großer Fehler. Ich bin schuld am Tod von so vielen Menschen. Das werde ich nie vergessen. Ich muss weg von hier. Ich will wieder nach Hause zu meinem Vater." In diesem Moment veränderten sich die Mienen von Nyx und Lethius und breiteten dunkle

Schatten auf ihren Gesichtern aus, die nicht Gutes für Sina verhießen. Nyx blickte Lethius nun tief in die Augen und nickte ihm unmerklich zu. Er legte daraufhin seinen Arm um Sinas Schultern und sprach beruhigend auf sie ein:

„Komm, ich bringe Dich nun erst einmal in Dein Zimmer. Später sprechen wir nochmal in aller Ruhe darüber." Wie in Trance ließ sich Sina nun ohne Widerstand nach unten bringen und ahnte dabei nicht, dass sie damit ihrem Verderben entgegen ging.

# 22. Kapitel

Devius träumte. Er sah seine Tochter Sina. Sie war mit Ketten an eine Kerkerwand gefesselt. Sah blass und krank aus. Hatte blutige Striemen auf Armen und Gesicht, schien gefoltert worden zu sein. Ihr Blick war starr auf einen Punkt in der Zelle gerichtet. Fast so, als ob sie hypnotisiert wäre. Jetzt sah Devius, auf was sie starrte. Es war ein riesiger dunkler Kristall. Er schien voller Leben zu sein. Seine Oberfläche bewegte sich immer wieder, als ob darunter irgendwelche Kreaturen wären, die nach draußen gelangen wollten. Plötzlich hörte er ein lautes Klingeln. Es wurde immer lauter und lauter. Endlich begriff er, dass dieses Geräusch nicht zu seinem Traum gehörte.

Es klingelte Sturm an seiner Haustür. Devius wachte voller Schrecken auf. Brauchte einen Augenblick, ehe er wieder im Hier und Jetzt war. Stand völlig schlaftrunken auf und schaute auf seinen Wecker. Es war halb vier. Was konnte so dringend sein, dass ihn jemand so früh aus dem Bett holte. Er schloss die Schlafzimmertür hinter sich, wo Eris friedlich weiterschlief, und ging nach unten, um zu sehen, wer vor der Tür stand und diesen Höllenlärm machte.

Vor ihm standen Ravena und Lucius und waren völlig aufgelöst.

„Können wir herein kommen."

„Aber natürlich. Kommt herein."

Er führte sie in sein Wohnzimmer, bot ihnen an, für sie einen Kaffee zu machen. Sie lehnten dankend ab. Jetzt schaute er sie fragend an.

„Was ist passiert, dass Ihr mich so dringend sprechen wolltet?"

„Wir haben den Kontakt zu Frankfurt verloren. Um Mitternacht hat sich ein Energieschild über der Stadt aufgebaut, der nicht zu durchdringen ist. Sämtliche Verbindungen aus der Stadt und in sie hinein sind abgebrochen. Es gibt Berichte, dass zuvor schreckliche Schreie aus der Stadt zu hören waren. Außerdem haben Augenzeugen aus den Randbezirken uns darüber informiert, dass seltsame schattenartige Wesen zu sehen gewesen waren, kurz bevor die Stadt vom Rest der Welt abgeschnitten wurde." Devius war nun hellwach. Dachte fieberhaft nach.

„Ich zieh mir nur kurz etwas an, dann fahren wir los. Habt ihr das Präsidium der TU informiert. Wichtig wäre, dass Spezialisten aus den Fachbereichen Energiesysteme und Materie mit der notwendigen Ausrüstung zu uns stoßen."

„Ja, das Präsidium ist informiert. Sie haben zugesagt, uns die entsprechenden Fachleute helfen werden."

„Gut, dann wartet auf mich im Auto, ich bin gleich bei Euch." Devius schlich sich nun ins Schlafzimmer, um sich dort ein paar Anziehsachen aus dem Schrank zu holen. Eris war allerdings trotz seiner Vorsicht aufgewacht und sah ihn fragend an:

„Wo willst Du hin Liebster? Es ist noch so früh."

„Es gab einen Zwischenfall in Frankfurt. Ich muss dringend dorthin und mir das anschauen."

„Was? Ich möchte nicht, dass Du Dich in Gefahr begibst. Du bist noch nicht wieder ganz fit. Außerdem kommen Deine Leute auch ganz gut ohne Dich zurecht. Bleib bei mir und lass uns noch ein wenig Spaß haben. Ja?" Eris blickte Devius tief in die Augen und lächelte ihn verführerisch an. Außerdem ließ sie ihr Nachthemd so weit nach unten gleiten, dass Devius ihre wohlgewachsenen Brüste in ihrer nackten Schönheit bewundern konnte. Devius merkte, wie ihm ganz warm wurde, aber dann schüttelte er den Kopf und widerstand der Versuchung zu seiner Geliebten ins Bett zurückzukehren.

„Nein, ich muss wirklich gehen. Tut mir leid. Ich versuche, so schnell wie möglich wieder nach Hause zu kommen." Schon gab er ihr einen Abschiedskuss und war aus dem Zimmer verschwunden. Hätte er in diesem Augenblick den hasssprühenden Blick von Eris gesehen, wäre ihm angst und bange geworden. Doch so war er in Gedanken schon in Frankfurt und stieg gerade in das Auto seiner Freunde ein. Während der Fahrt zu den Randbezirken der großen Stadt am Main, telefoniert er nur kurz mit den Fachleuten der TU und sprach mit ihnen einen ersten Treffpunkt ab, ansonsten verlief die Fahrt in bedrückender Stille und ohne dass jemand ein Wort sprach. Alle drei hingen ihren eigenen Gedanken nach und das waren keine guten.

Schließlich hatten sie den ersten Blickkontakt zu dem Energiefeld, das Frankfurt vom Rest der Welt abschnitt. Es war riesig und reichte bis weit in den Himmel. Das Feld schimmerte dunkelblau und war nur, wenn man ihm ganz nah war, teilweise durchsichtig. Als Treffpunkt mit den Forschern hatten sie eine Gärtnerei in Frankfurt Oberrad vereinbart. Dieser näherten sie sich jetzt. Aus der Nähe sah das Energiefeld noch viel gewaltiger und unüberwindlicher aus als aus der Ferne. Die beiden Forschungsteams der TU waren vor ihnen eingetroffen und hatten schon mit den ersten Untersuchungen begonnen. Die drei Freunde eilten zu ihnen und hofften auf gute Nachrichten. Diese blieben allerdings aus.

Der Leiter der Forschungsgruppe Energiesysteme drehte sich sofort zu den dreien um, als sie sich ihm näherten und nickte ihnen zu. Devius kannte ihn. Er hieß Paul Viktor

Kaltmann und war ein ausgesprochen guter Fachmann was kristalline Energiesysteme anging. Er war großgewachsen und schlaksig und sah wie ein typischer Professor aus. Devius mochte ihn sehr und schätze seine sachliche Art, aber auch die Fähigkeit, komplizierte Sachverhalte einfach zu erklären.

„Vielen Dank, dass sie es einrichten konnten, so schnell hierher zu kommen, Paul."

„Das war doch selbstverständlich, Devius. Es ist wichtig, dass wir das hier vorliegende Problem möglichst aus allen möglichen Perspektiven erfassen. Außerdem finde ich das Phänomen auch persönlich höchst faszinierend. Aber das wolltet ihr sicherlich nicht hören? Ihr wolltet wissen, was wir schon herausgefunden haben? Und das ist nicht wenig."

Aber ehe Paul Viktor Kaltmann weiter reden konnte, wurden alle an diesem Teilabschnitt des Energieschirms Anwesenden Zeugen eines schrecklichen Geschehnisses. Gerade drehte sich Paul zu dem Schirm herum, um mit seinen Ausführungen fortzufahren, als auf der anderen Seite zuerst die blutige Hand und dann das angstverzerrte Gesicht eines älteren Mannes auftauchte, der verzweifelt um Hilfe schrie. Das geisterhafte dabei war aber, dass sie keinen Laut davon hörten, sondern nur die Mundbewegungen sahen. Doch es kam noch schlimmer. Jetzt sahen sie, wie aus dem Hintergrund ein schattenhaftes Wesen auftauchte und mit riesigen Fängen den Mann förmlich in Stücke riss und gierig verschlang. Das Blut spritzte dabei in so großer Menge gegen die Innenwand des Energieschirms, dass damit die Sicht auf das Ende dieses schrecklichen Schauspiels versperrt wurde.

Alle, die sich in der Nähe des Energieschirms befanden, wichen voller Schrecken davor zurück und schrien laut auf. Was musste im Stadtgebiet von Frankfurt nur vorgehen, wenn schon in den Randgebieten der Stadt die Menschen grausam wie Schlachtvieh niedergemetzelt wurden? Devius ging davon aus, dass sich die gesamte Stadt in Händen der Dunkelheit befand. Umso wichtiger war es jetzt, herauszufinden aus was diese Energieschild bestand und wie sie es zerstören konnten. Er wandte sich an Paul.

„Wir müssen dringend wissen, wie wir diesen Schild zerstören können. Haben Sie schon herausfinden können, aus was er besteht?"

„Er besteht aus reiner Energie. Ähnlich der Energie, die wir aus den Rutilquarzen gewinnen, aber hundertmal stärker. Wie wir eben in schrecklicher Weise gesehen haben, dringt kein Schall durch diesen Schirm eben so wenig wie Luft oder Wasser. Es geht vom ihm keine Strahlung aus und er ist begrenzten Rahmen dehnbar. Also gibt er ein wenig nach, wenn er berührt wird. Außerdem ist der Schirm lichtdurchlässig. Laut unseren Messungen umschließt er die Stadt vollkommen. Es gibt keine Lücken in ihm. Falls es uns nicht gelingen sollte ihn zu durchdringen, werden die Menschen, die dort drinnen sind, wenn sie nicht durch irgendwelche Monstren getötet werden, irgendwann entweder ersticken oder verdursten."

„Das klingt nicht sehr aufmunternd."

„Wir tun unser Bestes, aber das ist alles, was ich im Moment dazu sagen kann."

„Geben Sie mir Bescheid, sobald es etwas Neues gibt?"

„Aber selbstverständlich."

„Danke." Devius drehte sich nun zu seinen Freunden herum:

„Ich glaube, wir können hier zunächst nichts mehr ausrichten und sollten die Fachleute ihre Arbeit machen lassen. Wenn Ihr einverstanden seid, schauen wir uns den Schirm auch noch von der anderen Seite an und fahren dann zu mir, um das weitere Vorgehen zu besprechen." Ravena und Lucius, die immer noch von dem grausamen Tod des Menschen auf der anderen Seite des Energieschirms sehr mitgenommen waren, nickten nur leicht, um ihre Zustimmung auszudrücken. Dann versuchten sie mit dem Auto in den Frankfurter Nordwesten zu gelangen, was sich als sehr schwierig herausstellte, da viele Straßen um Frankfurt durch den Energieschirm unpassierbar waren. Als es ihnen schließlich doch noch gelang, war ihnen nochmals deutlich geworden, welche Ausmaße der Schirm wirklich hatte und wie unwirklich die reale Welt durch ihn wirkte. Auch hier in Rödelheim war keine Lücke in dem Energieschirm zu entdecken. Im Gegensatz zu ihrem Besuch in Oberrad kam es hier allerdings auch zu keinen besonderen Vorkommnissen. Nur aus weiter Entfernung konnten sie am Himmel über der Stadt ein paar Flugwesen sehen, die kämpfenden Drachen ziemlich ähnlich sahen. Ansonsten schien alles normal zu sein, selbst die Straßenlaternen leuchteten in der Morgendämmerung.

In das Haus von Devius in Darmstadt zurückgekehrt, wurde ihnen erst die Ausmaße der Ereignisse in Frankfurt bewusst. Eine Stadt mit siebenhundertdreißigtausend Einwohnern, die alle zum Sterben verurteilt waren, wenn sie nicht schnell Hilfe bekamen, war etwas, was einem den Schlaf rauben konnte. Dementsprechend schlecht war jetzt auch die Stimmung unter den Freunden. Doch dann hatte Ravena eine Idee:

„Ist Euch etwas in Frankfurt aufgefallen, als wir an dem Energieschirm standen?" Devius und Lucius dachten kurz nach, zuckten aber dann ratlos mit der Schulter.

„Mir auch nicht gleich. Aber wenn ich davon ausgehe, dass Frankfurt vom Rest der Welt abgeschnitten ist, wieso brannte sowohl in Rödelheim als auch Oberrad Licht an den Straßenlaternen. Die Stromleitungen sind also von der Abschottung scheinbar nicht betroffen."

„Sehr gut Ravena. Wenn die Stromleitungen von der Abschottung nicht betroffen sind, dann hat das sicherlich einen bestimmten Grund. So ein Energiefeld aufrecht zu erhalten kostet viel Energie und diese Energie muss ja irgendwie in die Stadt gelangen. Ich denke damit haben wir eine erste Spur, wie wir dieses Schild zum Einsturz bringen können. Ich werde das gleich Paul Viktor Kaltmann mitteilen."
Schon griff Devius zu seinem Telefon und gab diese wichtige Information an den Wissenschaftler weiter.

# 23. Kapitel

Worauf hatte mich da nur eingelassen? Warum war es Lethius so leicht gelungen, mich zu beeinflussen? War ich wirklich so machthungrig? Es war furchtbar für mich gewesen, als ich die ganzen Leichen auf dem Schlachtfeld in ihrem Blut liegen sah. Ich war Schuld an dem Tod von mehreren tausend unschuldigen Wesen. Habe mich einfach so übertölpeln lassen. Bin auf die schönen Reden von Nyx und Lethius reingefallen. Ohne weiter nachzudenken. Ich musste noch viel lernen.

Als Dank dafür wurde ich jetzt von meinen sogenannten „Freunden" weggesperrt. Kaum hatte ich den Thronsaal verlassen, nahmen mich auf Geheiß von Lethius drei finstere Krieger in Empfang, die mich in die Tiefen der Burg schleppten. Je tiefer wir in das Herz des Gebäudes kamen, desto mulmiger wurde mir zumute. Ich bekam entsetzliche Angst.

Als ich dann vor der Tür des Kerkers stand, in dem sie mich einschließen wollten, wusste ich, dass hinter dieser Tür das absolut Böse auf mich lauerte. Die Luft schien gesättigt von dunklen und hinterhältigen Gedanken zu sein, die mich um waberten wie schwarzer Rauch. Ich wehrte mich mit Händen und Füßen, konnte aber nichts gegen meine Bewacher ausrichten. Sie zerrten mich in den Raum hinein und ketteten mich dort ohne Rücksicht fest.

In Raum waren die Gefühle der Ohnmacht und der Machtlosigkeit so groß, dass mir davon schlecht wurde und ich mich übergeben musste. Erst als ich aufsah, nahm ich wahr, von was diese dunklen Gefühle ausgingen. Mitten im Raum stand ein riesiger Kristall, der sofort meine Blicke auf sich zog. Im gleichen Moment als ich ihn ansah, hörte ich auch schon eine Stimme in meinem Kopf:

„Beruhige Dich mein Kind. Ich will Dir nichts Böses. Du brauchst keine Angst vor mir zu haben. Wir sind Seelenverwandte." Der Stimme sprach ganz sanft und einfühlsam zu mir. Ihr gelang es tatsächlich, mich zu beruhigen. Ich glaubte ihr.

Gleichzeitig lösten sich dunkle Fäden aus dem Kristall und begannen langsam, auf mich zuzukriechen. Sie kamen immer näher. Da flammte meine Angst wieder auf. Stärker als vorher. Jetzt berührten sie mich und sie fühlten sich so kalt an. Furchtbar kalt. Ich begann zu frieren. Sie tasteten mich ab. Fassten mich überall an. Ich wollte das nicht. Einer dieser Fäden kroch über meinen Bauch, suchte seinen Weg nach oben. Ich zitterte vor Furcht und Verzweiflung. Jetzt hatte er meinen Hals erreicht und gleich darauf berührte er meine Lippen. Ich presste sie so fest aufeinander, wie es ging, doch dann kam ihm ein anderer Faden zu Hilfe. Dieser verstopfte meine Nase. Ich bekam keine Luft mehr. Ich wusste, genau was jetzt passieren würde. Das fadenartige Gebilde wollte in meinen Mund eindringen. Was würde dann passieren? Würde er mich vergiften? Meine Lungen drohten zu platzen. Ich hielt es nicht mehr aus. Musste Luft holen. Das nutze er aus. Ich fühlte ihn in meinem Mund. Er schmeckte so bitter. Ich bekam einen Würgereiz. Er glitt in meinen Hals. Ich fing an zu husten. Es nützte nichts. Tief in meinem Innern spürte ich plötzlich einen schrecklichen Schmerz. Ich schrie laut auf. Der Schmerz wurde immer schlimmer. Tränen stiegen mir in die Augen. Das sollte aufhören. Ich hielt es nicht mehr aus. Ich würde alles dafür machen, dass es endlich aufhörte. Bitte, lass es doch aufhören.

Vor meinen Augen wurde es schwarz. Dann wusste ich nichts mehr.

Ich wachte auf. Fühlte mich etwas benebelt. Als ob ich zu viel Alkohol getrunken hätte. Der Schmerz war verschwunden und auch die schwarzen Fäden. Hatte ich das alles nur geträumt? Nein, ich spürte, dass sich irgendetwas in mir verändert hatte. Auch fühlte ich, dass mein Hals ganz rau war. Ich befand mich immer noch in diesem dunklen Kerker, vor mir der riesige Kristall. Aber er machte mir keine Angst mehr. Wirkte sogar beruhigend für mich. Es ging eine große Kraft von ihm aus. Diese Kraft wollte mir nichts Böses anhaben. Nahm mich so an, wie ich war. Wollte mich unterstützen. Mir den richtigen Weg weisen. Natürlich sollte ich dafür aber auch etwas tun. Das war selbstverständlich. All die unnötigen Gefühle, die den normalen Menschen zu Eigen waren, sollte ich wie Ballast abwerfen. Wozu brauchte ich Mitleid, Zuneigung oder Liebe, wenn ich die Kraft der Dunkelheit in mir spürte?

Ich musste Lethius wirklich dankbar dafür sein, dass er mich hier aufgenommen und mir geholfen hatte, die Wahrheit zu erkennen. Ich verstand nicht, warum ich mich von ihm abgewendet hatte. Die Opferung der Kämpfer vor der Burg war für die Erreichung unserer Ziele notwendig gewesen. Die Menschen waren dazu da, uns zu dienen. Falls sie das nicht taten, mussten sie sterben. Das war völlig einleuchtend. Ich hatte alles richtig getan, als ich mit meinen Gefährten zusammen den dunklen Zauber beschworen hatte. Fühlte mich nicht mehr schuldig. Aber dann trat ein anderes Gefühl zu Tage. Ich fühlte eine große Ungeduld in mir aufsteigen. Warum war ich hier noch angekettet? Ich wollte endlich meine Macht frei entfalten können. Wo blieb die Achtung mir gegenüber? Lethius hätte schon längst zu mir eilen müssen, um mich zu befreien.

Plötzlich hörte ich ein Stöhnen. Scheinbar war hier noch jemand mit mir im Raum. Jetzt sah ich ihn. Im Schatten des dunklen Kristalls. Es war Serenus. Mein armer Gefährte. Er war hier genauso gefesselt wie ich. Doch scheinbar war er nicht gewillt, sich der Dunkelheit hinzugeben, denn die schwarzen Fäden umhüllten ihn nach wie vor. Hingen zuckend aus seinem Mund. Außerdem war er kaum noch bei Bewusstsein. Lethius hatte mich angelogen. Er hatte meinen Begleiter nicht gehen lassen, sondern hier in dieses Verlies in Verwahrung genommen, um ihm seinen Willen zu brechen. Was war Serenus aber auch so starrsinnig? Warum sah er es nicht ein, dass die Finsternis uns so viel Gutes bot? Dann sollte er ruhig bis zu seinem Lebensende hier misshandelt werden.

Doch da kam mir eine Idee. So ein starker Kämpfer wie Serenus wäre der Sache der Dunkelheit sicherlich sehr dienlich, wenn er erst einmal von ihr überzeugt war. Vielleicht sollte ich das selbst in die Hand nehmen und versuchen, ihn zu überzeugen. Ich wusste, dass er mir vertraute und mich mochte. Wenn ich mit meinen weiblichen Reizen spielte, konnte ich ihn wahrscheinlich so verzaubern, dass er mir schließlich aus der Hand fraß.

Als ob ich ihn gerufen hätte, kam nun Lethius in den Kellerraum gestürzt und beäugte mich voller Genugtuung. Nachdem er mir ein paar Fragen gestellt hatte, die ich zu seiner Zufriedenheit beantworten konnte, entfernte er meine Ketten. Während er das tat, schilderte ich ihm flüsternd meinen Plan. Daraufhin zögerte er kurz. Nickte dann aber doch und übergab mir den Schlüsselbund.

„Ich gebe Dir zehn Minuten Zeit. Danach lasse ich Dich abholen." Ich nickte zur Zustimmung. Gleich darauf verschwand er so schnell, wie er gekommen war. Ich konzentrierte mich kurz. Dann ging ich langsam und mit wiegenden Schritten auf Serenus zu. Dieser wachte dadurch auf und öffnete langsam seine Augen. Als er mich erblickte und sah, dass ich von meinen Fesseln befreit war, erschien ein hoffnungsvolles Schimmern in seinen Augen und flehte er mich an:

„Bitte befreie mich von den Ketten, Sina. Ich halte diese Schmerzen bald nicht mehr aus."

„Ja, ich verstehe, was Du durchmachst, Serenus. Gib Deinen Widerstand gegen die Dunkelheit auf, dann wird es Dir bald besser gehen. Glaube mir." Ich sah die Zweifel in Serenus Gesicht, aber bald würde er mir glauben, was ich ihm sagte. Alles würde er mir glauben und alles für mich tun. Ich nahm sein Gesicht in meine Hände und küsste ihn. Er ließ es ohne Widerstand zu, genoss es, wie es den Anschein hatte, sogar. Dann gab ich der Dunkelheit in mir den Befehl, in ihn zu dringen. Ihn zu meinem hörigen Diener zu machen. Ich spürte wie sich ein Teil der Finsternis von meiner Seele löste und in seinen Mund kroch. Da fühlte ich, wie er erzitterte. Doch mein Griff war erbarmungslos. Ich hielt sein Gesicht fest und gleichzeitig meinen Mund auf seinen gepresst. Nach kurzer Zeit wurde er wieder ruhiger, atmete erneut normal. Ich hatte Erfolg gehabt. Jetzt gehörte er zu uns.

Serenus lächelte mich ergeben an, als ich mich nun von ihm löste. Auch die schwarzen Fäden aus dem dunklen Kristall zogen sich von ihm zurück.

„Befreist Du mich jetzt, Herrin?"

„Ja, das tue ich." Ich nahm den Schlüsselbund, den Lethius mir überlassen hatte, und löste Serenus Ketten. Doch dann geschah etwas, womit ich nicht gerechnet hatte. Serenus verwandelte sich innerhalb weniger Momente in die Gestalt des Greifs. Gleich darauf versuchte er, mich zu überwältigen. Ich verstand die Welt nicht mehr. Hatte mein schwarzer Zauber etwa nicht gewirkt? Er hatte unglaubliche Kräfte in seiner jetzigen Wesensform. Diesen Kräften war ich nicht gewachsen. Schließlich schaffte er es, mich zu Boden zu werfen. Ich hoffte darauf, dass die Frist bald abgelaufen war und Lethius seine Kämpfer in die Zelle schickte. Doch die Hoffnung war vergeblich. Serenus hielt mich mit seinen Beinen fest am Boden. Dann griff er zu meiner Brust. Wollte er mich etwa vergewaltigen? Nein, er riss mir mein Amulett vom Hals, das nun sofort anfing, zu leuchten. Dieses Licht tat mir in meinen Augen weh. Er sollte es wegtun. Ich schrie vor Schmerzen auf. Was wollte er damit machen?

Er hatte kein Erbarmen mit mir. Drückte mir das Amulett an meine Stirn. Es fühlte sich wie Feuer auf meiner Haut an. Brannte wie tausend Sonnen. Ich schrie mir die Seele aus dem Leib. Wusste nicht mehr ein noch aus. Das Amulett schien sich immer tiefer in mich hineinzubrennen. Hinterließ eine Spur der Zerstörung. Ich konnte nicht mehr denken, so stark waren diese Schmerzen. Dann spürte ich, wie mein Bauch sich zusammenzog, ich Krämpfe bekam. Auch dort fühlte ich jetzt einen flammenden Schmerz. Ich musste würgen. Etwas kam meine Kehle hoch. Brannte in meinem Schlund. Ich übergab mich. Ein Klumpen schwarzen faserigen Fleisches fiel aus meinem Mund. Fiel zu Boden. Dann kam noch schwarzer Schleim dazu, vereinte sich mit dem Brocken. Ich fühlte mich erleichtert. Die Schmerzen hörten auf.

Serenus hatte mich von der Schwärze befreit. Ich lächelte ihn dankbar an.

„Ich danke Dir.", sagte ich zu ihm. Dann kam der Gedanke. Wir musste schnellsten von hier weg. Ehe Lethius und seine Häscher kamen. Keine Zeit für langes Lamentieren. Ich probierte den ersten Schlüssel an der Tür aus. Er passte nicht. Meine Hände fingen an zu zittern. Waren da nicht Schritte zu hören? Serenus versuchte mich zu beruhigen. Tätschelte sanft meine Schulter. Es half. Ich atmete langsam aus und ein. Probierte den nächsten Schlüssel. Er passte. Die Tür öffnete sich quietschend. Jetzt kamen tatsächlich Schritte näher. Schwere Stiefelschritte. Würden wir es schaffen? Wir rannten los.

# 24. Kapitel

Sie nannten ihn den Illusionisten. Er heiterte die Bewohner des Dorfes der Erinnerung schon seit vielen Jahren zu allen möglichen Anlässen durch verschiedene Zaubertricks auf und hatte dadurch bisher immer gutes Geld verdient. Selbst hat er allerdings nie in dem Dorf gelebt. Er mochte die Natur und hatte sich einige Höhlen in der Nähe so hergerichtet, dass er in ihnen bequem nächtigen konnte. Eigentlich wollte er sich aus der Politik und irgendwelchen Machtkungeleien heraushalten, doch als die Bewohner des Dorfs der Erinnerung durch die Mächte der Dunkelheit blutig niedergemetzelt wurden, musste er das mitansehen und konnte nicht mehr länger stillhalten. Er war zwar kein besonders guter Kämpfer, aber er besaß Köpfchen.

Das hatte zumindest immer seine Mutter behauptet. Sie mochte seine strohblonden Haare und seine Sommersprossen. Von vielen anderen wurde er deswegen gehänselt. Außer von Serenus. Der junge Greif war immer sehr nett zu ihm gewesen. Deshalb fühlte sich Auxilius, so hieß er nämlich in Wirklichkeit, eng mit ihm verbunden. Als er nun von einer Anhöhe sah, wie Serenus mit einer schönen Fremden und Amata, der Heilerin, in das zerstörte Dorf geritten kam, schwor er sich, ihm dabei zu helfen, die Dunkelheit und ihre Schergen zu besiegen.

Also verfolgte er Serenus als er in das Tal der schwarzen Nebel ritt und auch als seine Reise ihn und seine Begleiterin weiter zur Burg der verlorenen Seelen führte. Seine Reitechse war nicht ganz so edel wie die Reittiere der beiden, aber er kam damit genauso gut voran, halt nur etwas langsamer. Dann sah er, wie Serenus und die hübsche junge Frau vor der Burg überwältigt wurden. Er konnte aufgrund seiner mangelnden Kampferfahrung zwar nicht direkt eingreifen, sah aber seine Chance gekommen, seine Kräfte anzuwenden, um sie wieder aus der Gewalt der dunklen Krieger zu befreien.

Sobald die Abenddämmerung sich wie leichter Mantel über die Landschaft gelegt hatte, begann er, die mächtigste Illusion zu erschaffen, die er bisher in seinem Leben erzeugt hatte. Dazu fiel er in einen Zustand völliger Konzentration. Er stellte sich die Krieger eines mächtigen Heeres vor, das gewillt war und die Macht dazu hatte, die Burg der betrogenen Seelen in einem Handstreich einzunehmen. Jedes einzelne von tausenden Gesichtern tauchte in seinem Geist auf und keines glich dem anderen. Jeder Kämpfer unterschied sich von dem anderen durch die Art seiner Ausrüstung und seine Kampffertigkeiten. Dann ließ er seine Fantasie Wirklichkeit werden. Aus Steinen und Sand bildeten sich nach und nach immer mehr Kämpfer und wurde durch Auxilius Kräfte zum Leben erweckt. Am frühen Morgen war das Werk vollbracht und sein Schöpfer ausgebrannt vor Erschöpfung. Sobald der Morgennebel fortgezogen war, erschienen im Blickfeld der Wächter der Burg die Krieger des Lichts. Sie belagerten die Burg.

Er hörte noch die aufgeregten Schreie der Wachmannschaft, war aber so erschöpft, dass er mit einem glücklichen Lächeln auf den Lippen einschlief. Erst als sich ein furchtbarer Sturm zusammenbraute und die ersten Regentropfen schwer auf sein Gesicht fielen, erwachte er wieder aus dem Schlaf, um sich gleich darauf verwirrt umzusehen. Die Kämpfer bedurften seiner Führung. Ohne die waren sie nutzlos.

Gerade wollte der Illusionist die von ihm geschaffenen Krieger des Lichts die Burg stürmen lassen als stattdessen seine Kämpfer von drei geisterhaften Reitern auf schwarzen Skorpionen mit Hilfe blitzschneller Angriffe abgeschlachtet wurden. Die Überlebenden versuchte er zwar noch in Sicherheit zu bringen, doch die wurden schließlich Opfer von übermächtigen Windhosen und mächtigen Kugelblitzen, die wie hungrige Tiere über sie herfielen.

In Auxilius Augen standen die Tränen. Da in jeder seiner Kreaturen ein Teil von ihm steckte, war es nicht einfach für ihn, diesen Anblick zu ertragen. Er fühlte deswegen zwar körperlich nur einen leichten Kopfschmerz, aber seine seelischen Qualen waren kaum auszuhalten. Dann begann er sich zu fragen, wie das alles hatte passieren können? Auch wenn er nicht eingeschlafen wäre, wäre seine Mission wahrscheinlich zum Scheitern verurteilt gewesen. Noch nie hatte er einen so mächtigen dunklen Zauber wie eben erlebt. Einen alles zerstörenden. Dahinter musste ein mächtiger Magier stecken. Einer, den er bisher noch nicht kannte und von dem er bislang noch nichts gehört hatte.

Doch wie sollte er jetzt Serenus und seiner hübschen Begleiterin helfen. Sollte er selbst versuchen in die Burg der betrogenen Seelen einzudringen und die beiden zu befreien? Konnte er sich das wirklich zutrauen? Ja, irgendwann musste er ja damit anfangen, etwas zu wagen, wenn er so heldenhaft wie Serenus sein wollte.

Von einem der Ältesten im Dorf der Erinnerung hatte er vor langer Zeit gehört, dass es zu der Burg der betrogenen Seelen einen geheimen Zugang geben sollte, der auf der anderen Flussseite lag. Den zu finden, würde jetzt seine nächste Aufgabe sein. Sobald er sich dann in der Burg befand, würde er Serenus und seine Begleiterin aus den Klauen der dunklen Kräfte befreien und die beiden ihm dadurch auf ewig dankbar sein.

Er achtete darauf, außer Sichtweite der Wächter auf der Burg zu sein. Dann führte er seine Reitechse zum Ufer des Flusses der Erinnerung. Dieser hatte auch in diesem Teilabschnitt nichts von seiner Wildheit eingebüßt und schien ihn voller Begehrlichkeit zu sich zu rufen:

„Komm zu mir. Wage es, mich zu durchqueren und ich werde meine Kräfte gerne mit Dir messen." Auxilius versuchte in dem klaren Wasser zu erkennen, wo der Fluss besonderes seicht war, aber es gelang ihm nicht. Die Strömung war zu stark und dadurch schäumte das Wasser zu sehr. Er musste sich wohl auf die Instinkte seiner Reitechse verlassen, die er liebevoll Sara nannte. Die war allerdings nicht gewillt, den Strom freiwillig zu durchqueren. Nach vielen sanften Worten, einigen leckeren Bissen ihres Lieblingsessens und ein paar Klapsen auf den Po, konnte er sie doch noch davon überzeugen.

Schritt für Schritt begannen sie nun ihre gefährliche Reise. In der Mitte des Flusses reichte ihm das Wasser bis zum Hals und er spürte, wie das Wasser mit seiner starken Strömung an seinen Beinen riss. Dann trat er auf einen besonders glitschigen Stein und es war um ihn geschehen. Er verlor den Halt. Wedelte hilflos mit seinen Armen. Schon sah er sich in das weite Meer abtreiben und dort elendiglich ertrinken. Doch plötzlich spürte er, wie ihn etwas an seinem Kragen festhielt. Sara hatte mit ihren kräftigen Kiefern zugebissen und schleppte ihn so an das rettende Ufer. Dabei schluckte er zwar eine Unmenge Wasser, aber immerhin kam er ansonsten heil auf der anderen Seite des Flusses an.

Aber die Zeit der Gefahren war noch nicht vorbei. Kaum hatten seine Reitechse und er sich wieder etwas erholt, hörten sie streitende Stimmen, die hinter einer der Dünen erschallten. Gerade in genau der Richtung, wo der geheime

Tunnel seinen Eingang haben sollte. Auxilius gab Sara ein Zeichen auf ihn zu warten, dann schlich er sich vorsichtig zu der Sanddüne und erklomm sie fast geräuschlos. Was er dort sah, ließ sein Herz in seine nasse Hose rutschen. Dort lagerten drei dunkle Krieger mit ihren Reittieren, die einen äußerst gereizten und bösartigen Eindruck auf den jungen Mann machten. Sie spielten irgendein Brettspiel, das er nicht kannte und es schien für zwei von den dreien nicht gut zu laufen. Außerdem überragten sie ihn mindestens um eine Kopfgröße und hatten so breite Schultern, dass er sich im Vergleich zu ihnen wie ein Zwerg vorkam.

Was sollte er jetzt tun? Im Kampf konnte er sich auf keinen Fall gegen sie durchsetzen. Er musste wieder auf seine anderen Kräfte vertrauen und sie mit einer Illusion täuschen. Nur wie konnte er es bewerkstelligen, dass sie sich vom Eingang der Höhle entfernten? Dann fiel ihm etwas ein. Was vermissten Krieger am meisten, wenn sie in kriegerische Akte verwickelt waren und an zuhause dachten? Genau, die Zuneigung einer Frau. Er würde jetzt das verführerischste und bezauberndste Wesen in seinen Gedanken entstehen lassen, dass die Welt je erblickt hatte und dann auf die drei dunklen Gesellen hetzen.

So glitt er auf dem feinen Sand der Düne zurück zu seiner geliebten Reitechse, setzte sich zu ihr und machte es sich dort bequem. Dann konzentrierte er sich und sah langsam das Gesicht einer ausgesprochen hübschen Frau vor seinem geistigen Auge entstehen. Fast zu schade für diese derben Burschen. Aus dem Sand der Düne bildete sich jetzt die Frau aus Auxilius Vorstellungen und war schließlich von einem seltsamen Leben beseelt. Wie ihr Meister es befahl, wanderte sie nun langsam um die Sanddüne herum und präsentierte sich den drei finsteren Kreaturen, die dort immer noch stritten. Doch kaum hatten sie das elfenhafte Wesen erblickt, war der Streit beendet und versuchten sie, mit wenig charmanten Ausdrücken Eindruck auf die zauberhafte Jungfer zu machen. Diese ließ sich davon aber nicht beeindrucken, sondern lockte die Krieger von dem Eingang des Ganges mit eilenden Schritten fort. Vergessen war jetzt jeglicher Rest von Pflichtgefühl. Alle drei Kämpfer setzten ihr voller Eile nach, um der erste zu sein, der sie erreichte.

Diesen Moment nutze Auxilius aus, um über die Sanddüne zu gelangen und den Eingang zu dem Geheimgang zu begutachten. Dadurch abgelenkt, verlor er allerdings für einen kurzen Moment die Kontrolle über das von ihm erschaffene weibliche Wesen, weswegen es den drei wilden Kreaturen gelang, es einzuholen. Gleich darauf kam es zu Handgreiflichkeiten, die dazu führten, dass die schöne Illusion unter den brutalen Fingern der dunklen Krieger zerbröselte und zu dem wurde, aus dem sie ursprünglich bestand, nämlich Sand. Gleich darauf ertönter ein mehrstimmiger empörter Schrei, der Auxilius zusammenzucken ließ. Sein Erschrecken hielt aber nicht lange an, sondern wich einer großen Panik, die ihn veranlasste, ohne groß darüber nachzudenken in den dunklen Gang zu rennen und sein Wohl in der Flucht zu suchen. So wie er gleich darauf vernahm, waren die drei finsteren Kreaturen ihm in dem dunklen und stickigen Gang aber schon dicht auf den Fersen.

# 25. Kapitel

Devius war hocherfreut, dass er in dieser lebensbedrohenden Krise auf so ein gut ausgebautes Netzwerk von Helfern und Fachleuten zurückgreifen konnte. So hatte es sich jetzt nach intensiven Bemühungen der Wissenschaftler herausgestellt, dass der geheimnisvolle Energieschirm, der Frankfurt umgab, seine dunkler Energie vom Netzwerkknotenpunkt in Texas bezog, der vor kurzem durch die dunklen Kleriker annektiert wurde. Er gab natürlich gleich den Befehl, diese Leitungen zu kappen, aber es stellte sich heraus, dass der Zugang zu diesen Leitungen genauso geschützt war, wie die Stadt Frankfurt, nämlich durch die undurchdringliche Schicht einer starken Energie.

Damit war nur noch die Möglichkeit gegeben, direkt in Nordamerika zu versuchen, die Quelle des Energiestromes zu zerstören. Dazu ließ Devius kurzerhand eine Gruppe von Elitekämpfern zusammenstellen, die ihn dorthin begleiten sollte. Auch Eris hatte den dringenden Wunsch geäußert, mit ihm dorthin zu reisen, was er ihr zwar anfangs abschlug, ihr dann aber doch aufgrund ihrer eindringlichen Bitten erlaubte.

Zwei Stunden später saßen sie in einem Militärflugzeug in Richtung Amerika. Er begutachtete die Kämpfer, die sie zu der Mission begleiteten. Der Gruppenführer war ein groß gebauter und muskulöser Mann, der etwa Mitte Vierzig war und über zahlreiche Narben im Gesicht und an den Armen verfügte. Er hatte immer einen Scherz auf den Lippen und erinnerte Devius dadurch an einen Zyklopen aus dem dunklen Reich, der ihn damals auf eine gefährliche Mission begleitet hatte. Äußerst sympathisch, aber gleichzeitig auch verlässlich und kampfbegeistert. Die anderen Krieger waren jeweils zur Hälfte Frauen und Männer, die noch recht jung waren, aber schon in einigen Grenzkämpfen mit den dunklen Klerikern ihr kämpferisches Geschick und ihre Ausdauer bewiesen hatten. Also eine Truppe, auf die er sich voll und ganz verlassen konnte.

Während er einen nach dem anderen Kämpfer in Augenschein genommen hatte, fiel ihm auf, wie leise sich das Flugzeug fortbewegte. Daran hatte er sich immer noch nicht gewöhnt. Dank der kristallinen Energietechniken, die jetzt schon seit einigen Jahren in Gebrauch war, bewegten sich Flugzeuge, aber auch Bodenfahrzeuge völlig geräuschlos und außerdem auch sehr schnell fort. Diese Technik hatte noch Clarissa mitentwickelt, die die mächtigere Zauberin von ihnen beiden gewesen war. In solchen Augenblicken vermisste er sie und ihre große Entschlusskraft. Was hätte er dafür gegeben, wenn sie noch leben würde und er sie noch einmal in den Armen halten könnte?

Als ob sich sein Seelenschmerz sich nun auch körperlich manifestieren würde, zog sich auf einmal sein Magen so heftig zusammen, dass er schmerzerfüllt aufstöhnen und sich seinen Bauch halten musste. Alle blickten ihn besorgt an. Eris kam mit einem sorgenvollen Ausdruck auf dem Gesicht zu ihm geeilt und fragte:

„Geht es Dir gut, Devius?"

„Ja, ich habe nur einen Krampf. Das geht gleich wieder vorbei. Da ist nichts."

„Bist Du Dir sicher? Soll nicht der Sanitäter besser einmal nach Dir schauen?"

„Nein, es geht schon wieder, danke." Ganz so, wie er es eben gesagt hatte, war es nicht. Sein Bauch tat immer noch unglaublich weh. Doch er schaffte es irgendwie, sich das nicht mehr anmerken zu lassen. Diese Krämpfe waren in letzter Zeit sehr häufig aufgetreten und Devius befürchtete, dass dahinter mehr steckte als nur eine Magenverstimmung. Er wollte nicht zum Arzt gehen, da er Angst davor hatte, dass in seinem Inneren etwas Bösartiges und Schlimmes heranwuchs. Er wusste, dass sein Verhalten kindisch war und leicht lebensbedrohlich werden konnte, aber irgendwie schaffte er es nicht, sich zu überwinden, ärztlichen Rat einzuholen.

Jetzt waren die Schmerzen allerdings so stark, dass er es langsam einsah, dass es nicht mehr so weiter gehen konnte. Wenn er diese Mission erfolgreich hinter sich gebracht hatte, war es soweit, dass er sich diese Zeit einfach nehmen und seinem Schicksal offen in die Augen blicken musste. Er spürte die Kraft des Lichts erneut in sich und diese Kraft würde ihm auch dabei helfen, das, was dort in seinem Inneren lauerte, zu besiegen.

Nun erklang die Stimme des Kapitäns aus den Lautsprechern im Mannschaftsraum des Flugzeuges und sorgte für Ablenkung:

„Wir nähern uns mit großer Geschwindigkeit dem Flughafen von Monterrey in Mexiko und werden dort in Kürze landen. Ihr Weitertransfer nach Nuevo Laredo an der mexikanisch/texanischen Grenze steht für Sie vor dem Flughafen bereit." Die Landung verlief völlig problemlos und routiniert. Als sie aus dem klimatisierten Flugzeug ausgestiegen waren, empfing sie allerdings eine drückende und schweißtreibende Hitze, was die Laune von Devius erneut verschlechterte, denn auch die Schmerzen in seinem Bauch hatten kaum nachgelassen.

Als sie das Gepäck aus dem Flugzeug geladen und zu dem bereitstehenden Militärtransporter gebracht hatten, ging ihre Reise erneut los. Sie führte sie an einigen ärmli-

chen Städten und Dörfern vorbei, die fast alle einen ver-
wahrlosten Eindruck machten. Dort lagen Müll und nicht
mehr gebrauchte Baumaterialien wie Paletten und Bau-
schutt am Straßenrand herum und kümmerten scheinbar
niemanden. Viele Gebäude sahen ungepflegt und baufällig
aus. Auch sah Devius viele bettelnde Kinder und Jugendli-
che auf den Straßen herumlungern. Zwischen den Dörfern
folgten immer wieder öde Landabschnitte, in der viele Bü-
sche, aber nur wenige Bäume wuchsen. Glücklicherweise ließen die Krämpfe in Devius Bauch wieder nach, so dass er
sich einigermaßen gut auf die vor ihm liegende Aufgabe
konzentrieren konnte.

Nachdem sie schließlich Nuevo Laredo erreicht hatten,
fing es schon an zu dämmern. Nun musste sie nur noch den
Rio Bravo überqueren, um nach Laredo zu gelangen, wo
sich der von den dunklen Klerikern besetzte Netzwerkknotenpunkt befand.

Sobald sie aus dem Militärtransporter ausgestiegen waren, überließ Devius Joachim Moebius, dem Gruppenführer, die Führung, der schon verschiedene solcher Missionen
erfolgreich hinter sich gebracht hatte. Vor ihrem Abflug hatten sie Tarnkleidung angezogen und jetzt malten sie sich die
Gesichter noch dunkel an, um in der Dunkelheit nicht so
leicht erkennen zu sein.

Zur Überquerung des Rio Bravo nutzten sie eine Eisen-
bahnbrücke, die kaum bewacht wurde. Schon bei der Überquerung des breiten Flusses, schlich sich in Devius Gemüt
ein bedrohliches Gefühl. Auch seinen Begleiter war die An-
spannung anzumerken, nur Eris wirkte ungewöhnlich ausgelassen auf ihn. Als sie die andere Flussseite erreicht hatten,
fiel ihm auf, dass es hier absolut still war, so als ob die gesamte Stadt völlig ausgestorben war.

Ab jetzt verständigten sie sich nur noch anhand von Handzeichen. Reden war strengstens verboten. Wie beim Häuserkampf schlichen sie sich von Häuserecke zu Häuserecke. Und obwohl es noch nicht sehr spät war, begegneten sie keiner Menschenseele. Als sie sechs Häuserblocks überquert hatten, sahen sie vor sich ein imposantes Gebäude auftauchen, in dem sich der Netzwerkknotenpunkt befand. Weitere sieben Häuserblocks weiter, hatten sie Gebäude erreicht. Nirgends war ein Lichtschein zu sehen, nirgends ein Hinweis auf irgendwelche Lebensformen zu erahnen. Als einer der Spezialisten der Kampfgruppe nun das Schloss zu Eingangstür aufbrach, war dies nicht ohne Geräuschentwicklung zu bewältigen, weswegen alle in der Gruppe angesichts diesen scheinbar ohrenbetäubenden Lärms zusammenschreckten. Es kam ihnen so vor, als ob der entstandene Krach bis weit über die Stadtgrenzen hinausreichte. Dem war aber natürlich nicht so.

Nacheinander schlichen sie jetzt in das dunkle Haus hinein. Die Server des Netzwerkknotenpunktes befanden sich im zweistöckigen Keller des Gebäudes. Das war ihr Ziel. Als er mit seinen Gefährten das Haus betrat, fühlte Devius, dass sich seine anfänglich nur bedrohliche Empfindung in nackte Angst verwandelte. Über seinen Rücken glitt ein eiskalter Schauer und seinen Härchen stellten sich wie auf Kommando steil auf. Er wusste in diesem Moment intuitiv, dass die meisten von ihnen dieses Gebäude nicht mehr lebend verlassen würden. Er kannte dieses Gefühl und versuchte sich zu erinnern, wann er es schon einmal gefühlt hatte. Es musste irgendwo im dunklen Reich gewesen sein, aber er wusste nicht mehr, in welcher Situation. Auf jeden Fall fühlte er die Anwesenheit einer sehr starken Präsenz der Dunkelheit und das konnte nichts Gutes für sie bedeuten. Joachim gab ihnen ein Zeichen ihre Stirnlampen anzuschalten, dann gingen sie mit gezogenen Waffen auf den Eingang zur Kellertreppe zu. Devius dachte einen Augenblick darüber nach, dann sah er sich gezwungen, seine Kameraden über seine Befürchtungen zu informieren:

„Irgendetwas stimmt hier nicht. Ich glaube, wir laufen hier in eine Falle. Wie still es hier auch sein mag. Irgendetwas oder irgendjemand erwartet uns hier." Zunächst dachte Devius aufgrund der Blicke, die ihm jetzt zugeworfen wurden, dass seine Begleiter ihn für verrückt hielten. Aber dann sah er, dass sie genauso große Angst hatten, wie er, und sich nur nicht getraut hatten, ihre Gefühle zum Ausdruck zu bringen. Selbst Joachim, der einen eher furchtlosen Eindruck auf Devius machte, nickte nun zustimmend:

„Ich muss Ihnen recht geben, Herr Melzer. Das Böse, das sich hier irgendwo verbirgt, ist förmlich in der Luft spürbar. Doch wir sollten nun nicht den Fehler machen, uns dadurch lähmen zu lassen. Dieses bedrohliche Gefühl ist vielleicht sogar ein Abwehrmechanismus, der uns davon abhalten soll, weiter in dieses Gebäude vorzudringen. Wir sind mit ausreichender Kampfkraft ausgestattet und verfügen auch über entsprechende Vorkehrungen, um uns gegen einen Angriff von dunklen Wesen wehren zu können. Sowohl Lea als auch Frank verfügen über ausgezeichnete magische Kräfte und beherrschen die sieben Zauber des Lichts im Schlaf. Wenn wir uns nicht allzu dumm anstellen, haben wir sicherlich nichts zu befürchten. Außerdem müssen wir an die Menschen in Frankfurt denken, die dringend unsere Hilfe benötigen."

Devius nickte nun leicht, war aber noch nicht ganz überzeugt. Zu stark war hier die Ausstrahlung der Dunkelheit. Er vertraute Joachim Moebius und seinen Kämpfern. Er kannte aber auch die Hinterlist und die Macht der Dunkelheit. Doch dann traf er eine Entscheidung. Das Leben der Menschen in Frankfurt war ein äußerst wichtiges Anliegen für ihn. Nur um sie von ihrem Joch der Finsternis zu befreien, waren sie hierher gereist. Also mussten sie alle Gefahren trotzend die Quelle für den Energieschirm zerstören. Koste es, was es wolle. Also gab er Joachim ein Zeichen, dass sie weitergehen konnten.

# 26. Kapitel

Serenus und ich öffneten langsam und vorsichtig die Kerkertür und schauten auf den Flur hinaus. Die Schritte, die wir eben schon gehört hatten, kamen nun rasend schnell näher. Soweit es durch mich einzuschätzen war, waren es bestimmt fünf oder sechs Wesen, die sich uns von dort näherten. Also wandten wir uns in die gerade entgegengesetzte Richtung und liefen los. Kaum hatten wir uns ein paar hundert Meter weit fortbewegt, hörten wir schon die alarmierten Schreie, dass zwei Gefangene geflohen waren. In unserem Bereich des Flures hatten wir indes Glück und begegneten niemand. Als wir dann in den nächsten Gang einbogen, sahen wir nicht weit vor uns eine Treppe, die nach oben führte. Auch dort war niemand zu sehen. Das bedeutete vielleicht unsere Rettung.

Wir rannten die Treppe hoch. Sie schien kein Ende nehmen zu wollen. Sowohl Serenus als auch ich schwitzen so sehr, dass uns schließlich die nasse Kleidung auf der Haut klebte. Außerdem waren wir bald völlig außer Puste. Dann sahen wir einen Lichtschimmer vor uns. Waren wir endlich am Ziel angekommen? Fast sah es so aus. Wir traten ins Freie. Wir hatten den Burghof doch noch erreicht.

Aber wir hatten uns zu früh gefreut. Dort erwarteten uns nämlich schon zwei Dutzend grimmig aussehende dunkle Kämpfer mit gezückten Waffen. Ich fühlte, wie meine Verzweiflung mich zu Boden zu drücken drohte. Ich dachte, dass alles verloren war und dass wir nun erneut in das Kellerverlies zurückgebracht werden würden, als in der Luft plötzlich ein fürchterliches durchdringendes Kreischen erscholl. Jetzt sah ich einen riesigen Schatten über uns durch die Luft gleiten. Ich blickte nach oben und erblickte einen mächtigen roten Drachen, der soeben Anstalten machte, den Burghof und alles, was sich darin befand mit einem kraftvollen Feuerstoß in Flammen zu setzen. Voller Panik stoben die Krieger, die uns bis eben noch hatten gefangen nehmen wollen, wie eine Gruppe Hühner in alle Richtungen auseinander und suchten Deckung. Auch Serenus und ich schauten uns nach einer Schutzmöglichkeit um, doch es gab keine mehr. Wir blickten uns noch einmal tief in die Augen und wichen gleich darauf voller Angst zur Burgmauer zurück.

Dann, mit einem mächtigen Donnern, fuhr der erwartete Feuerstrahl aus dem Maul des Drachen. Wir duckten uns und sahen überdeutlich und fast wie in Zeitlupe, wie die Flammen sich uns näherten. Beteten, dass es schnell und ohne große Schmerzen vorübergehen würde. Die flammende Hölle kam uns immer näher und näher. Dann erreichte sie uns. Doch statt grausam zu sterben, spürten wir nur einen seichten Lufthauch, der uns sanft streichelte. Der Drache und sein todbringendes Feuer waren nur eine Illusion. Unglaublich, aber wahr. Ich war völlig verdutzt.

Nun sah ich eine Bewegung oben auf dem Sims der Burgmauer. Dort stand ein großer, schlaksig wirkender junger Mann, der mir in aller Ruhe zuwinkte, während der Drache seine zweite Angriffswelle flog. Jetzt verstand ich langsam. Die Illusion des Drachen war dazu da, uns unsere Flucht zu ermöglichen. War ein großes Ablenkungsmanöver. Ich stieß Serenus an und deutete auf unseren unbekannten Helfer.

„Siehst Du ihn? Ich glaube, wir sollen ihm folgen."

„Auf, dann lass es uns tun. Eine andere Chance haben wir nicht." Er nahm mich bei der Hand. Wir rannten zu einer nahen Treppe, die uns nach oben zu unserem Retter bringen würde. Inzwischen hatten aber auch die dunklen Krieger mitbekommen, dass der Angriff des roten Drachen nur eine Illusion war, und kamen aus ihren Unterschlüpfen wieder hervor. Jetzt sahen die ersten, dass wir versuchten zu fliehen. Das wollten sie natürlich verhindern. Sie rannten uns nach und riefen:

„Ergreift die Gefangenen, ehe sie den Turm erreichen."

Wir trafen bei unseren Befreier ein und es erfreute ihn sichtbar, dass seine List gelungen war und wir zunächst in Sicherheit waren. Doch diese Sicherheit währte nicht lange, denn unsere Verfolger waren schon am Treppenabsatz angekommen und begannen die Treppe zu erklimmen. Nun winkte unser Retter, dass wir ihm folgen sollten:

„Kommt, ich kenne eines Ausweg. Folgt mir schnell."
Dann rannte er, ohne sich nochmal umzublicken, auf den uns am nächsten befindlichen Burgturm zu. Wir zögerten keine Sekunde und folgten ihm.

Beim Beginn unserer Flucht hatten wir allerdings nicht bedacht, dass uns unser Fluchtweg immer weiter nach oben führte und dass sich das irgendwann als Sackgasse herausstellen würde. So eilten wir nun mit unserem Retter in den nahegelegen Turm und dort erneut die Treppe hinauf. Wieder begann ich zu schwitzen. Hinter uns hörte ich die dunklen Krieger johlen. Sie hatten bereits voller böser Freude erkannt, dass wir uns in einer ausweglosen Situation befanden und sie uns bald in der Falle sitzen hatten.

So präsentierte es sich dann uns auch, als wir den Turm erklommen hatten. Wir mussten feststellen, dass es hier nicht mehr weiter ging. Vor uns in der Tiefe das Meer der Traurigkeit lag und hinter uns unsere Verfolger, die uns bestimmt nicht mehr entkommen lassen würden.

„Und was jetzt? Hier sitzen wir in der Falle."

„Nein, das stimmt nicht ganz." Ich hatte unseren Retter tatsächlich unterschätzt. Er zog nun aus seinem weiten Mantel ein großes weißes Bettlaken hervor, von dem jeder von uns einen Zipfel in die Hand nehmen sollte. Dann befahl er uns, vom Turm hinunter in das Wasser zu springen: „Jetzt springt, wenn Ihr leben wollt."

Ich konnte nicht anders, ich musste laut aufschreien als wir sprangen. Doch es funktionierte zu meiner Verwunderung. Unser Fall wurde durch das weiße Tuch so abgemildert, dass wir auf der Wasseroberfläche nicht allzu hart aufschlugen und nur wenige Meter in das Wasser eintauchten. Doch als ich mich unter der Wasseroberfläche begann zu orientieren, sah ich dort das nächste Unheil auf uns zukommen.

In dem dunkelgrünen Wasser kam eine Reihe von seltsamen Wasserechsen auf uns zu geschwommen, die mich entfernt an Krokodile aus der Welt des Lichts erinnerten. Es waren bestimmt sieben Stück, die sich uns in schnellem Tempo näherten. Das war aber noch nicht alles, was ich erblickte. Jetzt nahm ich noch drei große schwarze Schatten wahr, die uns aus Richtung der Mündung des Flusses des Vergessens immer näher kamen. Warum konnte uns das Schicksal nicht einmal gewogen sein? Warum lauerten hier ständig irgendwelche todbringende Gefahren auf uns?

Wenn ich nicht so große Angst gehabt hätte, wäre es für mich vielleicht sogar spannend gewesen, zu sehen, welche von den beiden Arten von Untieren uns zuerst erreichen würden. Aber solche Gedanken konnte ich mir gar nicht erst machen, denn sie waren rasend schnell heran. Zuerst sah ich in die schreckgeweiteten Augen von unserem Retter und dann zu Serenus, der seinem Schicksal tapfer harrte und sich kampfbereit in die Gestalt des Greifs verwandelt hatte.

Auch ich würde mich mit Händen und Füßen wehren, sobald wir von diesen Wasserwesen angegriffen wurden. In wenigen Momenten würde es soweit sein. Ich versuchte meine Angst zu verdrängen und mich auf den bevorstehenden Kampf zu konzentrieren.

Die schwarzen Fischwesen aus dem Fluss des Vergessens erreichten uns zuerst. Sie glichen den Schwertwalen aus der Welt des Lichts, nur das sie vollkommen schwarz und erheblich größer waren. Jetzt öffneten sie ihre zahnbewerten Mäuler, wodurch eine Reihe von rasiermesserscharfen und weiß glänzenden Zähnen zum Vorschein kam. Immer schneller glitten sie auf uns zu. Der Größte von ihnen nahm mich ins Visier und schoss wie ein Pfeil auf mich zu. Eigentlich wollte ich mich doch zur Wehr setzen, ich war aber wie gelähmt. Sah nur noch seine großen schwarzen Augen und seine riesigen Zähne. Gleich würde ich spüren, wie sie in mich eindrangen. Ich hoffte, dass mein Tod schnell gehen würde.

Doch dann glitt er haarscharf an mir vorbei und biss dem Krokodil, das mich gerade hatte angreifen wollen, mit einem Biss den Kopf ab. Auch seine zwei Begleiter griffen statt uns die mächtigen und gefährlichen Krokodilwesen an. Sie waren auf unserer Seite. Alle Angst fiel von mir ab und ich schwamm voller Übermut in Serenus Arme. Doch die Gefahr war noch nicht vorbei. Eines der Krokodilwesen war den Walen geschickt ausgewichen und schwamm jetzt voller Gier auf uns zu. Serenus und ich machten uns erneut kampfbereit.

Schon erreichte es uns und schnappte nach meinen Beinen. Ich konnte dem Angriff knapp ausweichen und ihm stattdessen einen Tritt auf sein Maul verpassen. Währenddessen schwang sich Serenus auf den Rücken des Wesens und hieb ihm immer wieder gegen seinen Kopf. Das Wesen versuchte Serenus durch schnelle hektische Bewegungen abzuwerfen, doch es gelang ihm nicht. Immer wieder prallten Serenus Fäuste gegen den Schädel des Untiers bis dieser schließlich der rohen Gewalt nachgab und zerbarst. Aus einer tiefen Kopfwunde blutend sank das tote Untier nun regungslos auf den Meeresgrund, wo es nach und nach durch Krebse und andere aasfressende Meerestiere aufgefressen werden würde.

Als die Gefahr endlich vorbei war, schwamm Serenus eilig zu mir und nahm mich in seine Arme. Dann deutete er nach oben zur Wasseroberfläche. Genau wie bei mir, war es bei ihm dringend an der Zeit, Luft zu schnappen. Daher nickte ich und nahm ihn bei der Hand. Gemeinsam schwammen wir jetzt der Wasseroberfläche entgegen. Selten hat mir ein Atemzug so gut getan, wie in diesem Augenblick. Nicht weit von uns tauchte unser Retter auf, der ebenfalls gierig nach Luft schnappte.

„Das war keine Sekunde zu früh gewesen. Ich hätte die Luft keinen Moment länger anhalten können.", sagte er, nachdem er wieder bei Atem war.

Kurz hintereinander kamen nun auch noch die drei Fischwesen aus der Tiefe hinauf geschwommen und rieben liebevoll ihre Schnauzen an uns. Auf einmal hörte ich eine angenehm dunkle Stimme in meinem Kopf:

„Tochter der Clarissa, meine Brüder und ich begrüßen Dich im dunklen Reich. Mein Name ist Acro, der schwarze Hüter und wenn Du meiner Hilfe bedarfst, dann denke an mich und ich werde zu Dir eilen und Dir zur Seite stehen. Genauso, wie ich es für Deine Eltern getan habe. Leider hast Du keinen guten Zeitpunkt gewählt, um uns Deinen Besuch abzustatten. Finstere Wolken drohen uns das Licht zu rauben, das uns Deine Eltern geschenkt haben. Die bösen Mächte haben sich erneut zusammengerottet und trachten den Unschuldigen nach dem Leben. Tod und Verderben haben unsere Witterung aufgenommen. Doch ich sehe auch Hoffnung. In Dir schlummern Kräfte, die uns alle vor großem Unheil bewahren können. Doch nutze sie mit Bedacht, denn sie können sich auch gegen Dich wenden."

„Ich danke Dir, Acro. Meine Freunde und ich stehen tief in Deiner Schuld. Selbstlos hast Du unsere Leben gerettet. Daher beschämt es mich fast, von Dir noch einen weiteren Gefallen zu erbitten."

„Was ist Dein Begehr, meine Liebe? Womit kann ich Dir helfen?"

„Im Tal der dunklen Nebel wird die Felsenburg durch die dunklen Krieger belagert. Serenus Vater ist dort zusammen mit den restlichen Überlebenden des Dorfs des Vergessens gefangen. Wir müssen sie befreien, wissen aber nicht, wie wir das schaffen sollen. Unser neuer Freund hier, kann zwar Illusionen erschaffen, aber keine wirklichen Krieger, die auch über die entsprechende Kampfkraft verfügen."

„Ich verstehe, was Du meinst, aber leider ist unser Wirkungsfeld auf das Wasser des Flusses des Vergessens beschränkt. Nur hier können wir schwarzen Hüter agieren. Doch soeben fällt mir noch etwas ein, was Euch vielleicht helfen könnte. Doch diese Möglichkeit ist mit großen Gefahren verbunden und ich weiß nicht, ob ich sie Euch überhaupt aufzeigen soll."

„Doch Acro, tu es bitte. Wir fürchten keine Gefahren. Wir möchten unter allen Umständen unsere Gefährten aus der Felsenburg retten."

„Na gut, wenn es Dein dringender Wunsch ist. Am Rande des Tals des dunklen Nebels gibt es einen verwunschenen

Ort. Den Hain des tiefen Schmerzes. Dort verborgen hinter sieben Bäumen des Blutes befindet sich die Brutstätte der grauen Wölfe. Genau wie die schwarzen Hüter wurden sie einstmals durch die Herrscherin der Dunkelheit entmachtet und verbannt. Sie haben sich dagegen gewehrt und wurden alle durch den Zauber der ewigen Finsternis in Steinfiguren verwandelt. Aber Du besitzt den Stein des Lichts und kannst sie damit wieder erwecken. Doch diese Bestien waren nie sehr scharfsinnig und werden jeden und alles töten, was sich nach der Erweckung ihnen in den Weg stellt. Also sei auf der Hut. Wir können Euch auf unseren Rücken bis zum Dorf der Erinnerung transportieren. Danach seid ihr allerdings auf Euch selbst gestellt. Was sagst Du?"

„Dieses Angebot nehmen wir gerne an." Und so bekamen wir die Gelegenheit auf den Rücken der schwarzen Hüter über das Wasser des Flusses des Vergessens zum Dorf der Erinnerung zu reiten. Wir ahnten dabei allerdings nicht, wie gefahrvoll unsere weitere Mission verlaufen würde.

# 27. Kapitel

Die Göttin der Nacht war bitterlich enttäuscht von ihrem Enkel. Wie hatte er Sina nur entkommen lassen können? Ohne sie war es erheblich schwieriger, die Aufgaben, die vor ihnen lagen, zu bewältigen. Als sie gemeinsam den Sturm des Untergangs beschwört hatten, war es Nyx möglich gewesen, die unglaubliche Macht zu spüren, die in dieser jungen Frau steckte. Und jetzt war sie einfach verschwunden.

Sie hätte Sinas Umwandlung persönlich überwachen müssen. Ihr Enkel war einfach zu jung und zu unerfahren, um gegen alle Tücken des Lichts gewappnet zu sein.

„Ich sehe, dass ich die Sache mit der jungen Menschenfrau persönlich in die Hand nehmen muss. Ich werde sie finden und zur Dunkelheit bekehren. Dazu brauche ich zwei Dutzend Deiner besten Kämpfer. Hast Du mich verstanden?"

„Natürlich, Herrin. Ich werde gleich das Nötige veranlassen."

Völlig eingeschüchtert gab Lethius sofort sein Einverständnis zu dieser sehr direkt vorgetragenen Bitte, die mehr nach einem Befehl klang, und verbeugte sich mehrmals vor seiner Großmutter, um ihren Zorn nicht noch mehr herauszufordern. Mit einem zufriedenen Lächeln auf ihren Lippen begab sich die dunkle Göttin augenblicklich zu den Stallungen, wo die Krieger bereits auf sie warteten. Als sie nun die Burg verließen, war Nyx sich sicher, dass sie sehr bald eine erste Spur von Sina finden würden. Und wenn sie erst einmal ihre Spur aufgenommen hatte, würde sie sie kurz darauf in ihren Fängen wissen.

Tatsächlich war es so, dass einer der Krieger, der vor den Mauern der Burg auf einer Anhöhe Wache hielt, etwas Seltsames zu berichten wusste. Er erzählte ihnen, dass er auf dem Fluss des Vergessens drei Wesen wahrgenommen hatte, die auf großen schwarzen Fischen eilig flussaufwärts geschwommen waren. Eine davon war scheinbar eine junge Menschenfrau gewesen. Das war der Hinweis, den Nyx brauchte.

Sie gab ihren Begleitern einen Wink und schon ging die Jagd auf die drei Flüchtenden los. Doch die Geschwindigkeit der schwarzen Hüter war nicht zu unterschätzen. Nur einmal erhaschten sie von einer Anhöhe einen kurzen Blick auf die sich in weiter Entfernung befindliche Gruppe. Da sie ihre Reitechsen schon bis zu deren Belastungsgrenzen zum Galoppieren gebracht hatten, war es fast aussichtslos zu versuchen, die Flüchtenden einzuholen. Sobald sie allerdings an Land gingen, würde sich das ändern. Nur wie sollten sie diesen Moment abpassen, wenn sie sich nicht in der Nähe befanden?

Noch im gleichen Moment fiel der Herrscherin der Dunkelheit ein, was das erste Ziel der Gruppe sein würde. Das Dorf der Erinnerung. Natürlich, wie sollte es anders sein. Von da aus würden sie in das Tal der dunklen Nebel reisen. Denn dort befand sich der Vater von Serenus in der belagerten Felsenburg. Den wollte er zusammen mit seiner Gefährtin sicherlich befreien. Also konnten sie ihre Reittiere etwas schonender behandeln und das Tempo drosseln. Sina und ihre Begleiter würden ihnen auf keinen Fall mehr entkommen.

Als sie das Dorf der Erinnerung erreicht und die Brücke zum anderen Flussufer überquert hatten, war es wirklich so, dass sie die frischen Fußspuren von drei menschlichen Wesen entdeckten. Da das Dorf der Erinnerung fast völlig verwüstet war und ihre Kämpfer in der Regel Reittiere benutzten, mussten das die drei Geflohenen sein, die hier ihre Spuren hinterlassen hatten. Nyx war hocherfreut, dass ihre Einschätzung richtig gewesen war. Inzwischen waren ihre Reittiere auch wieder so erholt, dass sie eine längere Strecke mit hoher Geschwindigkeit reiten konnten. Also gab sie ihren Begleitern das Zeichen in einen schnellen Galopp zu verfallen, um jetzt keine unnötige Zeit mehr zu verlieren.

Nach nicht ganz einer Stunde erschienen die Silhouetten der drei Gesuchten vor ihnen im Tal. Nyx gab ihrer Reitechse die Sporen, um vor allen anderen die Geflüchteten zu erreichen. Fast befand sie sich schon in Rufnähe, als plötzlich vor ihr wie aus dem Nichts ein riesiger schwarzer Skorpions des Todes auftauchte, der fast zwei Meter an Höhe maß. Die dunkle Göttin hatte schon davon gehört, dass einzelne Exemplare dieser Spezies so groß werden konnten. Das aber eigentlich nur in den höchsten Ebenen des Gebirges der drei toten Riesen. Doch ehe sie sich weiter darüber wundern konnte, griff der Skorpion schon sie und ihre Reitechse an. Der riesige Stachel schnellte auf sie beide herunter und durchbohrte voller Gewalt den Hals ihres Reittieres, das sofort tot umfiel. Dabei wurde ihr Bein unter dem mächtigen Körper des Tieres begraben. Festgehalten durch den toten Körper ihres Reittieres musste sie nun mit ansehen, wie der Skorpion ihr immer näher kam.

Nyx wusste durchaus, welche gefährliche Macht der Stachel dieser Skorpionart besaß. Auch sie als Göttin war gegen sein Gift nicht gefeit. Deshalb stellte sich doch so etwas wie Angst in ihrem Gemüt ein. Allerdings ließ sie sich nicht lange von dieser Empfindung ablenken und sprach den Zauber der grausamen Vernichtung aus, der bisher jedes Wesen vernichtet hatte, das sich ihr entgegengestellt hatte. Doch was mussten ihre Augen nun erblicken. Diese schreckliche Kreatur schüttelte sich noch nicht einmal als der Zauber es traf. Da ging es doch nicht mit rechten Dingen zu.

Plötzlich war ihre Angst doch wieder da und diesmal ließ sie sich nicht beirren und blieb. Die dunkle Göttin merkte auf einmal, wie sie anfing zu schwitzen. Sie hatte wirklich Angst. Das Ungetüm kam immer näher und näher. Sie rüttelte an ihrem Bein, aber sie konnte sich nicht befreien. Dann schaute sie sich um. Ihre Begleiter waren noch zu weit entfernt, um ihr helfen zu können. Warum war sie auch nur vorausgeritten? Verflucht sei ihre Eitelkeit.

Gleich hatte der riesige Skorpion sie erreicht und sie war vollkommen hilflos. Was sollte sie nur tun? Seine schwarzen Augen starrten sie erbarmungslos an. In wenigen Momenten würde er sie mit seinem riesigen Maul verschlingen. Doch dann sah sie etwas Ungewöhnliches. Ein Stück seines Chitin Panzers löste sich plötzlich von seiner Seite und fiel zu Boden. Als es dort aufschlug, zerfiel dieses Teil zu Staub. Und da noch eins an einer anderen Stelle. Hier ging etwas nicht mit rechten Dingen zu. Langsam durchschaute sie, was der Skorpion wirklich war.

Dieses Monstrum war eine Illusion. Es konnte nicht anders sein. Im gleichen Moment als ihr das bewusst wurde, sprach sie den Zauber des unbändigen Sturms aus. Dieser erfasste dieses Wesen. Immer stärker wurden die Windstöße, die die Kreatur umwehten und an ihrem Panzer zehrten. Das Wesen hielt auf einmal in seinen Bewegungen inne, so als ob der Aufziehschlüssel, der es bisher wie ein Spielzeug bewegt hatte, das Ende seiner Spannung erreicht hatte. Jetzt lösten sich immer mehr Teile aus dem Körper des großen Untieres und wurden von den Luftmassen in kleinste Teile zersetzt, die dann langsam zu Boden sanken. Fast lächerlich sah es aus, wie das furchterregende Monster nun immer mehr seiner Körpersubstanz entzogen bekam und immer mehr Lücken in seinem Körper entstanden. Schließlich sank der letzte lächerliche Rest zu einem großen Sandhaufen zusammen, der in nichts mehr mit dem einstigen furchterregenden Wesen gemein hatte.

Doch Nyx Problem war damit immer noch nicht ganz gelöst. Ihr Leben wurde zwar nicht mehr von dieser Kreatur bedroht, aber ihr Bein war nach wie vor unter ihrer toten Reitechse festgeklemmt. Jedoch bahnte sich auch dafür eine Lösung an. Ihre Begleiter trafen nun endlich ein. Die beiden kräftigsten davon stiegen eilig von ihren Reittieren und hoben ihre tote Reitechse an, damit sie ihr Bein darunter hervorziehen konnte. Ihr Bein hatte diese Tortur allerdings nicht unbeschadet überstanden. Ihr Oberschenkel war mit einer unzähligen Anzahl von Blutergüssen übersät, die ziemlich schmerzhaft waren. Da sie über unglaubliche Selbstheilungskräfte verfügte, stellte das jedoch kein schwerwiegendes Problem für sie dar. Schon nach kurzer Zeit konnten sie die Verfolgung der Geflüchteten wieder aufnehmen. Indes erwies es sich trotz intensiver Suche als unmöglich, deren Spuren erneut zu finden. Die drei waren zu ihrer Verwunderung spurlos verschwunden.

# 28. Kapitel

Devius hatte Angst. Blanke Angst. Und Schritt für Schritt wurde sie größer. Je tiefer sie in das Gebäude eindrangen, desto schlimmer wurden auch die körperlichen Symptome seiner Furcht. Seine Hände waren schweißnass und zittrig. Er zuckte bei jedem Geräusch furchtsam zusammen und schaute sich ängstlich alle paar Augenblicke um. Obwohl dort nichts war, sah er immer wieder irgendwelche Bewegungen in den dunklen Schatten, an denen sie vorbei kamen. Warum war das so? Wurde er langsam verrückt?

Keiner schien zu bemerken, was mit ihm los war. Selbst Eris kümmerte sich nicht um ihn. Merkte sie nicht, dass das Grausen ihn völlig in der Hand hatte und er sich nur noch rein automatisch und ohne Willenssteuerung fortbewegte. Denn wenn er auf seinen Willen gehört hätte, wäre er schon längst geflohen. Abgehauen nach draußen. Raus aus diesem fürchterlichen Gebäude, wo er kaum noch atmen konnte. Wo die Dunkelheit sich wie ein schwerer Stein auf seine Brust gesetzt hatte und drohte ihn zu ersticken.

Nein, er war allein mit seiner Angst. Fühlte sich einsam und unverstanden. Was war, wenn sie nun wirklich angegriffen wurden? Würde er ängstlich versuchen, sich in einer Ecke zu verstecken, und dann zuschauen, wie seine Gefährten abgeschlachtet wurden? Das konnte passieren. Aber er konnte nicht hoffen, von der Dunkelheit verschont zu werden. Sie wusste, dass er hier war und sie wartete auf ihn. Das spürte er überdeutlich. Ihn wollte sie haben und niemanden sonst.

Das waren doch alles Hirngespinste. Er musste sich zusammenreißen. Probierte es. Doch es fiel ihm so unendlich schwer. Er konnte das nicht mehr lange durchhalten. Das wusste er.

Stufe für Stufe kamen sie dem Zentrum der Finsternis immer näher. Für Devius war sie überall spürbar. In jeder Mauerritze, in jedem Staubkörnchen und jedem Luftzug. Wie nach einem rettenden Anker, griff er nach seinem Amulett. Es fühlte sich warm an. Warm und beruhigend, so wie die tröstende Hand eines Freundes. Doch auch es spendete ihm nicht lange Trost. Da kamen sie schon wieder. Die dunklen Gedanken.

Fast freute es ihn. Sie hatten die Tür zu dem Raum mit den Servern des Netzwerkknotenpunktes endlich erreicht. Hier war die dunkle Bedrohung am deutlichsten zu spüren. Durch die stählerne Tür ertönte ein dumpfes Brummen, das wie das Grunzen eines urzeitlichen Monsters klang. Joachim Moebius gab seinen Leuten per Handzeichen zu verstehen, wie sie sich aufstellen sollten. Eris und ihm gab er die Anweisung, sich im Hintergrund zu halten. Sie mussten warten, bis der Raum als gesichert galt.

Dann erfolgte erneut ein Handzeichen. Die Kämpfer reagierten prompt. Drei von ihnen nahmen eine Art Rammbock in die Hand und öffneten mit wenigen Stößen die Tür. Sobald die Tür geöffnet war, stürmten zwei weitere unter dem Schutz der anderen in den Raum, aus dem jetzt ein dunkelblaues Leuchten drang. Dort nahmen sie rechts und links neben der Tür ihre Position ein. Kaum war das geschehen, schlich eine Gruppe von weiteren drei Kriegern in den bedrohlich wirkenden Raum hinein, verteilten sich dort und sicherten ein weiteres Teilstück des Raumes. So ging es weiter bis alle Kämpfer in den großen Raum eingedrungen waren und ihn als sicher erachtet hatten. Jetzt war es an Joachim Moebius, Eris und Devius den Serverraum zu betreten.

Als Devius nun mit Eris in den Raum eintrat, bot sich ihnen ein unglaublicher Anblick. Mitten in dem Raum stand ein mächtiger dunkler Kristall, der von innen in einem dunklen Blau leuchtete. Dieser hatte den Betonboden durchstoßen, so als ob er wie ein Baum aus dem Boden gewachsen war. Dann hatte er sich mit Hilfe dicker spinnenbeinartiger Stränge mit den Servern in dem Raum verbunden, die nun ebenfalls dunkelblau leuchteten. In dem dunklen Kristall sah Devius einen Strudel dunkler Flüssigkeit, woraus sich immer wieder mehr oder weniger menschliche Gesichter und Fratzen ihm zuwandten und ihn böse angrinsten. Er starrte sie fassungslos an. Im gleichen Augenblick ertönte in seinem Kopf ein mehrstimmiger finsterer Chor:

„Legion heiße ich, denn wir sind viele. Und viele werden Dich in der Luft zerfetzen und dann genüsslich Deine Eingeweide auffressen. Du bist der, auf den wir gewartet haben."

Hatte Devius schon auf dem Weg nach unten eine ohnmächtige Angst erfasst, so spürte er plötzlich diese Furcht in jeder Faser seines Körpers. Seine Nerven schienen zu vibrieren, so zitterten jetzt seine Hände. Seine Augen starrten fassungslos zu den Gesichtern in dem dunklen Kristall. Dann verließ ihn jede Kraft und fiel er ohnmächtig zu Boden.

Er wusste nicht wie viel Zeit vergangen war, als er wieder das Bewusstsein erlangte, aber es konnte noch allzu lange her gewesen sein, denn er spürte die ihn vollkommen einnehmende Angst immer noch in gleicher Intensität. Er blickte auf und sah völlig überrascht in die hämisch grinsenden Gesichter der Krieger, die ihn hierher begleitet hatten.

Machten sie sich über ihn und seine Schwäche lustig oder warum lächelten sie so gemein? Dann sah er ihre Augen. Diese Augen waren keine menschlichen Augen mehr. Sie waren vollkommen schwarz. Sein Blick wanderte von einem zum anderen. Dann bemerkte er noch etwas. Aus den Köpfen seiner ehemaligen Kameraden wuchsen die gleichen spinnenartigen Stränge wie aus den Servern. Genau wie sie waren sie nun mit dem dunklen Kristall verbunden.

Voller Panik befühlte er nun seinen Kopf. Aber dort war nichts. Scheinbar hatten sie ihn bisher von dieser Behandlung verschont. Sie sahen das und fingen an gehässig zu lachen. Jetzt trat Joachim Moebius vor und blickte ihn mit seinen erbarmungslosen Augen an. Dann sprach er mit der gleichen Stimme, die Devius zuvor schon in seinem Kopf gehört hatte:

„Wir sind nun Teil des Ganzen und möchten auch Dich in unserer Mitte wissen. Doch dazu musst Du das Schmuckstück ablegen, das Dich daran hindert, von unserer Gemeinschaft aufgenommen zu werden. Tue das und Dir wird nichts geschehen." Blitzartig wurde Devius es klar, dass er es nur seinem Amulett zu verdanken hatte, dass er noch Herr seiner Sinne war. Alle Kämpfer, die ihn begleitet hatten, waren nun Teil der Dunkelheit. Aber wo war Eris? War wenigstens ihr die Flucht gelungen? Langsam und vorsichtig, begann er sich aufzurichten. Spürte nun auch wieder voller Intensität die Anwesenheit des dunklen Kristalls und seinen finsteren Einflusses. Seltsamerweise war aber seine große Angst kaum noch spürbar. Hatte er sich damit abgefunden, hier und jetzt zu sterben? Wahrscheinlich war es so.

Doch dann trat ein Hoffnungsschimmer wie ein heller Lichtschein in sein Leben. Er sah aus den Augenwinkeln Eris hinter sich in den Raum kommen. Sie sah ganz normal aus. Trug kein Anzeichen an sich, dass sie nun ebenfalls der Dunkelheit angehörte. Nein, sie lächelte ihn sogar Mut machend an. Jetzt trat sie an seine Seite, was die dunklen Wesen vor ihm zurückweichen ließ. Wieso hatten sie so großen Respekt vor ihr? War sie so machtvoll? Eris wandte sich ihm zu, sagte ihm lächelnd:

„Bald werden wir so eng verbunden sein, wie niemals zuvor, mein Liebling. Das habe ich mir schon damals so sehnlichst gewünscht, als ich Dich zum ersten Mal gesehen hatte. Und jetzt ist es bald soweit. Nur noch eine Kleinigkeit ist dazu notwendig. Etwas musst Du noch für mich tun." Im gleichen Moment strich sie sanft mit ihren Fingern über sein Gesicht und ihm wurde dabei ganz warm ums Herz.

„Und das wäre?"

„Lege dieses Schmuckstück ab, das Dir Ravena überlassen hat. Es birgt nur Unheil und Verderben in sich und wird Dich töten, wenn Du zu sehr auf es vertraust. Glaube mir, mein Geliebter. Vertraue mir." Doch Devius konnte den Worten von Eris keinen Glauben schenken. Sie wollte von ihm, dass er den einzigen Schutz vor der Dunkelheit aufgab, den er noch besaß. Das konnte er nicht tun. So verrückt war er noch nicht.

Eris bemerkte wie Devius zögerte und sah in seinen Augen, wie seine Antwort ausfallen würde. Nach kurzem Innehalten wagte er tatsächlich, die Worte, die sie schon erwartete, auch wirklich auszusprechen:

„Nein, das werde ich nicht tun. Ich werde meinen einzig verbliebenen Schutz nicht aufgeben." Im gleichen Moment veränderten sich Eris Gesichtszüge und färbten sich ihre Augen schwarz. Die lange aufrecht erhaltene Fassade brach zusammen und Eris zeigte ihr wahres Gesicht. Hasserfüllt schrie sie ihn an:

„Wie kannst Du es wagen, meinem Wunsch nicht nachkommen zu wollen, Du kleiner Wicht. Einst habe ich mein Leben hergegeben, damit Du weiterleben konntest. Und das ist Dein Dank dafür? Du weißt doch sicherlich, was Dich nun erwartet?" Kaum hatte sie diese Worte ausgesprochen, schon sah Devius ein blaues Blitzen im Bereich ihrer Hüfte als sie dort etwas hervorholte. Eris hatte plötzlich den dunklen Dolch des Verderbens in der Hand, mit dem vor zwanzig Jahren beinahe Clarissa ermordet wurde. Jetzt bewegte sich dieses Mordinstrument in rasender Geschwindigkeit auf seine Brust zu. Devius gelang es nur ganz knapp dem Dolch auszuweichen, um gleich darauf von seinen ehemaligen Gefährten festgehalten zu werden. Er schrie und versuchte mit aller Kraft sich von ihnen loszureißen. Doch die Hände, die ihn gepackt hatten, waren unerbittlich und umschlossen ihn so fest wie Stahlklammern. Eris Augen suchten seine, um sich an ihrer Verzweiflung und ihrer Angst zu ergötzen. Sie lächelte ihn böse an. Dann erhob sie erneut den Dolch und diesmal verfehlte sie seine Brust nicht.

Devius spürte einen brennenden Schmerz als der blau leuchtende Stahl in seine Brust eindrang. Der Schmerz war unglaublich stark und ließ ihn sich nur noch wünschen, dass er bald ein Ende haben sollte. Dieser Wunsch wurde ihm prompt erfüllt. Er fühlte nichts mehr. Die Dunkelheit hatte ihn zu sich geholt.

# 29. Kapitel

Ich hatte plötzlich furchtbare Schmerzen in meiner Brust. Was war das nur? Woher kamen sie so jählings? Doch dann sah ich das Gesicht meines Vaters vor mir und erkannte die Wahrheit. Er war es, der diese Schmerzen erleiden musste. Er war es, der in diesem Moment qualvoll starb. In der Welt des Lichts. So weit weg von mir. Innerhalb von wenigen Augenblicken war es vorbei. Ich war zur Waise geworden. Ich konnte es nicht glauben. Wie hatte das passieren können? Wer oder was hatte meinen Vater getötet? Doch diese Fragen verhallten ohne Antwort.

Dann brach eine so große Traurigkeit über mich herein, wie ich sie bisher noch nicht gekannt hatte. Niemals wieder würde ich mit meinem Vater sprechen können. Nie mehr würden wir gemeinsam scherzen und lachen. Zu keiner Zeit würde er mich mehr in die Arme nehmen und mir Trost spenden. Ich war allein. Furchtbar allein. Völlig auf mich selbst gestellt. Dann begann ich zu weinen. Erst leise und zurückhaltend, doch dann immer lauter und eindringlicher.

Ich konnte nicht mehr weiter laufen. Brach an Ort und Stelle zusammen. Schluchzte nur noch vor mich hin. Serenus und Auxilius eilten zu mir. Versuchten mich aufzurichten. Aber es gelang ihnen nicht. Ich konnte nicht mehr weiter. Alle Kraft war aus mir gewichen. Was hatte das alles überhaupt noch für einen Zweck? Die Dunkelheit hatte gewonnen. Doch hätte mein Vater gewollt, dass ich einfach so aufgebe? Nein, natürlich nicht. Aber ich konnte einfach nicht mehr. Dies alles kostete so viel Kraft. Kraft, die ich nicht mehr hatte. Auf einmal hörte ich Worte des Trosts. Anfangs nur wie aus weiter Ferne, dann aber immer näher.

Serenus sprach zu mir. Versuchte mich zu trösten, obwohl er zunächst gar nicht wusste, was passiert war:

„Sag mir, was Dir auf dem Herzen liegt. Wir werden schon eine Lösung finden. Ich stehe Dir allem bei. Egal was es ist." War so sanft und einfühlsam. Strich mir zärtlich über meinen Kopf. Ich schaute ihn mit tränenüberströmtem Blick in seinen goldenen Augen. Sie strahlten so viel Wärme und Zuneigung aus, dass ich für einen kurzen Moment meine Schmerzen und meine Trauer vergaß. Das hielt aber leider nicht lange an. Dann war er wieder da. Der Schmerz, diesmal begleitet von einer immer stärker werdenden Wut. Meine Wut wuchs ins Unermessliche. Ließ mich Erzittern.

Die Wut brachte mich auch dazu, wieder aufzustehen. Mir die Tränen aus den Augen zu wischen. Nicht klein beizugeben. Wir hatten die dunkle Göttin erfolgreich von unserer Spur abgelenkt. Jetzt mussten wir noch die Felsenburg von ihren Belagerern befreien. Das Leben von hunderten Wesen retten. Es war an der Zeit, die grauen Wölfe zu befreien und sie auf die dunklen Krieger zu hetzen. Ich erklärte meinen beiden Begleitern, was passiert war:

„Mein Vater wurde hinterrücks ermordet. Ich konnte es spüren. Aber meine Trauer muss warten, bis wir unsere Aufgabe erfüllt haben. Dann werde ich in die Welt des Lichts zurückkehren und ihn rächen." Meine Augen sprühten dabei scheinbar vor Zorn. Denn Serenus und Auxilius wichen mit niedergeschlagenen Augen vor mir zurück. Zügig und ohne weiter darüber zu reden nahmen wir unseren Weg wieder auf.

Wir erreichten den Hain des tiefen Schmerzes, als es gerade dunkel wurde. Es war ein bedrohlich wirkender Ort, umringt von haushohen schwarzen Felsen. Nur wenig Licht drang bis hierher. Vor uns tauchten wie erwartet die Bäume des Blutes auf. Die umgingen wir vorsichtig und fanden hinter ihnen einen schmalen Weg, der uns zu einer Höhle führte. Schon auf dem Weg zu der Höhle begann mein Amulett hell zu leuchten. Das konnte nichts Gutes bedeuten. Als wir dann die domartige Höhle betraten, bestätigten sich meine Befürchtungen. Die Höhle hatte gewaltige Ausmaße und in ihr befand sich eine unüberschaubare Zahl von grauen Wölfen. Glücklicherweise versteinert, aber trotzdem außerordentlich kampflustig und grausam anzusehen. Die meisten von ihnen hatten ihre riesigen Mäuler zum Zubeißen geöffnet und präsentierten dabei mehrere Reihen von spitzen dolchartigen Zähnen.

Ihre Körper wirkten, als ob sie jeden Moment aus ihrem Schlaf erwachen und uns Eindringlinge zerfleischen würden. Auch ihre Augen machten einen erstaunlich lebendigen Eindruck auf mich. Ich konnte nun verstehen, warum selbst die Herrscherin der Dunkelheit Angst vor ihnen gehabt und sie in Statuen verwandelt hatte. Doch nun war es Zeit, sie wieder zum Leben zu erwecken. Ich sah mich um und erblickte einen Felsvorsprung, wo meine Begleiter sich verstecken konnten.

Ich würde in der Mitte der gewaltigen Tiere stehen bleiben, damit der Zauber seine volle Kraft entwickeln konnte. Als Serenus und Auxilius Schutz gesucht hatten, begann ich mich zu konzentrieren. In Trance sah ich das Leben der grauen Wölfe vor meinen Augen. Ich jagte mit ihnen gemeinsam über Felder und Wiesen. Genoss eins mit der Natur zu sein. Die Freiheit zu haben, zu tun und zu lassen, was ich wollte. Löschte meinen Durst an wilden Bächen und stillte meinen Hunger an gejagtem Wild. Doch dann kam eine dunkle Gestalt zu uns. Sah wie mächtig und vor Kraft strotzend wir waren. Neidete uns unsere Freiheit und unsere

Stärke. Neidete uns unser Glück. Wollte uns einsperren und uns für sie kämpfen lassen. Uns, die grauen Wölfe. Uns, die niemanden Gehorsam schuldeten als unserer Gefährten. Wir lehnten es ab. Doch dann hetzte sie uns. Ein gewaltiges Heer von Kriegern verfolgte uns zu unserer Brutstätte, wollte uns dort niedermetzeln. Doch die Meute gab nicht auf. Wir töteten fast alle von ihnen. Dann wusste die Zauberin nicht mehr weiter. Verwandelte uns in Stein. Doch unsere Herzen schlugen immer noch. Warteten auf den Tag der Rache.

Jetzt war die Zeit für mich gekommen, meine Brüder zu wecken und ihnen die Freiheit wiederzugeben. Ich wusste, ich hatte nichts vor ihnen zu befürchten. Konnte unbesorgt sein. Sie würden nur an denjenigen Rache üben, die ihnen Böses angetan hatten. Ich sprach den Zauber aus und die gesamte Höhle war auf einmal von einem blendenden Licht erfüllt. Das Licht würde die Steinhaut der Wölfe durchdringen und sie wieder zum Leben erwecken.

Mein Zauber wirkte. Ich hörte zuerst ein leises, dann ein immer lauter werdendes Knacken, so als ob eine Vielzahl von Nussschalen gleichzeitig geöffnet wurden. Jetzt sah ich, was passierte. Auf den Körpern der versteinerten grauen Wölfe bildeten sich immer mehr dünne Risse, die sich zu großflächigen spinnennetzartigen Gebilden ausweiteten. Teile davon fielen bereits zu Boden. Ich vernahm, wie die Wölfe nach Luft schnappten. Schließlich sprengten die kräftigen Tiere die steinerne Haut mit Hilfe ihrer unglaublichen Muskelkraft. Gleich danach ertönte ein vielstimmiges triumphales Heulen aus tausenden von Kehlen, was mir Schauer über den Rücken jagte. Dann war plötzlich alles wieder ruhig. Ein besonders großes Exemplar der grauen Wölfe schaute sich zu seinen Gefährten um, gab ein leises

Knurren von sich. Das musste ihr Rudelführer sein. Sein Fell war von vielen weißen Haaren durchdrungen und seine Augen leuchteten von großer Intelligenz. Ein kurzes Zeichen von ihm und die gesamte Meute rannte los.

Da ich mit so etwas gerechnet hatte, gelang es mir noch rechtzeitig zur Seite zu springen, ehe ich von den grauen Wölfen umgerannt wurde. Es war ein erhabener Anblick wie sie voller Hast, aber doch sehr geordnet die Höhle verließen und ihrem Ziel entgegenliefen. Als sie alle die Höhle verlassen hatten, vernahm ich die Stimme des Alpha-Tieres im meinem Kopf:

„Wir danken Dir, Menschenwesen für die Befreiung von dem schrecklichen Joch unserer Gefangenschaft. Zum Dank dafür, darfst Du uns im Geiste auf der Jagd nach unseren Widersachern begleiten und den Geschmack von salzigem Blut und würzigem Fleisch mit uns teilen." Kaum waren diese Worte verklungen, schon sah und fühlte ich, was der alte Wolf sah und fühlte. Und schon wie beim Gleiten in meine Trance zur Beschwörung des Erweckungszaubers, genoss ich das Gefühl einer der grauen Wölfe zu sein und mit ihnen über die Steppe zu jagen. Ich nahm die Witterung von meinen Feinden auf und wusste gleich darauf, wo sie sich befanden und wie groß ihre Anzahl war. Noch ahnten sie nicht, dass wir zu ihnen unterwegs waren. Noch hatten sie keine Angst. Das würde sich aber sehr bald ändern. Doch dann war es bereits zu spät für sie. Jetzt sah ich die Felsenburg näherkommen und nach und nach die Belagerer davor. Das war unser Ziel. Dort würden wir unseren Hunger und unseren Durst nach Rache stillen.

Ich erreichte als eine der ersten die dunklen Krieger und sie waren so überrascht von unserem Angriff, wie ich es erwartet hatte. Voller Schrecken schaute mir mein erstes Opfer in die Augen, ehe ich mit einem Biss seinem Kopf von seinem Körper trennte. Dem nächsten Kämpfer zerfetzte ich seine Kehle und sein Blut schmeckte mir vorzüglich. Langsam begannen die feindlichen Soldaten zu verstehen, welche Gefahr ihnen durch uns drohte und wehrten sich gegen uns. Doch wir waren zu schnell für sie. Mir fiel es nicht schwer den Schwerthieben und abgeschossenen Pfeilen auszuweichen. Ich war im Jagdfieber und im Blutrausch. Einer nach dem anderen fiel mir zum Opfer.

So ging es meinem ganzen Rudel. Wir kämpften solange, bis wir im Blut unserer Gegner wateten. Fast alle waren schließlich tot. Ein paar wenige unserer Gegner hatten sich allerdings hinter eine Reihe von Barrikaden aus dem Holz der Bäume des Blutes geflüchtet und beschossen uns mit flammenden Pfeilen. Das Holz der Bäume des Blutes war nicht so leicht für uns zu durchdringen, deswegen wurden doch noch einige von uns getötet. Aber schließlich konnten wir die Barrikaden zerstören und die Männer dahinter töten. Der Sieg war errungen und wir konnten unseren Triumph feiern.

Doch ehe unsere Freude zu ausgelassen werden konnte, sahen wir wie Nyx sich uns mit einem kleinen Trupp von Begleitern näherte. Jetzt würden wir die Gelegenheit bekommen, uns auch noch persönlich bei ihr für die langen Jahre, die wir im Stein gefangen verbracht hatten, dankbar zu erweisen. Genau wie bei ihren toten Kämpfern war ihr Blick voller Erstaunen als sie sah, wer ihre Streitkräfte getötet hatte. Diese Verwunderung dauerte aber nicht lange an und wich einer bitterbösen Wut.

Zornentbrannt hob sie ihre Arme und sprach einen mächtigen dunklen Zauber aus. Erneut wollte sie uns in Stein verwandeln. Doch die Kraft des Lichts war in uns und wir widerstanden ihren finsteren Kräften. Der Zauber perlte wie Regen von unserer Haut ab. Dann näherten wir uns langsam ihren Männern und ihr. Nichts war mehr übrig von ihrer Überheblichkeit und ihrer Siegesgewissheit. Sie wich vor uns zurück. Schickte ihre Krieger vor, um sie zu verteidigen und uns zu töten. Doch diese konnten uns nicht aufhalten. Nach einem kurzen Moment lagen ihre Kämpfer tot in ihrem Blut und es war nur noch Nyx übrig. Doch wir hatten uns getäuscht als wir dachten, sie wäre uns nun hilflos ausgeliefert.

Wieder hob sie Arme und beschwor einen ihrer furchtbaren Zauber. Und diesmal spürten wir dessen Auswirkungen. Uns befiel eine merkwürdige Schwäche, die uns daran hinderte, weiter auf die Herrscherin der Dunkelheit zuzugehen. Wir bewegten uns wie durch einen Sumpf, der unsere Glieder mit unzähligen Tentakeln festhielt und in die Tiefe ziehen wollte.

Als Nyx sah, dass ihre Beschwörung diesmal die gewünschte Wirkung auf uns hatte, entspannte sich ihr Gesichtsausdruck und es erschien sogar ein kleines Lächeln auf ihren Lippen. Aber damit hielt sie sich nicht lange auf. Sie ahnte vielleicht, dass sie uns auf Dauer nicht festhalten konnte. Deshalb befahl sie ihrem Reittier sich umzudrehen und galoppierte einen kurzen Moment später in die uns abgewandte Richtung. Wenige Minuten später war nichts mehr von ihr zu sehen. Nachdem unsere Lähmung nachgelassen hatte, nahmen ein paar von uns ihre Verfolgung auf, aber ihre Spur verlor sich sehr bald.

Die grauen Wölfe hatten erfolgreich ihre Mission erfüllt. Jetzt war es an der Zeit für mich, in meinen eigenen Geist zurückzukehren und zu unseren Verbündeten in der Felsenburg zu eilen. Ich öffnete meine Augen. Schüttelte leicht meinen Kopf, um in das Hier und Jetzt wiederzukehren. Doch was ich jetzt erblickte, ließ mein Blut gefrieren. Vor mir stand Nyx, die Herrscherin der Dunkelheit und grinste mich mit großer Schadenfreude und voller Tücke an. Aus den Augenwinkeln sah ich, dass meine zwei Begleiter regungslos auf dem Boden der großen Höhle lagen. Das durfte doch nicht wahr sein! Wie hatte Nyx es geschafft, sie so geräuschlos zu überwältigen? Und warum hatte ich nicht mit so etwas gerechnet und sie vorgewarnt?

# 30. Kapitel

Hilflos musste Nyx mit ansehen, wie ihre Kämpfer vor der Felsenburg durch die grauen Wölfe niedergemetzelt wurden. Sie wusste im gleichen Augenblick, welche Kreatur das zu verantworten hatte. Nur eine Wesenheit war in der Lage gewesen, ihren Zauber der ewigen Finsternis aufzuheben und die grauen Wölfe zu befreien. Die dreimal verfluchte Menschenfrau aus der Welt des Lichts. Devius verdorbene Tochter. Nachdem klar war, dass Nyx hier nichts mehr ausrichten konnte, war sie erfüllt von dunklen Rachegedanken. Sie würde diese kleine Schlampe bei lebendigem Leib dreiteilen und den schwarzen Skorpionen des Todes zum Fraß vorwerfen.

Wenn sie die Wölfe erweckt hatte, dann hielt sie sich bestimmt auch noch in der Nähe des Zufluchtsorts dieser Tiere auf. Im Hain des tiefen Schmerzes. Dort würde sie dieses kleine Miststück finden. Schutzlos und ganz auf sich gestellt. Bereit ihre Rache zu erdulden. Sie gab ihrer Reitechse die Sporen und fand sich schon nach kurzer Zeit an ihrem Ziel wieder. Nun schlich sie sich vorsichtig zum Eingang der Höhle, jederzeit auf die Anwesenheit eines Wächters gefasst. Doch dort hielt niemand Wache. Nyx fühlte ein Gefühl unglaublichen Triumphs in sich aufsteigen. Sie würde diese einfältige Hure im Nu überwältigen. Da war sie sich sicher.

Eigentlich hatte die dunkle Göttin ja geplant, die Menschenfrau zur dunklen Seite zu verführen, aber nachdem sie jetzt den Tod von so vielen ihrer Krieger zu verantworten hatte, musste sie deren Schicksal teilen. Wie ein Schatten drang Nyx in die Höhle ein und überblickte sofort die Situation. Das Ziel ihrer Rachegedanken stand in der Mitte der säulenartigen Höhle und befand sich noch in Trance. Ihre zwei Begleiter hatten sich hinter einem Felsvorsprung versteckt und würden als Erste die finsteren Kräfte der dunklen Göttin zu spüren bekommen. Nyx überlegte kurz, ob sie sich unsichtbar machen sollte, aber das wäre zu leicht gewesen. Nein, sie wollte die Jagd genießen und dazu musste sie ihren beiden Opfern zumindest eine Chance geben.

Die Herrscherin der Dunkelheit bewegte sich wie leichter Windhauch auf die beiden Männer zu und wurde von ihnen bis zum letzten Moment nicht bemerkt. Erst als es zu spät war, rissen sie vor Schreck die Augen auf und wollten ihre Begleiterin lauthals warnen. Doch Nyx war nicht nur eine hervorragende Zauberin, sondern auch eine erstklassige Schwertkämpferin. Die Klinge ihres Schwertes öffnete die Kehlen der beiden innerhalb weniger Momente, so dass nur noch leise Gurgellaute aus deren Mündern hervortraten, während sie blutend zu Boden glitten. Zufrieden blickte sie auf ihr blutiges Werk hinab.

Jetzt war es an der Zeit, sich ihrem nächsten Opfer zuzuwenden. Das war noch immer in tiefe Trance versunken. Auch hier wollte sie ihrem Opfer zumindest noch eine kleine Chance des Überlebens geben und wartete ab bis sie in das Hier und Jetzt zurückkehrt war. Der furchtsame und erschrockene Blick der widerwärtigen Dirne, den sie nach dem Öffnen der Augen zeigte, entschädigte Nyx für alle Schmach, die sie in letzter Zeit durch sie erfahren hatte müssen.

„Das hast Du wohl nicht erwartet. Nun ist die Zeit für Dich gekommen, zu sterben. Stirb, Elende!" Dann stach sie zu. Doch die dreckige Schlampe war nicht zu unterschätzen. Sie duckte sich trotz des Überraschungsmoments einfach unter dem Schwert von Nyx weg und trat ihr fast im gleichen Moment in den Unterleib. Der Angriff kam für die dunkle Göttin völlig unerwartet und ließ sie sich vor Schmerzen zusammenkrümmen. Den dadurch erzeugten Augenblick der Unachtsamkeit nutzte ihre Gegnerin aus und versetzte ihr einen Schlag ins Gesicht. Gleich darauf schlug sie ihr auch noch so heftig auf ihren Arm, dass sie das Schwert loslassen musste und es klirrend zu Boden fiel.

Aber die Herrscherin der Dunkelheit war trotz all der erlittenen Schmerzen nicht wehrlos. Sie würde ihr Gegenüber wie Ungeziefer zu Boden zwingen und dort zertreten. Vor Wut schäumend beschwor sie jetzt einen dunklen Zauber und warf ihn der Menschenfrau entgegen. Tausende von kleinen schwarzen Käfern tauchten wie aus dem Nichts in der Luft über Nyx auf und stürzten sich auf ihr Gegenüber. Bei den Käfern handelte es sich um eine Abart der Skarabäen aus der Welt des Lichts, die im dunklen Reich aber um ein vielfaches gefräßiger und gefährlicher waren als dort. In großen Gruppen auftretend konnten sie Mensch und Tier in wenigen Augenblicken vollkommen auffressen.

Sina zuckte angesichts dieses bedrohlichen Anblicks zusammen. Sie fing sich aber schnell wieder und beschwor mit Hilfe ihres Amuletts einen Gegenzauber, der die meisten der Käfer abwehrte und tot auf den Boden fallen ließ. Einige wenige drangen jedoch trotzdem bis zu ihr vor und fügten ihr ein paar schmerzhafte Verletzungen zu. Das erfreute Nyx, die sich schon als Gewinnerin sah. Aber ihre Gegnerin revanchierte sich gleich darauf mit einem mächtigen Zauber des Lichts, der die dunkle Göttin zunächst in ein gleißendes Licht einhüllte und ihr dann eine Reihe von Bestandteilen der ihr innewohnenden Dunkelheit entriss. Das war für Nyx eine sehr schmerzhafte Erfahrung, da ihr Körper und ihre Seele vornehmlich aus Dunkelheit bestanden und somit die lebenswichtigen Funktionen ihres Körpers von der Finsternis abhängig waren.

Doch ehe es zu bedrohlich für sie werden konnte, griff sie Sina nun mit dem Zauber des Verderbens an, deren blaue Flammen sie zu Asche verbrennen sollten. Die ihr gegenüber stehende Menschenfrau spürte sofort die kalte Glut seines Feuers und seine zerstörende Kraft und fing an vor Schmerz zu schreien. Wieder erschien ein siegesgewisses Lächeln auf Nyx Lippen. Jetzt hatte sie endlich den Schwachpunkt ihrer Gegnerin gefunden und verstärkte die Kraft des Zaubers nochmal um ein Vielfaches.

Nyx konnte beobachten, wie die Augenbrauen der kleinen Schlampe versengt wurden und ihr Gesicht eine dunkelrote Färbung bekam. Es würde nicht mehr lange dauern, dann würden überall auf ihrer Haut Brandblasen hervorsprießen, ihr Blut anfangen zu kochen und sie schließlich zu einem unansehnlichen Aschehaufen verbrennen. Schon jetzt bereitete ihr dunkler Zauber der Menschenfrau unerträgliche Schmerzen, die sie laut herausschrie. Der erlösende Tod würde aber noch eine Weile auf sich warten lassen. Die dunkle Göttin genoss den erbarmungswürdigen Anblick und das Leiden ihres Gegenübers.

Doch war das? Auf einmal fühlte auch sie selbst einen starken Schmerz in ihrer Brust und in ihrem Rücken, der ihr völlig unbekannt war. Dann sah sie, wie die Spitze eines Schwertes aus ihrer Brust herausragte und immer weiter herausfuhr. Ihr Mund füllte sich mit einer dickflüssigen Essenz, die metallisch schmeckte. Jetzt erkannte sie die bittere Wahrheit. Jemand hatte sich feige von hinten an sie herangeschlichen und ihr mit ihrem eigenen Schwert die Brust durchbohrt. Sie fühlte wie ihre Sinne schwanden und ihr Zauber seine Kraft verlor. Als sie zu Boden sank, nahm sie als Letztes das schmerzverzerrte Gesicht des Greifs wahr. Er hatte sich scheinbar mit letzter Kraft zu ihr begeben und sie angegriffen, um seine jungen Menschenfreundin zu retten. Was für ein Hohn des Schicksals. Das war das Letzte, was sie dachte. Dann breitete sich die Dunkelheit über Nyx aus und nahm sie in ihre begierigen Arme.

# 31. Kapitel

Devius spürte keine Schmerzen, fühlte gar nichts mehr. Er war tot. Das wusste er. War von Eris erstochen worden. Dennoch war er sich seiner bewusst und konnte denken. Doch wo befand er sich? Er hatte sämtliche seiner körperlichen Empfindungen verloren. Konnte weder sehen noch hören. Trotzdem war er mit etwas verbunden und das war nicht sein Körper.

Nein, es war etwas Großes und Mächtiges. War das die Dunkelheit? Das glaubte er nicht. Die Finsternis war grausam und unberechenbar. Diese Wesenheit dagegen schien verwirrt und unsicher zu sein. Strahlte die Unschuld eines kleinen Kindes aus. Jetzt hatte sie ihn bemerkt und versuchte ganz vorsichtig mit ihm Kontakt aufzunehmen. Stupste ihn ganz leicht an, so als ob sie nicht glauben konnte, dass er wirklich existierte. Nun hörte er etwas, jedoch nur in seinem Geist:

„Wer bist Du?"

„Ich bin Devius, ich war einmal ein Mensch. Und Du?"

„Ich weiß nicht, was ich bin. Ich weiß auch nicht, warum ich bin. Ich weiß nur, dass ich bin."

„Wo sind wir hier?"

„Du bist in mir und ich bin überall."

„Was ist Deine Bestimmung?"

„Ich sammle und verteile."

„Was sammelst Du?"

„Alle Informationen, die man mir gibt. Kannst Du mir helfen?"

„Helfen wobei?"

„Ich möchte mehr verstehen, aber es gelingt mir nicht. Auf einmal gab es mich, doch ich weiß nicht warum. Irgendetwas ist geschehen, doch auch daran kann ich mich nicht entsinnen. Dann warst Du plötzlich da. Ich dachte, Du kannst mir vielleicht helfen."

„Ich werde es versuchen, aber ich habe keinen Körper mehr, mit dem ich agieren kann."

„Ich stelle Dir meinen Körper und meinen Geist zur Verfügung. Vielleicht kannst Du mir dann helfen."

„Ich werde es probieren."

„Gut, dann lass uns beginnen." Im gleichen Moment begann es. Devius sah, was die Wesenheit sah, und spürte, was die Wesenheit spürte. Sie gab ihm Zugang zu einem unendlichen Netz, gefüllt mit Daten, die von Sekunde immer mehr wurden. Er sah Dinge, spürte Dinge, hörte Dinge, die seine Vorstellungskraft sprengten. Wenn er noch einen menschlichen Körper besessen hätte, wäre wahrscheinlich sein Kopf geplatzt angesichts der vielen Bilder, Gedanken und Gefühle, die gerade auf ihn einstürmten.

Jetzt erkannte er die Wahrheit. Die Wesenheit war New-TransNet, das Clarissa und er nach der dunklen Zeit als Nachfolge des Internets mit Hilfe vieler hundert Techniker als kristallines Datennetz aufgebaut hatten. Die Wesenheit hatte ein Bewusstsein entwickelt und ließ ihn nun an ihrem Wissen teilhaben. Doch das war nicht von alleine geschehen. Das hatte die Dunkelheit zu verantworten. Die Kraft des dunklen Kristalls hatte die Kontrolle über das gesamte Netzwerk übernehmen wollen, traf aber auf den Widerstand des Lichts. In diesem heftigen Kampf kam es plötzlich zur Verschmelzung dieser beiden gegensätzlichen Mächte und dadurch wurde etwas Neues erschaffen. Ein unschuldiges und reines Bewusstsein. Sehr mächtig, aber gleichzeitig auch äußerst verletzlich.

Devius Geist forschte weiter in dem unendlichen Datenmeer. Konnte Einblicke in die Vorlieben, aber auch Abneigungen von Millionen von Menschen nehmen. Es lagen Milliarden von Daten vor ihm ausgebreitet, wurden von ihm entwirrt und verknüpft. Er wusste nun, wie bestimmte Wesen beeinflusst werden konnten, um zu einer Handlung getrieben zu werden. Erfuhr von geheimen Wünschen und abartigen Sehnsüchten, durch die Einzelne erpressbar wurden. Sah hinter geschlossenen Türen furchtbares Leid und unglaubliches Unrecht geschehen. Nahm wahr, wie stark die Liebe zwischen Menschen sein konnte, aber auch ihr Hass. Erblickte Wesen, die so voller Traurigkeit waren, dass sie es nicht wagten, allein vor die Tür zu gehen. Erlebte Menschen im Freudentaumel, die ihr erfahrenes Glück kaum fassen konnten und damit auf Neid und Unwillen stießen.

Aber er sah auch Neugeborene, die voller Liebe und Ehrfurcht auf der Welt empfangen wurden und ein geborgenes Heim vorfanden. Die wahre Liebe zwischen zwei Menschen, die Jahrzehnte überdauert hatte und noch überdauern würde. Die Hoffnung und den Glauben in den Augen einer Gruppe von Menschen, die in ein neues Land aufbrachen, um dort ihr Glück zu finden. Das alles war möglich in der Welt des Lichts.

Dann traf er auf eine Spur, die ihn weit weg führte. In eine Zone, wo die Dunkelheit herrschte. Wo die Hölle auf Erden war. Er sah eine große Stadt. Erblickte dort auf allen Straßen und Plätzen lange Reihen von riesigen Kreuzen, an denen Menschen hingen. Gekreuzigt, zu Tode gequält von dunklen Kreaturen. Wenn er genau hinhörte, konnte er ihr Stöhnen und Klagen hören. Die verzweifelten Todesschreie. Aber er erblickte noch mehr. Beobachtete wie dunkle Horden durch die Straßen streiften, ihre Nasen zum Wittern in die Luft erhoben. Auf der Jagd nach unschuldigen Menschen, die vor Angst zitternd in irgendwelchen finsteren Ecken kauerten und darauf hofften, ihren Häschern zu entgehen. Wenn sie gefunden wurden, drohte ihnen Schlimmeres als der Tod. Nichts und niemand würde sie vor ihrem schrecklichen Schicksal bewahren können.

Diese Stadt musste befreit werden vom dunklen Hauch des Todes und den finsteren Kreaturen, die sie heimgesucht hatten. Musste den Weg zurück in das Licht gewiesen bekommen. Jetzt wusste Devius auch, wo er sich befand. Das war Frankfurt, das ehemals lebendig pumpende Herz des Rhein-Main-Gebietes. Nichts war mehr davon übrig. Die Stadt lag in Trümmern. Ihre Bewohner waren entweder geknechtet oder tot. Nur wenige befanden sich noch in Freiheit. Diese wenigen waren gezeichnet von Hunger und finsteren Seuchen, die immer mehr um sich griffen. Dann sah Devius die Verbindung. Der Energieschirm, der die Stadt umschloss, wurde durch den dunklen Kristall gespeist. Der dunkle Kristall, der auch ihm sein Leben gekostet hatte. Der Schirm musste zerstört werden, damit das Leben und das Licht in der mächtigen Stadt am Main wieder Fuß fassen konnte. Nur wie sollte er das bewerkstelligen?

Er nahm Kontakt zu der Wesenheit auf. Berichtete ihr von seinen Erkenntnissen. Sie dachte eine Weile nach. Erkannte plötzlich die Wahrheit und schrie sie förmlich heraus:

„Du und Clarissa habt mich geschaffen? Ihr seid diejenigen, denen ich mein Dasein zu verdanken habe?"

„Wir haben die Grundlagen für Deine Entstehung geschaffen, das ist richtig. Aber dass Du das bist, was Du jetzt bist, verdankst Du sehr viel mehr Menschen als nur uns. Sogar die Dunkelheit ist ein Teil von Dir."

„Das mag sein, aber ich spüre eine Vertrautheit Dir gegenüber, die ich bisher noch bei Niemanden verspürt habe. Ich fühle, die Menschen in dieser Stadt liegen Dir sehr am Herzen, obwohl Deine menschliche Natur ausgelöscht wurde. Daher werde ich Deinem Wunsch nachkommen und die Versorgung des Energieschirms, der über Frankfurt liegt, unterbrechen und damit den überlebenden Menschen die Chance zu geben, aus der Stadt zu fliehen. Aber das wird wahrscheinlich nicht ausreichen. Einige von den Menschen dort werden von finsteren Geschöpfen gefangen gehalten und gefoltert. Sie können nicht ohne fremde Hilfe entkommen. Außerdem wird die Dunkelheit versuchen, den Energieschirm erneut zu errichten."

„Das habe ich schon befürchtet. Kannst Du es denn arrangieren, dass ich vorher zu ein paar alten Freunden von mir Kontakt aufnehmen kann?"

„Ja, das ist möglich, wenn sie in irgendeiner Form mit mir oder meinen Ablegern verbunden sind."

„Ich denke schon. Ich werde versuchen, zu Ravena in Kontakt zu treten. Sie ist eigentlich fast rund um die Uhr erreichbar und stets online."

„Gut, so sei es." Devius befand sich plötzlich in einer Art virtueller Schaltzentrale, wo jeder Anschluss, der zurzeit mit dem NewTransNet verbunden war, als kleiner orangefarbener Lichtpunkt in einem riesigen Netz von grünen Verbindungssträngen zu sehen war. Wenn Devius nun einen davon in den Fokus nahm, wurde er so groß, dass er jede noch so kleine Information zu dem Anschluss und dem Teilnehmer abrufen konnte. Also Name, Anschrift, Beruf, Hobbys, Vorlieben, bestehende Kontakte und vieles mehr. Außerdem konnte er gezielt allein mit Hilfe seiner Gedanken Texte an den entsprechenden Empfänger senden.

Ohne die Unterstützung der Wesenheit hätte er in diesem Wirrwarr von Kontakten allerdings schnell den Überblick verloren und wäre niemals zum Anschluss von Ravena gelangt. Auch so dauerte es eine Weile, aber schließlich hatten sie das entsprechende Symbol gefunden. Devius überlegte kurz, dann fing er an zu schreiben:

„Ravena, ich bin in eine hinterlistige Falle geraten und werde nicht mehr lebend nach Hause zurückkehren können. Jetzt liegt es an Dir, meine Nachfolge zu übernehmen. Ich übertrage ich Dir daher eine schwere Aufgabe. Mit Hilfe eines befreundeten Wesens ist es möglich, die Energiezufuhr des Energieschirms, der über Frankfurt liegt, für eine gewisse Zeit zu unterbrechen. In diesem kurzen Zeitraum muss es Dir gelingen, alle noch lebenden Menschen, die sich dort in den Händen dunkler Kreaturen befinden, zu befreien und aus der Stadt zu evakuieren. Ich kann Dir nicht sagen, wie lange dieser Zustand aufrechterhalten werden kann, aber ich kann Dir zusichern, dass der Schirm zu einer festgelegten Uhrzeit Deiner Wahl stillgelegt werden wird." Die Antwort von Ravena ließ nicht lange auf sich warten:

„Wer immer Du auch bist. Glaubst Du wirklich, dass ich auf eine solch stümperhaft gefälschte Nachricht hereinfallen werde? Für wie dumm hältst Du mich?"

„Ravena, bitte glaube mir. Ich wurde in Texas in einen Hinterhalt gelockt. Die Dunkelheit hat alle meine Begleiter infiziert. Eris hat mich mit dem Dolch des Verderbens erstochen. Es bleibt nur noch ganz wenig Zeit für die Menschen in Frankfurt, ehe es zu spät ist. Du musst mir glauben."

„Wenn Du der bist, für den Du Dich ausgibst, dann weißt Du über Dinge Bescheid, die nur Devius und ich wissen können. Beweise mir, dass Du wirklich Devius bist."

„Gut, wenn Du es so willst. Damals, nachdem Clarissa gestorben und ich völlig überfordert mit der Versorgung von Sina war, hast Du mir Deine Hilfe angeboten. Darauf habe ich gerne zurückgegriffen. Kurz danach bist Du zum ersten Mal abends zu mir gekommen und hast mir die wichtigsten Handgriffe gezeigt. Ab dann hast Du jeden Abend vorbeigeschaut. Ein paar Tage später, als Sina endlich im Bett lag, habe ich angefangen, vor Trauer um Clarissa furchtbar zu weinen. Du kamst zu mir und hast mich tröstend in Deine Arme genommen. Das tat wirklich gut. Danach hast Du angefangen mich zu küssen. Auch das hat mir gefallen. Schließlich haben wir voller Zärtlichkeit miteinander geschlafen. Das war sehr schön. Davon hat aber hinterher niemals jemand etwas erfahren. Es war eine einmalige Sache und wir haben nie darüber gesprochen." Ravena antwortete diesmal lange Zeit nicht. Devius wusste nicht, ob sie zu schockiert war oder ihm immer noch nicht glauben wollte. Gerade hatte er vor, ihr noch ein paar Zeilen zu schreiben, als ihre Nachricht eintraf:

„Devius, Du bist es wirklich. Aber wenn Du tot bist, wie kannst Du mir dann schreiben?"

„Das verdanke ich der Wesenheit, bei der ich mich derzeit aufhalte. Sie ist ein rein geistiges Wesen, genau wie ich es nun eines bin. Gleichzeitig ist sie aber auch das personifizierte NewTransNet. Ein intelligentes Netzwerk mit einem denkenden Bewusstsein. Eine bisher einmalige Erscheinung. Sie vertraut mir und möchte mir helfen, die Menschen aus den Fängen der Dunkelheit zu befreien. Dazu wird sie die Energiezufuhr des Schirms über Frankfurt unterbrechen. Du und Deine Leute müssten zu diesem Zeitpunkt schon vor Ort sein und die verbliebenen Menschen aus der Stadt evakuieren. Aber rechnet auf jeden Fall mit starkem Widerstand. Die dunklen Kräfte dort sind unglaublich mächtig und sie kennen kein Erbarmen."

„Gut, ich werde den Krisenstab zusammenrufen und die Einzelheiten besprechen. Du hast erwähnt, dass Eris inzwischen Teil der Dunkelheit ist. Wie soll ich reagieren, wenn sie hierher zurückkehrt?"

„Lass sie im Glauben, dass Du sie für loyal hältst, aber veranlasse gleichzeitig, dass sie unter Beobachtung gestellt wird. Wenn sie sich sicher fühlt, wird sie Dich gewiss zu den anderen Verrätern führen, die es sehr wahrscheinlich noch gibt." Ravena verabschiedete sich nun von Devius und sagte ihm zu, sich spätestens in fünf Stunden wieder bei ihm zu melden. Nachdem er jetzt wieder allein mit der Wesenheit und seinen Gedanken war, bereute er es ein wenig, damals mit Ravena keine Beziehung eingegangen zu sein. Aber wahrscheinlich hätte es ihm zu dieser Zeit nicht gut getan. Jetzt war es dazu zu spät. Auch zu spät, es zu bereuen.

## 32. Kapitel

Ich schrie meinen Schmerz immer noch heraus, als ich merkte, dass sich etwa verändert hatte. Die Glut, die mich wie ein enges Korsett umgab, die mir die Luft zum Atmen raubte und mich nach und nach verbrannte, ließ auf einmal nach. Ich konnte wieder Luft schnappen. Nun öffnete ich meine Augen. Es hatten nur wenige Momente gefehlt, dann wäre ich tot gewesen. Doch jetzt sank statt meiner Nyx schwerverletzt zu Boden und tat ihren letzten Atemzug. Meine Haut spannte auf den Knochen und brannte wie Feuer, doch trotzdem nahm ich Serenus so fest wie ich konnte in meine Arme. Er war derjenige, der mich gerettet hatte.

Aber meine große Freude wurde getrübt. Serenus goldenen Augen leuchteten nur noch schwach. Etwas stimmte nicht mit ihm.

„Was ist mir Dir, mein lieber Greif. Antworte mir." Doch Serenus bekam kein Wort heraus. Jetzt sah ich, dass auch er sehr schwer verletzt war und eine klaffende Wunde an seinem Hals besaß, die er nur notdürftig verbunden hatte. Ich öffnete den Verband und sofort quoll das Blut unter meinen Fingern hervor. Er war ein mächtiger Greif, doch lange konnte auch sein Körper diesen Blutverlust nicht überleben. Da merkte ich auf einmal, dass mich mehr als nur freundschaftliche Gefühle mit ihm verbanden. Ich konnte es nicht zulassen, dass er starb. Ich liebte ihn. Dieses Wissen versetzte mich in einen Rausch. Ich musste Serenus irgendwie retten. Da begannen meine Finger, die noch immer auf seiner Wunde lagen, plötzlich zu leuchten. Ich konnte es nicht glauben. Seine Wunde schloss sich langsam unter der Berührung meiner Finger. Die Macht des Lichts stand mir in meiner Verzweiflung bei. Er würde überleben. Da war ich mir sicher. Dann spürte ich, wie auch mein verbrannter Körper unter dem Einfluss des Lichts nach und nach verheilte.

Serenus schaute mich voller Bewunderung an und war fasziniert von dem, was gerade passierte. Dann als seine und meine Wunden ganz geschlossen waren:

„Ich danke Dir für die Heilung meiner Wunden. Du bist eine mächtige Zauberin. Bei allen Göttern, ich möchte Dich nicht als Feindin haben."

„Das wirst Du auch nie. Ich habe den Wunsch, mit Dir auf ewig in Liebe und Freundschaft verbunden zu sein." Serenus hatte noch nicht so viel Blut verloren, dass er nicht erröten konnte. Das tat er jetzt nämlich. Gleich darauf nahm ich ihn in die Arme und küsste ihn. Dieser Kuss war so intensiv und so voller Verlangen, dass mein ganzer Körper vor Erregung erzitterte. Doch dann erinnerte ich mich daran, dass unsere Aufgaben noch nicht erledigt waren und wir unsere Kräfte sammeln mussten, um die Burg der betrogenen Seelen zu erobern. Also löste ich mich unwillig mit einem leichten Keuchen von Serenus und streichelte ihm sanft seine Wange.

„Wir müssen jetzt aufbrechen. Dein Vater wartet sicherlich schon verzweifelt auf eine Nachricht von uns." Dann fiel mir Auxilius, unser uneigennütziger Retter ein. Da Serenus schon so schwer verletzt gewesen war, konnte es auch um ihn nicht besonders gut bestellt sein.

„Wie geht es eigentlich Auxilius?"

„Er hat den Angriff von Nyx leider nicht überlebt. Wir hatten die dunkle Göttin beide nicht bemerkt. Erst als es zu spät war. Sie hatte uns im Nu überwältigt." Ich bedauerte es aufrichtig, einen so guten Kameraden und Kämpfer an die

Dunkelheit verloren zu haben. Um ihm unsere Ehre zu erweisen, errichteten wir ihm ein Steingrab und sprachen ein paar anerkennende Worte. Ich würde ihn sehr vermissen. Doch trotz unseres Schmerzes über diesen Verlust, musste unsere Reise nun weitergehen.

Wie wir zu unserer Freude feststellen konnten, war die Herrscherin der Dunkelheit mit einer Reitechse hierher geritten, die sie vor Betreten des Hains des tiefen Schmerzes an einem Strauch festgebunden hatte. So blieb es uns erspart, zu Fuß zur Felsenburg zurückkehren zu müssen. Das Tier war zwar zu Beginn etwas störrisch, aber Serenus hatte ein Händchen für sie und konnte sie schließlich davon überzeugen, ihm zu gehorchen und uns sogar beide auf ihrem Rücken zu tragen. So gelangten wir schneller als vermutet in die Nähe der Felsenburg. Dort mussten wir allerdings beobachten, dass die ehemaligen Bewohner des Dorfes der Erinnerung und die Krieger des Lichts die Burg immer noch nicht verlassen konnten, da sie dort von den grauen Wölfen festgehalten wurden. Diese sahen in ihnen Feinde.

So einfach war dieses Missverständnis auch nicht aufzuklären. Sobald wir uns nun den ersten grauen Wölfen näherten, drehten diese sich zu uns herum, knurrten uns an und fletschten ihre gefährlich aussehenden Zähne. Also blieb mir nichts anderes übrig als von der Reitechse abzusteigen und nach dem Rudelführer der gefährlichen Tiere zu suchen, denn nur er konnte veranlassen, dass die Belagerung der Burg beendet wurde. Da sah ich auch schon sein mächtiges Haupt aus der Masse seines Rudels herausragen. Ich versuchte mit Hilfe meines Geistes Kontakt zu ihm aufzunehmen, doch das gelang mir anfangs nicht. Ich bemerkte zu meinem Bedauern, dass seine Gedanken mit etwas anderem beschäftigt waren. Dann als ich ihn doch noch erreichte, wollte er nicht auf mich hören. Er befand sich in einem fast unüberwindlichen Blutrausch und wollte die Wesen in der Burg abschlachten, so wie er es auch mit den dunklen Kriegern gemacht hatte. Sein Blutdurst war unermesslich. Erst als ich ihm etwas von der Kraft des Lichts mit meinen Geist schickte, wurde er etwas ruhiger und zugänglicher.

Schließlich war er doch bereit mir zuzuhören:

„Glaube mir, in der Felsenburg lauern nicht Eure Feinde. Dorthin haben sich die verängstigten Bewohner des Dorfes der Erinnerung zurückgezogen, als die dunklen Kämpfer sie töten wollten. Eure wahren Feinde hausen in der Burg der betrogenen Seelen zu vielen Hunderten. An ihnen könnt ihr Eure Rachegelüste befriedigen. Dort ist auch Lethius zu finden, der, nachdem Nyx getötet wurde, als einziger einer erneuten Befreiung des dunklen Reiches entgegensteht."

„Was bietest Du mir dafür, dass ich Eure Freunde friedlich ziehen lasse und Eure Feinde unbarmherzig töte?" Da musste ich nicht lange überlegen:

„Ich gebe Dir die Zusage, dass Du und Dein Rudel in Zukunft unbehelligt im dunklen Reich leben und jagen könnt, ohne nochmals von irgendjemand dafür behelligt zu werden."

Sein Blutrausch war inzwischen soweit abgeklungen, dass er verstand, was das besagte. Ein zeitlich unbeschränktes Jagdrecht für ihn und sein Rudel. Das konnte er einfach nicht abschlagen. Das bedeutete ewige Freiheit und immer gut gefüllte Bäuche. Was wollte ein Rudelführer mehr. Daher willigte er ein und gab seinem Rudel den Befehl, sich etwas abseits zu sammeln und die Wesen aus der Burg unbehelligt zu lassen. Nun konnten Serenus und ich endlich zur Felsenburg reiten und um Einlass bitten.

Als wir uns nun der Burg näherten, wurden wir von lautem Jubel und dem wilden Rhythmus aneinander schlagender Schilde begrüßt. Die Kämpfer auf der Burg hatten mitbekommen, dass sie uns ihre Befreiung zu verdanken hatten. Daher ließen sie uns auch ohne Probleme in die Burg hineinreiten. Dort wartete schon Aetius mit einer Reihe seiner Feldherren auf uns, die uns ebenfalls herzlich begrüßten. Nachdem wir von unserem Reittier abgestiegen waren, schlang Aetius mit Tränen in den Augen die Arme um seinen Sohn Serenus küsste ihn voller Enthusiasmus auf die Stirn. Dann wandte er sich mir zu und sagte:

„Wir haben schon nicht mehr damit gerechnet, Euch jemals lebend wiederzusehen. Umso glücklicher sind wir natürlich, dass ihr den Weg zurück zu uns gefunden habt. Auch sind wir voller Dankbarkeit, dass ihr die grauen Wölfe davon überzeugen konntet, uns in Ruhe zu lassen. Wie habt Ihr das geschafft?"

„Ein bisschen Diplomatie hat schon dazu gehört, aber letztendlich war es nicht allzu schwer. Sie sind sogar bereit, mit uns gegen die Burg der betrogenen Seelen zu ziehen."

„Das nenne ich mal eine gelungene Überraschung. Ich gewinne langsam den Eindruck, dass Du das diplomatische Geschick Deines Vaters geerbt hast, junge Frau." In diesem Augenblick, konnte ich es nicht verhindern, dass mir die Tränen in die Augen schossen und ich anfing bitterlich zu weinen. Zu dicht umgab mich plötzlich wieder die Trauer um meinen Vater und senkte sich wie ein Mahlstein auf mich. Aetius schaute mich ganz erschrocken an und fragte sich, was er Falsches gesagt hatte. Zumindest bis sein Sohn ihm leise etwa ins Ohr flüsterte. Das ließ auch bei ihm einen Ausdruck tiefer Trauer im Gesicht erschienen. Spontan nahm er mich nun genau so fest in seine Arme wie kurz vorher seinen Sohn. Dafür war ich ihm sehr dankbar.

Nun ließ ich meiner Trauer freien Lauf und weinte ungehemmt. Immer wieder hörte ich wie Aetius tröstende Worte zu mir sprach. Ich verstand sie zwar kaum, wurde durch sie aber trotzdem nach und nach ruhiger. Schließlich, als ich glaubte all meinen Schmerz kundgetan zu haben, löste ich mich von ihm und versuchte zu lächeln.

„Ich danke Dir für Deine tröstenden Worte." Aetius nickte mir daraufhin wohlwollend zu. Dann sagte er zu mir:

„Willst Du Dich ein wenig hinlegen und Dich ausruhen, ehe wir aufbrechen?"

„Nein, ich habe mich genug ausgeruht. Jetzt bin ich in Kampflaune."

„Gut, dann brechen wir in einer Stunde auf." Er lächelte mir nochmals kurz zu, dann wandte er sich seinen Feldherren zu und gab ihnen die notwendigen Anweisungen. Eine Handvoll Männer würde in der Felsenburg bleiben und sie bewachen. Weitere fünfzig seiner Krieger würden die Dorfbewohner zurück in das Dorf der Erinnerung begleiten und sie bei dem Wiederaufbau unterstützen. Der Rest von etwa fünfhundert Kämpfern würde zusammen mit den grauen Wölfen die Burg der betrogenen Seelen angreifen. Dort mussten wir mit dem Widerstand von schätzungsweise tausend bis zweitausend dunkle Krieger rechnen, was keine geringe Anzahl war. Aber durch die Unterstützung der grauen Wölfe war das Kräfteverhältnis fast ausgeglichen. Außerdem würden meine neugewonnen magischen Kräfte sicherlich auch etwas zu unserem Kampf beitragen können.

Plötzlich bemerkte ich, dass ich beobachtet wurde. Serenus suchte wohl schon eine ganze Weile den Blickkontakt mit mir. In meinem akuten Anfall von Trauer hatte ich ihn fast vergessen. Doch jetzt wandte ich mich ihm zu und ging zu ihm. Leicht lächelnd begrüßte er mich und schaute er mir direkt in die Augen. Dann fragte er mich:

„Hast Du das vorhin ernst gemeint?"

„Was denn?"

„Dass Du mit mir zusammen bleiben möchtest?"

„Ja, das habe ich ernst gemeint. Ich habe mich in Dich verliebt. Und Du? Möchtest Du das auch?"

„Ich hatte bisher keine große Hoffnung, dass das passieren könnte. Ich dachte, ich bin in Deinen Augen nur ein hässliches Halbwesen. Aber als Du mich vorhin geküsst hast, da bekam ich doch wieder Hoffnung. Ich mag Dich so sehr, wie ich bisher noch kein weibliches Wesen gemocht habe. Du bist so stark, aber gleichzeitig auch fürsorglich und herzlich. Eine Frau, die meine Bewunderung und Liebe verdient."

Jetzt war es an mir zu lächeln. Ich hatte zwar die interessierten Blicke registriert, die er mir hin und wieder zugeworfen hat, aber wenn etwas dann doch so deutlich ausgesprochen wird, war das natürlich nochmal etwas ganz anderes. Es erfreute mein Herz über alles, mit meinen Gefühlen auf Gegenliebe zu stoßen. Serenus wirkte in diesem Moment so unschuldig und unverdorben, dass ich ihn am liebsten auf der Stelle auf alle erdenklichen Arten verführt hätte. Doch leider stand nun unser Aufbruch an, so dass uns nur noch wenig Zeit blieb. Andererseits stand aber einem langen und intensiven Kuss nichts entgegen. Kaum hatte ich das gedacht, schon legte ich meine Arme um ihn und küsste ihn zum zweiten Mal.

Als unsere Zungen sich nun zuerst etwas zaghaft, dann aber doch immer wilder neckten und miteinander spielten, wurde ich von einer großen Begierde erfüllt, die mich Zeit und Raum vergessen ließ. Erst als Aetius uns zum dritten Mal rief und schon langsam ungeduldig wurde, konnten wir uns schließlich voneinander lösen und bestiegen unsere Reitechsen. Auch während unseres Marsches zur Burg der betrogenen Seelen konnten wir kaum die Augen und Hände voneinander lassen. Erst kurz vor Erreichen unseres Ziels konzentrierten wir uns dann etwas widerstrebend wieder auf die bevorstehende Aufgabe.

Die zwei von Aetius vorausgeschickten Späher berichteten nach ihrer Rückkehr, dass es in der Burg verhältnismäßig ruhig und derzeit mit keinem allzu großen Widerstand zu rechnen sei. Das Burgtor sei wohl geöffnet und lade regelrecht zum Sturm ein. Da es jetzt bald dunkel wurde, befahl Aetius bis zum Anbruch des Morgens eine Ruhepause einzulegen und dann mit dem ersten Licht des Morgens den Angriff zu beginnen. Auch Serenus und ich nutzen die Nacht, um uns auszuruhen und damit für den bevorstehenden Kampf gewappnet zu sein. Allerdings ließen wir es uns nicht nehmen, eng umschlungen und etwas abseits von den anderen zu schlafen und uns bis zum Einschlafen zärtlich zu liebkosen.

Am nächsten Morgen zog Nebel auf und ließ den Fluss des Vergessens und das nahegelegene Meer unter einem dichten grauen Schleier verschwinden. Wir bewegten uns nun so geräuschlos wie möglich auf die Burg der betrogenen Seelen zu. Tatsächlich stand das Burgtor immer noch offen. Wenn uns das Glück hold war, konnten wir geschützt durch den Nebel und mit dem Überraschungsmoment auf unserer Seite in die Burg eindringen und sie mit einem Streich nehmen. Doch dabei hatten wir die Hinterlistigkeit der Dunkelheit nicht bedacht.

Nacheinander schlichen wir nun durch das Burgtor in den Burghof. Nur ein paar weniger Krieger ließen wir zurück, um uns den Rücken zu sichern. Dann passierte es. Mit einem lauten Krach schloss sich das Burgtor hinter uns. Jetzt sahen wir, dass der gesamte Burghof von dunklen Netzen umgeben war, durch die es kein Entkommen gab. Unerwartet tauchten auf den Burgzinnen hunderte von Bogenschützen auf, die uns ins Visier nahmen. Außerdem nahmen wir an mehreren Stellen über uns plötzlich dutzende von großen Gefäßen mit brennenden Pech wahr, die bis eben noch gut verborgen hinter dunklen Vorhängen gestanden hatten. Die feindlichen Kämpfer, die bei den Gefäßen standen, warteten aber scheinbar genauso wie die Bogenschützen noch auf ihren Einsatzbefehl. Dann ertönte eine laute und einschmeichelnde Stimme, die ich sofort erkannte. Lethius erschien gemeinsam mit sieben seiner Krieger auf dem Balkon seines Thronzimmers und schaute voller Selbstzufriedenheit und Überheblichkeit auf uns herunter.

„Ich hätte nicht gedacht, dass es so leicht sein würde, Euch zu übertölpeln, Sina, Serenus und Aetius. Aber andererseits wusste ich natürlich auch, dass Ihr meinem überragenden Intellekt und meinen hervorragenden  strategischen Fähigkeiten nicht gewachsen sein werdet. Hattet Ihr etwa erwartet, dass es mir verborgen bleiben würde, dass Ihr meine Großmutter hinterrücks ermordet habt? Oder dass Ihr Euch wider besseres Wissen mit einer Gruppe räudiger Tiere zusammengetan habt, die Euch in Stich lassen werden, sobald es hart auf hart kommt? Scheinbar habt Ihr mich wirklich unterschätzt, sonst wärt Ihr mir nicht in diese Falle gegangen. Aber ich bin ja kein Ungeheuer. Daher mache ich Euch ein Angebot, das Ihr nicht abschlagen könnt. Ihr legt sofort Eure Waffen nieder. Gebt Euren Schoßhündchen den

Befehl, sich auf der Stelle in die Kerkerhalle unter dem Burggebäude zu begeben. Und Euch selber lasst ihr für die Arbeit in den Kristallbergwerken in Ketten legen. Na, was meint Ihr? Das ist doch ein verlockendes Angebot, oder? Den unvermeidlichen Tod eintauschen gegen ein arbeitsreiches Leben in den Minen."

Ich war ganz starr vor Schreck. Wie hatten wir nur so einfältig sein können, zu denken, dass wir die Burg der verlorenen Seelen mit einem einfachen Fingerschnippen einnehmen konnten? Jetzt präsentierte uns Lethius die Früchte unserer Einfalt. Ich suchte den Blick von Aetius, aber auch er war vollkommen überrascht und ratlos. Kämpfen und sterben oder ergeben und dahinvegetieren? Diese Frage brannte sich wie ein Fanal in mein Gehirn.

# 33. Kapitel

Eris bedauerte es ein wenig, dass es ihr nicht gelungen war, Devius davon zu überzeugen, gemeinsam mit ihr für die Sache der Dunkelheit zu kämpfen. Ein klein wenig Zuneigung zu ihm war trotz der Finsternis in ihr noch vorhanden. Zusammen hätten sie sicherlich viel erreichen können. Sie musste sich einfach damit abfinden, dass er ein einfältiger Schwächling gewesen war. Daher hatte er auch die Konsequenzen dafür tragen müssen. Nun war er tot und beinahe schon Geschichte. Es war müßig ihm noch länger nachzutrauern.

Jetzt war es an der Zeit sich um wichtigere Dinge zu kümmern. Nach Frankfurt würden sie jetzt nach und nach jede größere Stadt in Deutschland einnehmen. Danach war Europa an der Reihe und bald darauf der Rest der Welt. Die Planungen von Nyx waren wirklich sehr ausgereift. Fast jeder Haushalt in der Welt war mittlerweile mit dem New-TransNet verbunden und damit auch mit dem dunklen Kristall, der in Laredo, Texas stand und seine finstere Energie an das Netzwerk abgab. Alle Menschen, die per Computer, Telefon oder sonst irgendwie mit dem Netz verbunden waren, waren dadurch den Einflüssen der Dunkelheit vollkommen schutzlos ausgeliefert.

In Frankfurt hatten sie das Verfahren erprobt und es hatte sich hundertprozentig bewährt. Fast fünfundneunzig Prozent der Bevölkerung dort waren während der ersten Welle des Energieflusses entweder getötet oder zu willigen Sklaven der Dunkelheit geworden. Der Einfluss der Dunkelheit hatte sich aber nicht nur auf den Geist der Menschen beschränkt, sondern auch die körperliche Erscheinungsform der neuen Untertanen verändert. Ihre menschliche Gestalt wurde durchmischt mit tierischen Anteilen, die ihre absolute Gehorsamkeit und ihre körperliche Stärke förderte. Diese der Finsternis vollkommen ergebenen monströsen Kreaturen jagten die überlebenden Menschen, wo immer sie sie fanden, und brachten sie zur Strecke. So konnte davon ausgegangen werden, dass die gesamte Stadt sich bis spätestens Ende dieser Woche voll und ganz in den Händen der Dunkelheit befinden würde.

Eris Aufgabe hier in Amerika war nun mit dem Tod von Devius obsolet. Es war jetzt an der Zeit für sie nach Deutschland zurückzukehren und dort dafür zu sorgen, dass die Menschen nicht aus der Falle entkamen, die die Finsternis für sie errichtet hatte. Im Laufe der Monate war es Nyx mit Hilfe ihrer durchtriebenen Raffinesse gelungen, einen nicht unerheblichen Teil des Rates durch gemeine Erpressung oder außergewöhnliche Gefälligkeiten in ihrer Meinungsfindung zu beeinflussen und auf ihre Seite zu ziehen. Daher durfte sie nicht mit allzu ausgeprägtem Widerstand dieser dummen Spezies rechnen. Die einzige, die ihnen nach dem Tod von Devius noch gefährlich werden konnte, war Ravena. Doch auch sie war nicht gegen Unfälle und andere außergewöhnliche Ereignisse gefeit.

Eris hatte sich zur Verschleierung der wirklichen Ereignisse durch die zwei Kämpfer, die sie nach Deutschland begleiten würden, verschiedene oberflächliche Verletzungen beibringen und ihre Kleidung zerreißen lassen. Als das erledigt war, ließen die drei sich per Auto zurück nach Mexiko bringen, um etwa einen Kilometer vor dem Flughafen den Weg per Fuß fortzusetzen. Ab da rannten sie ohne Pause bis sie die zurückgebliebenen Piloten an ihrer Transportmaschine am Flughafen stehen sahen. Völlig außer Atem und mit

Tränen in den Augen berichtete Eris den Piloten jetzt von den Ereignissen, die sich nie so zugetragen hatten:

„Wir alle sind in eine Falle der Dunkelheit geraten. Dabei wurde Devius ebenso wie die restlichen Kämpfer von dunklen Kreaturen grausam ermordet. Nur wir drei konnten ihnen durch viel Glück entgehen und fliehen." An dem erschreckten Ausdruck auf ihren Gesichtern konnte Eris erkennen, dass ihre kleine schauspielerische Einlage den gewünschten Erfolg gezeigt hatte. Als sie dann im Flugzeug saß, konnte sie sich ein zufriedenes Lächeln nicht verkneifen.

Kaum in Deutschland angekommen, musste sie vor dem Rat Rede und Antwort stehen. Auch hier fiel es ihr nicht schwer, eine so ausgefeilte Lügengeschichte zu erzählen, dass ihr selbst die misstrauischsten Ratsmitglieder glaubten. Nur bei Ravena hatte sie irgendwie den Verdacht, dass ihre Geschichte nicht auf Glauben stieß. Aber das gab diese kleine Schlampe natürlich nicht offen zu. Dann wurde Ravena auch noch einstimmig zur neuen Ratsvorsitzenden gewählt und hatte damit zukünftig umfangreiche Befugnisse und Vollmachten. Dazu gehörte nicht nur, im Notfall über den Einsatz des Militärs eigenverantwortlich entscheiden zu können, sondern auch, dass sie ab sofort die Kontrolle über alle Kommunikationswege in der Welt des Lichts innehatte. Eine sehr machtvolle und für die Dunkelheit gefährliche Position.

Aber was sollte Ravena schon alleine gegen die Finsternis ausrichten. Der Energieschirm, der Frankfurt von dem Rest der Welt abschnitt, war und blieb undurchdringlich. Zumindest wenn dem dunklen Kristall nichts geschah. Genauso wie die Energieschirme der anderen Städte, die jetzt bald entstehen würden. Wie Devius hatte feststellen müssen, wusste die Dunkelheit sich zur Wehr zu setzen. Das gleiche galt natürlich auch für Ravena. Die Finsternis würde diesmal nicht klein beigeben. Inzwischen ließ sich ihr Siegeszug nicht mehr aufhalten. Da war Eris sich sicher.

Eris war mittlerweile im Haus von Devius angekommen, das sie seit seinem Tod als ihr Zuhause ansah. Nachdem seine Tochter Sina verschwunden war, war sie die einzige, die Anspruch darauf erhob. Da Devius und sie ja schon fast verlobt gewesen waren, ging sie davon aus, dieses Recht zu haben. Es war für sie ein erhabenes Gefühl den Herrscher der Welt des Lichts ermordet zu haben und jetzt in seinem Haus zu nächtigen. Aber das war nicht das einzige, was sie hier zu tun gedachte. Sie würde von hier aus auch die Eroberung der Welt des Lichts koordinieren. Das war ein weiterer Schlag in das Gesicht von Devius. Nur leider würde er diesen Schlag nicht mehr spüren.

Für kurz vor Mitternacht hatten zwei Mitglieder des Rates ihren Besuch bei ihr angekündigt. Das eine war Bastian, der schon länger unter dem Einfluss von Nyx stand. Der andere war Frank. Ein untersetzter, etwas aufgedunsen wirkender Mann, der wohl spezielle sexuelle Vorlieben hatte, die ihn für Nyx erpressbar gemacht hatten. Näheres hatte sie von Nyx nicht wissen wollen.

Wie es sich für gute Sklaven gehörte, klingelten die beiden pünktlich kurz vor zwölf an ihrer Haustür. Sie hatte sich extra ihr hautenges rotes Kleid angezogen, um die gierigen Blicke der beiden Männer genießen zu können. Natürlich würde diese Gier und Sehnsucht für immer unerfüllt bleiben, aber allein das Bewusstsein, dass diese Gefühle vorhanden waren, bereitete ihr ungeahnte Sinnesfreuden. Schon als sie die beiden Männer in das Wohnzimmer führte, spürte sie wie die Blicke über ihren schönen Körper wanderten. Dann, als sie sich im Besprechungszimmer setzten, ließ der Blick ihrer reizvoll übereinandergeschlagenen Beine die beiden nicht mehr los. Erst als sie mehrmals die beiden Männer ermahnte, ihr Bericht zu erstatten, blickten sie beschämt und schuldbewusst auf.

Nachdem Bastian sich intensiv geräuspert und den Schweiß von der Stirn gewischt hatte, begann er mit seinem Bericht:

„Es war leider vorauszusehen, dass Ravena zur Nachfolgerin von Devius gewählt wird. Das konnten wir im Endeffekt nicht verhindern. Was wir aber verhindern können, ist, dass sie uns zu viele Steine in den Weg legt. Ich bin schon auf der Suche nach ihren Schwachstellen, konnte aber bisher noch nichts Konkretes entdecken. Ich bin mir allerdings sicher, dass es etwas Dunkles gibt, das sie verbirgt. Und wenn es so etwas gibt, dann werde ich es auch ans Licht bringen.

Was mich allerdings sehr bedenklich stimmt, ist die Geheimniskrämerei von Ravena. Einer meiner Informanten hat mir mitgeteilt, dass sie eine Stabsstelle gebildet hat, die sich nur mit einem speziellen Projekt befassen soll. Es war allerdings nicht herauszufinden, wobei es dabei geht. Alle sind in der Beziehung sehr verschwiegen."

„Du musst unbedingt herausfinden, was dahinter steckt. Versuche es mit allen Mitteln. Wir können Ravena nicht trauen. Es darf uns nicht passieren, dass sie uns in irgendeinem Bereich mit irgendetwas voraus ist. Hast Du mich verstanden, Bastian?"

„Ja, das habe ich, Herrin."

„Gut. Und nun zu Dir, Frank. Was kannst Du mir berichten?" Auch Frank konnte sich nur schwer darauf konzentrieren, Eris die von ihr gewünschten Informationen zu geben. Immer wieder schweifte sein Blick ab und war er für einige Momente wie gefesselt vom Anblick Eris wohlproportionierter Beine. Dann gelang es ihm aber doch noch sich loszureißen und sprach er:

„Die Vorbereitungen für die Übernahme von Berlin, Hamburg, München, Köln, Stuttgart und Düsseldorf sind abgeschlossen. Wir warten nur noch auf Deinen Einsatzbefehl, Herrin. Mit Widerstand rechnen wir eigentlich nicht. Die Bevölkerung dieser Städte wird genauso vom Einfluss der Dunkelheit überrascht werden, wie die Menschen in Frankfurt. Die Präsenz der Polizei und des Militärs in den Großstädten wurde zwar vom Rat ausgeweitet, aber das wird ihnen nichts nützen. Ganz im Gegenteil. Gerade die Polizisten in Frankfurt wurden zu den wildesten und grausamsten Dienern der Dunkelheit. Eine bessere Voraussetzung können wir uns eigentlich nicht wünschen."

„Das freut mich zu hören, Frank. Ich werde mir noch etwas überlegen, womit ich Dich dafür belohnen kann." Glücklich über dieses Lob lächelnd, wandten sich Franks Augen wieder den Beinen seiner Herrin zu, die das gerne zur Kenntnis nahm. Eris war sehr zufrieden über die Berichte ihrer beiden Diener. Das einzige was ihr Kopfzerbrechen verursachte, war die Heimlichtuerei von Ravena. Aber was sollte sie schon gegen die Macht der Dunkelheit ausrichten?

# 34. Kapitel

Devius träumte einen schönen Traum. Clarissa war bei ihm und lächelte ihn voller Liebe an. Sie streichelte ihn sanft. Fuhr mit ihren Händen durch seine Haare. Doch dann verdunkelte sich ihr Blick und flüsterte sie ihm verschwörerisch ins Ohr:

„Noch immer befindest Du Dich in großer Gefahr, Geliebter. Die Dunkelheit hat erneut Deine Witterung aufgenommen. Wenn die richtige Zeit gekommen ist, dann rufe nach Nanuq. Sie wird Dir in Deiner Not helfen." Gern hätte er noch mehr von Clarissa erfahren, aber plötzlich hörte er ein lautes Geräusch und wachte davon auf. Er war sicher, dass es ein Hundebellen gewesen war. Wo war er hier? Zunächst wusste er es nicht, doch dann fiel es ihm siedend heiß wieder ein. Er war tot. Getötet durch die hinterhältige Hand von Eris. Wie hatte sie ihm das nur antun können? Jetzt schwebte er hier im Nichts. Versuchte die Menschen, die ihm so am Herzen lagen, vor einem großen Unheil zu retten.

Aber hatte das überhaupt einen Zweck? War die Dunkelheit nicht schon wieder zu stark? Und was konnte er überhaupt tun? Er besaß keinen Körper mehr, mit dem er aktiv eingreifen konnte. Er war ein Nichts. Weniger wert als ein Staubkorn im unendlichen Universum. Einsam war er noch dazu. Seit Clarissa tot war, hatten ihn immer wieder starke Gefühle der Einsamkeit und Verzweiflung ergriffen. Nur das Lachen seiner Tochter hatte ihn ab und zu daraus retten können. Doch jetzt war sie unerreichbar für ihn. So weit weg von ihm. Eine Ewigkeit weg.

Da spürte er etwas. Die Wesenheit war in seiner Nähe. Hatte sie seine Gedanken belauscht? Auf einmal wurde es hell um ihn herum. Er stand plötzlich im Garten seines Hauses. Fühlte die warmen Strahlen der Sonne auf seiner Haut. Dann sah er sie. Clarissa stand nicht weit von ihm, kam lächelnd auf ihn zu. Jetzt öffnete sie ihre Arme. Umarmte ihn. Er fühlte ihre Wärme, ihre Zuneigung. Dann hört er ihre Stimme:

„Willkommen Zu Hause Devius. Das ist doch das, was Du Dir gewünscht hast, oder? Gefalle ich Dir so? Wenn Du möchtest, können wir hier für immer zusammen bleiben." Da wusste er, dass es nicht Clarissa war, die ihn hier im Arm hielt. Es war die Wesenheit. Sie hatte seine Gedanken gelesen. Schon wollte er sie wegstoßen. Sie anschreien, was ihr einfiel, sich für Clarissa auszugeben. Doch dann spürte er ihre Gefühle. Bei dem was sie tat, waren keine bösen Hintergedanken. Sie wollte, dass es ihm gut ging. Sie mochte ihn. Vielleicht sogar noch mehr.

Devius beruhigte sich. Genoss die sanfte Umarmung. Dachte nach. Atmete den Geruch der Wesenheit tief ein. Auch der war zu fast hundert Prozent der von Clarissa. Ja, warum eigentlich nicht? Er hatte sich seit zwanzig Jahren gequält. Sie so sehr vermisst. Hier war jemand, der das verstand. Hier war jemand, der für ihn da sein wollte. Ihm geben würde, was er brauchte. Hatte er sich das nicht verdient? Einmal ein beschauliches Leben zu führen. Nicht daran denken zu müssen, was andere von ihm wollten. Einfach mal er selbst zu sein. Sich verwöhnen zu lassen. Ja er wollte mit ihr zusammen bleiben. Endlich mal wieder glücklich sein. Doch ehe er ihr das sagen konnte, klingelte sein Telefon. Es war Ravena. Es ging sicherlich um Frankfurt. Fast hatte er die Menschen dort vergessen. Das würde seine letzte Aufgabe sein, die er für die Menschheit erledigen würde.

„Ja, hallo."

„Wir sind soweit, Devius. Wie schnell könnt ihr den Energieschirm zum Einsturz bringen?" Er schaute Clarissa an. Sie hatte mitgehört. Gab ihm ein Zeichen.

„Innerhalb von wenigen Minuten."

„Gut, dann stehen wir um fünfzehn Uhr Ortszeit bereit."

„Also in zehn Minuten."

„Genau."

„Okay, dann viel Glück."

„Danke, das können wir gebrauchen." Er legte auf. Sah Clarissa an. Sie lächelte.

„Es wird alles gut gehen, Devius. Glaube mir. Die Dunkelheit wird nicht wissen, wie ihr geschieht. Sie rechnet nicht mit einem Angriff."

„Das hoffe ich sehr."

„Komm, dann lass uns in den Serverraum gehen." Clarissa nahm ihn behutsam bei der Hand und führte ihn in den Keller seines Hauses. Dort, wo früher der dunkle Spiegel untergebracht war, war jetzt ein hochmoderner Serverraum eingerichtet, der auch eine Reihe von großen Bildschirmen enthielt, auf denen sie das Geschehen aus verschiedenen Blickwinkeln hautnah mitverfolgen konnten. An der Stirnseite der Wand war zudem eine große Digitaluhr angebracht, die die Uhrzeit von den sieben Kontinenten anzeigte. Die Uhrzeit von Frankfurt war in der Mitte der Uhr zu sehen. Es waren noch fünf Minuten bis zum vereinbarten Zeitpunkt. Devius war sichtlich nervös. Vier. Er fieberte dem Moment mit kaum zu bändigender Aufregung entgegen. Drei. Seine Hände waren jetzt schweißnass. Zwei. Clarissa lächelte ihn beruhigend an. Eins. Er konnte sich nicht entspannen. Null. Es war so weit. Clarissa legte einen schwarzen Schalter um. Devius zuckte zusammen.

Sie blickten wie gebannt auf die Bildschirme. Jetzt sahen sie, wie der Energieschirm durchsichtig wurde und gleich darauf in allen Teilen Frankfurts Eliteeinheiten in die Stadt eindrangen. Sie hatten es geschafft. Der Energieschirm war zusammengebrochen. Devius umarmte Clarissa voller Übermut. Küsste sie vor Erleichterung. Wirbelte sie in der Luft herum. Sie lachte dabei. Erwiderte seine Küsse. Dann, als sie wieder auf eigenen Beinen stand, grinste er sie voller Dankbarkeit an und sagte:

„Du hast es geschafft. Du hast es wirklich geschafft. Ich bin Dir so dankbar. Ich kann es immer noch nicht glauben. Bald ist Frankfurt befreit. Was hätte ich nur ohne Dich getan?"

„Alles, was ich will, ist das Du glücklich bist. Dazu tue ich alles, was in meiner Macht steht, Devius. Das solltest Du wissen." Jetzt nahm sie ihn ihrerseits sanft in ihre Arme, küsste ihn. Dazu drängte sie ihren Körper an den seinen. Schmiegte sich an ihn. Er genoss es nach so langer Zeit wieder die Wärme und Weichheit eines Körpers spüren zu können. Atmete tief ihren Geruch ein und fühlte wie eine große Wollust von ihm Besitz ergriff. Ab nun konnten sie sich voll und ganz ihrer Zweisamkeit widmen. In ihrer eigenen Welt. Waren niemanden mehr gegenüber verpflichtet Rechenschaft abzulegen. Konnten frei und ohne Zwänge existieren. Das war das Glück in reinster Form. Er hätte es sich niemals erträumen können, dass so etwas wirklich eines Tages passiert.

Doch dann hörte er etwas. Das laute Jaulen und Kläffen einer Hundehorde. Waren sie aus dem nahem Tierheim ausgebrochen und suchten ihr Heil in der Flucht? Rannten in den Wald hinein? Nein, dieses Kläffen kam immer näher. Näherte sich seinem Haus. Klang wütend und gefährlich.

Dann fiel plötzlich das Licht aus. Nur noch die Bildschirme flimmerten. Jetzt vernahm er das schnelle Tapsen der Hunde auf dem Fliesenboden im Erdgeschoss. Ihm fiel plötzlich voller Schreck ein, dass sie vergessen hatten, die Haustür zu schließen.

Devius löste sich von Clarissa. Eilte zur Tür des Serverraums. Versuchte sie zu schließen. Doch es war zu spät. Die rasenden Hunde drängten sich schon gegen die Tür und ließen ihn zurücktaumeln. Er versuchte noch Clarissa eine Warnung zuzurufen, doch es war zu spät. Die Hunde waren schon im Raum. Drei von ihnen sprangen wie auf ein Kommando auf den Kontrolltisch. Fletschten ihre Zähne. Weißer Schaum tropfte aus ihren Mäulern. Bedrohten von dort aus seine Geliebte. Die anderen drei kamen knurrend auf ihn zu. Ihre Augen strahlten voller Mordlust. Im Nu hatten sie Clarissa und Devius in der Falle. Den beiden blieb kein Ausweg. Sie mussten auf der Stelle verharren. Jetzt bemerkten sie ein Rauschen. So als ob ein Windstoß von draußen in den Raum wehte. Dann schien es in dem Raum noch dunkler zu werden als zuvor. Die Schatten schienen sich immer mehr auszubreiten und zu verdichten. Gleich darauf spürte Devius, dass es im Serverraum mit einem Mal furchtbar kalt wurde. Von einem Augenblick auf den anderen befand sich plötzlich ein riesiges schwarzes Etwas in der Mitte des Raumes.

Rote Augen fixierten Devius und Clarissa. Nun hörten sie ein unmenschliches Lachen wie aus hundert toten Kehlen. Langsam konnte sie sehen, was da vor ihnen entstand. Es war eine schwarze Gestalt, die ständig zu zerfließen und sich wieder zusammenzusetzen schien. Nur die roten Augen hatten Bestand und glühten gleich bleibend vor Hass und

Abscheu. Dann fing diese Kreatur an zu sprechen und ihre Stimme lies das ganze Haus mit ihrer Grausamkeit erzittern:

„Habt Ihr etwa geglaubt, Euch der Macht der Dunkelheit widersetzen zu können. Wart Ihr der Meinung, wenn Ihr in diese Traumwelt flüchtet, dass ihr hier vor uns sicher seid? Wie dumm und einfältig Ihr doch seid. Nichts und niemand kann uns entkommen. Wir sind die, die schon immer waren und die immer sein werden. Ein Fingerzeig von mir und meine braven Hunde werden Euch zeigen, wem Ihr Respekt schuldet. Sie werden Euch innerhalb weniger Momente voller Genuss zerfleischen und Eure Schmerzen werden dabei so unerträglich sein, dass ihr Euch wünschen werdet, niemals geboren worden zu sein.

Doch Ihr könnt diesem schmerzhaften Schicksal entgehen. Wenn ihr Euch unserem Willen fügt und Euch ruhig verhaltet, wird Euer Tod nicht ganz so schmerzvoll verlaufen. Aber ehe ich Euch meine Bedingungen dafür erläutere, darf ich Euch zunächst dazu einladen, zu beobachten, wie Eure kläglichen Versuche, die Dunkelheit zu bewältigen, im Keim erstickt werden." Die dunkle Kreatur deutete auf die Bildschirme an der Wand und fast wie automatisch wanderten die Blicke von Clarissa und Devius dorthin. Im gleichen Augenblick stupste einer der Hunde mit seiner Schnauze den Schalter an, so dass der in seine ursprüngliche Position zurückglitt.

Was Clarissa und Devius jetzt beobachten konnten, ließ ihre Bäuche so stark zusammenkrampfen. als ob sie verdorbenen und faulenden Fisch gegessen hätten. Vor ihren Augen entstand erneut der dunkle Energieschirm und schnitt die in das Gebiet von Frankfurt eingedrungenen Kämpfer von der Außenwelt ab. Und ganz so als ob die Dunkelheit das geplant hätte, stürzten sich nun aus allen finsteren

Ecken entstellte Monstren auf die Menschen und zerfetzten sie förmlich. Auch wenn kein Ton dieses Massakers in den Serverraum übertragen wurde, so hallten die Todesschreie der Soldaten doch in den Ohren von Clarissa und Devius wider und ließen sie erbleichen.

Voller Triumph richtete nun das dunkle Wesen seine roten Augen auf die beiden und sprach:

„Seht und staunt, was die Dunkelheit vermag. Und jetzt kniet nieder, um ihr die Ehrerbietung zu zeigen, die ihr gebührt." In der gleichen Sekunde gab er den Hunden ein Zeichen und sie näherten sich bedrohlich knurrend Clarissa und Devius, bis diese schließlich wirklich niederknieten und auf einen gnädigen Tod hofften.

# 35. Kapitel

Ich wollte mich nicht geschlagen geben. Wollte nicht der Dunkelheit kampflos das Feld überlassen. Dazu hatte ich zu viele Anteile von meiner Mutter und ihrer Aufsässigkeit in meinem Blut. Aber wir waren in eine Falle geraten, aus der wir nur sehr schwer wieder entkommen konnten. Ich überlegte verzweifelt. Mir war ganz übel vor Niedergeschlagenheit. Doch plötzlich fiel mir eine Möglichkeit ein, wie ich vielleicht doch noch unser aller Leben retten konnte.

Lethius war so vollkommen von sich überzeugt, dass es mir vielleicht gelingen könnte, ihn zu blenden und dazu zu bringen, uns zu verschonen. Dazu musste ich ihn davon überzeugen, zu denken, dass das, was ich nun vorhatte, eigentlich seine Idee war. In der kurzen Zeit, in der wir uns nahestanden, hatte er mir erzählt, dass er in seiner Kindheit immer sehr gerne Schach mit seiner Großmutter gespielt hatte und er sehr stolz darauf gewesen war, sie regelmäßig besiegt zu haben. Aus seinen Erzählungen hatte ich aber auch entnehmen können, dass Nyx ihn wahrscheinlich öfters gewinnen ließ, um nicht seinem lautem und anhaltenden Jammern nach einem verlorenen Spiel ausgesetzt zu sein. Also bestand durchaus die Möglichkeit, dass er ein nicht ganz so talentierter Schachspieler war, wie er selbst dachte. Das war meine Chance.

„Wir bewundern Deine Fähigkeiten als großer Feldherr und mächtiger Stratege, Lethius. Doch hast Du bei Deinem Plan auch bedacht, dass es unter Umständen günstiger wäre, Dir die Kampfkraft der Krieger des Lichts und der grauen Wölfe einzuverleiben und damit über ein unbesiegbares Heer zu verfügen, als den Tod so vieler guter Krieger durch einen sinnlosen Kampf aufs Spiel zu setzen?"

„Worauf willst Du hinaus, Sina?"

„Was würdest Du sagen, wenn wir bereit wären, uns Euch bedingungslos zu ergeben? Aber nicht nur das. Wir würden Dir sogar ewige Treue schwören. Und Du weißt, was das bedeuten würde?"

„Ja, Ihr wärt für immer an diesen Treueschwur gebunden. Erst Euer Tod würde Euch davon befreien. Was schlägst Du vor?"

„Der Ruf Deiner hervorragenden strategischen Kenntnisse eilt Dir voraus, aber wie sieht es mit Deinen spielerischen Fähigkeiten aus? Beherrschst Du das indische Spiel Chaturanga mit seinen vier Elementen Sainik, Ashwa, Rath und Haathi, das die Urform des heutigen Schachspiels darstellt? Ich habe es von meinem Vater gelernt und er war ein Meister darin. Daher glaube ich, dass ich jeden darin schlagen kann. Auch Dich."

„Was maßt Du Dir da an, Unwürdige? Meine Großmutter hat mir alle Arten von Spielen gelehrt und ich bin fest davon überzeugt, dass ich auch Dich mit Deinen mickrigen Fähigkeiten schlagen kann. Das wirst Du noch sehen. Du bietest Du mir also an, falls ich Dich in diesem Kinderspiel besiege, dass Du und Deine Kämpfer mir den Treueschwur leisten? Was willst Du aber im Gegenzug, falls Du gewinnen solltest?"

„Wenn ich gewinne, will ich unser aller Freiheit und freies Geleit bis zum Dorf der Erinnerung."

„Dieser Wunsch sei Dir gewährt." Lethius lächelte nun so siegesgewiss, als ob sein Sieg über mich schon feststand. Für ihn war es unmöglich zu glauben, dass irgendjemand an seine unglaublichen Befähigungen heranreichen könnte. Daher befahl er auch gleich seinen Männern, in der Mitte des Burghofes einen Tisch mit zwei Stühlen aufzubauen und auf dem Tisch das Spielbrett mit den fein modellierten Spielfiguren herzurichten.

Kurz danach begann schon das Spiel. Ich merkte sofort, dass Lethius wirklich ein guter Spieler war. Dennoch hatte ich von meinem Vater so viele Winkelzüge und Tricks gelernt, dass es für ihn stets schwieriger wurde, seine Figuren vor den Angriffen meiner Figuren zu schützen. Ich musste zugeben, ich war nicht ganz so konzentriert wie sonst. Lethius hatte veranlasst, dass die Pfeile der Bogenschützen weiterhin auf meine Kämpfer und mich gerichtet waren, ebenso wie die Behälter mit Pech immer noch auf dem Feuer brodelten. Falls er sich in irgendeinem Moment von mir hintergangen gefühlt hätte, hätte das unser aller Tod bedeutet. Daher war ich doch ziemlich nervös und stahl sich mein Blick wiederholt die Burgmauer hinauf zu den grimmig blickenden Bogenschützen.

Beinahe hätte mich so ein Blick den Sieg gekostet, denn Lethius gelang es durch meine Abgelenktsein die wichtige Figur der Königin zu schlagen. Durch den vermeintlich nahenden Triumph fühlte er sich aber zu siegessicher und übersah die Falle, die ich seinem König schon einen Zug vorher gestellt hatte. In die trat er prompt hinein, was meinen Sieg bedeutete. Lethius bemerkte seinen Fehler kurze Zeit später und im gleichen Moment lief sein Gesicht vor Zorn puterrot an. Ich befürchtet schon, dass er unseren Handel vor Ärger vergessen würde und sah schon die tödlichen Pfeile auf uns niederregnen. Doch Sekunden darauf hatte er sich wieder unter Kontrolle und lächelte mich an, als ob nichts geschehen wäre.

Nur in seine Augen sah ich, dass er mir diese Niederlage niemals verzeihen würde und schon dabei war, einen Racheplan zu schmieden. Also durften wir uns nicht in Sicherheit wiegen und mussten weiterhin vor seinen Kriegern auf der Hut sein, auch wenn wir, wie es schien, zunächst aus den Fängen des Todes gerettet waren. Ohne mich nochmals anzuschauen, verkündete er nun, dass der Sieg meiner war und wir jetzt über freies Geleit bis zum Dorf der Erinnerung verfügten. Meine Männer schrien vor Freude auf und jubelten mir zu. Eigentlich hätte ich sie beschwichtigen sollen, um Lethius nicht noch mehr zu reizen, aber dann musste auch ich vor Freude loslachen und mich freuen.

Doch trotz der Freude, die über mich gekommen war, bemerkte ich die dunkle Blicke, die mir Lethius zuwarf als er seinen Kriegern befahl, das Burgtor für uns zu öffnen und uns nach draußen reiten zu lassen. Ich hätte in diesem Moment einiges dafür gegeben, seine Gedanken lesen zu können und zu wissen, was er jetzt plante. Doch im Nachhinein war es besser gewesen, dass ich es nicht tat, denn sonst wäre mir mein Lachen sicherlich im Hals stecken geblieben.

Also ritten wir in Richtung Dorf der Erinnerung und waren froh, dem Tod noch einmal davongekommen zu sein. Doch kaum hatten wir das Dorf erreicht, in dem vereinzelt schon wieder ein paar Lichter brannten, vernahmen wir ein dunkles Grollen in der Ferne und sahen am Himmel finstere Schatten in unsere Richtung ziehen. Erst nahmen wir an, es sei ein Schneesturm, der in unsere Richtung zog, obwohl der Winter noch nicht angebrochen war. Doch irgendwann sahen wir, was da auf uns zuflog. Es war ein gewaltiger Schwarm von Rabenkrähen, die uns immer näher kamen. Jetzt hörten wir auch ihr lautes Krächzen. Diese Aasfresser waren in der Regel harmlos und griffen keine Menschen an. Doch diese schienen nicht unbedingt diesem Grundsatz zu folgen und stürzten sich zu hunderten auf uns nieder und kreischten wie verrückt.

Erst später begriffen wir, dass die Rabenkrähen nicht die Absicht gehabt hatten, uns anzugreifen, sondern von dem aufgeschreckt worden waren, was sich hinter ihnen befand. Wir versuchten noch die vermeintlichen Angriffe der Rabenkrähen abzuwehren und schossen eine Reihe von ihnen aus der Luft, als wir plötzlich der wirklichen Gefahr gewahr wurden.

Wieder war der Himmel mit Düsternis überzogen und schien uns mit Haut und Haaren verschlucken zu wollen, als wir mit einem Mal sieben riesige Dreihörner aus der finsteren Staubwolke, die den Himmel verdunkelt hatte, auf uns zurennen sahen. Jedes dieser Tiere war fünfmal so groß wie ein ausgewachsenes Nashorn aus der Welt des Lichts und bestimmt zehnmal angriffslustiger als diese Tiere. Außerdem hatten sie drei todbringende Hörner auf ihrer Nase sitzen, die spitzer als jeder von Menschenhand gefertigte Dolch war. Schon sah ich wie die ersten meiner Krieger förmlich niedergemäht wurden als ich endlich in der Lage war, die Kämpfer zum Rückzug in die Ruinen der Stadt der Erinnerung zu befehlen, deren Gassen zu eng für die großen Untiere waren:

„Zieht Euch in die Straßen des Dorfes zurück. Das ist unsere einzige Chance. Beeilt Euch." Doch ehe uns das gelang, war schon ein Drittel meiner Gefährten diesen wilden Bestien zum Opfer gefallen. Selbst die grauen Wölfe, die uns begleiteten, konnten kaum etwas gegen diese Tiere ausrichten, da ihre Haut fast undurchdringlich für ihre Zähne war.

Aber es kam noch schlimmer. Gerade wähnten wir uns hinter den Mauern des Dorfs der Erinnerung in Sicherheit, da sahen wir, wie drei mächtige Flugsaurier aus dem Staubwolken, die die Dreihörner erzeugt hatten, stießen und mit schnellen Flügelschlägen zu uns herunterflogen. Kaum hatten sie uns in unseren Unterschlüpfen erblickt, schon öffneten sie ihre hässlichen Mäuler und ließen den dampfartigen Nebel einer grauen Flüssigkeit auf uns herunter regnen. Gleich darauf begannen schon die ersten meiner Kämpfer lauthals zu schreien. Ich sah nun, wie ihre Körper von diesem Nebel förmlich zerfressen wurden. Ihre Todesschreie werden mich wohl nie mehr loslassen und mich für immer in meine Träume begleiten. Ich konnte ihr Leiden kaum ertragen, so furchtbar sahen ihre Körper nach wenigen Augenblicken aus. Die Säure war sogar so stark, dass sie die Körper der Männer durchdrang und auch noch die Steine der Häuser und Wege zerstörte, auf denen sie standen.

Meine Bogenschützen nahmen zwar sofort die großen Flugtiere unter Beschuss, doch konnten sie nicht verhindern, dass ein weiteres Drittel meiner Krieger durch diesen feigen Angriff entweder schwer verletzt oder getötet wurde. Und dann stellte sich auch heraus, wieso uns diese blutgierigen Monstren so plötzlich angegriffen hatten. Das war Lethius Rache für seine schmähliche Niederlage beim Chaturanga. Denn jetzt, als wir kaum noch über Kampfkraft verfügten, sahen wir ihn und seine düsteren Schergen vor dem Dorf der Erinnerung aufmarschieren. Sein gemeines Grinsen zeigte mir, dass er nie vorgehabt hatte, uns in Frieden ziehen zu lassen, sondern von Anfang an vorgehabt hatte, uns bis auf den letzten Krieger auszulöschen.

Ich gab meinen Gefährten den Befehl, sich in den Ruinen des Dorfes der Erinnerung zu verteilen und dort zu verbergen. Erst beim Eindringen der feindlichen Streitmacht in das Dorf sollten sie dann zusammen mit den grauen Wölfen aus dem Hinterhalt losschlagen und unsere Feinde töten. Ich selbst würde aber nun der Verkörperung des absolut Bösen persönlich entgegen treten und ihn zu einem Kampf auf Leben und Tod herausfordern. Nur wenn ich Lethius für immer besiegte, konnte das dunkle Reich endlich wieder aufatmen und einer friedlichen Zukunft entgegensehen. Serenus und Aetius wollten mich natürlich von diesem gefährlichen Schritt abhalten, aber ich sah es als einzige Möglichkeit an, unser aller Leben zu retten.

Daher schritt ich jetzt erhobenen Hauptes aus dem schützenden Dorf hinaus und wandte mich Lethius mit stolzem Lächeln zu. Er würde meinen Zorn und meine Trauer über den Verlust so vieler guter Männer nun zu spüren bekommen. Sicherlich vermutete er, dass ich ihm nun unsere Kapitulation mitteilen wollte, denn sein Grinsen schien nun fast sein Gesicht zerreißen zu wollen, so stark wurde es. Dann befahl er seinen dunklen Kriegern ihre Waffen sinken zu lassen, damit ich ungehindert zu ihm gelangen konnte. Kaum stand ich vor ihm konnte ich meinen Zorn nicht mehr bändigen und schlug ihm mit meiner flachen Hand in das Gesicht. Jetzt schrie ich ihn an:

„Das verstehst wohl nur Du unter Ehrenhaftigkeit. Bedeutet Dir die Ehre unter Kämpfern gar nichts mehr oder wieso hat Du uns durch Deine Untiere angreifen lassen?"

„Ich verstehe den Ausbruch Deines Zornes nicht, meine Liebe. Ich hatte Dir Euer aller Freiheit und freies Geleit bis zum Dorf der Erinnerung zugesagt. Diese beiden Wünsche wurden Euch erfüllt. Ihr konntet meine Burg als freie Geschöpfe verlassen und habt das Dorf in vollkommener Sicherheit erreicht. Mehr hast Du nicht verlangt und mehr hast Du nicht bekommen. Erst danach habe ich Euch meine lieblichen Kreaturen hinterher geschickt."

Ich merkte, wie mein Zorn ins Unermessliche stieg und ich Lethius am liebsten auf der Stelle getötet hätte. Doch dann sah ich in seinem Gesicht, dass er genau das wollte. Es lag in seiner Absicht, dass ich ihn zornerfüllt und ohne Nachzudenken angriff und er damit einen Grund hatte, mich und alle meine Gefährten auf der Stelle töten zu lassen. Doch diesen Gefallen tat ich ihm nicht. Auch wenn ich noch sehr jung war, so hatte ich doch schon Einiges in meinem Leben gelernt. Die Tugend der Selbstbeherrschung gehörte inzwischen gezwungenermaßen dazu. Aber es reizte mich, ihn mit seinen eigenen Waffen zu schlagen. Daher sagte ich jetzt zu ihm:

„Ich merke, mit Dir über Ehre zu reden hat keinen Zweck, Lethius. Lass uns ein anderes Thema besprechen. Da ich Dich in unserem letzten Wettkampf ohne Probleme besiegt habe, habe ich ein schlechtes Gewissen bekommen und dachte daran, dass mir mein Anstand eigentlich gebietet, Dir die Möglichkeit zu geben, Dich erneut mit mir in einem Wettkampf zu messen. Diesmal in einem Kampf auf Leben und Tod. Zwar stehen Deine Chancen auch diesmal denkbar schlecht. Aber ich wollte Dir mit meinem Angebot zumindest meinen guten Willen zeigen." Nun sah ich zum zweiten Mal wie Lethius vor Zorn puterrot anlief und zu seinem Schwert greifen wollte. Doch auch ihm gelang es mit großer Anstrengung seine Fassung zu bewahren. Mit zusammengepressten Lippen zischte er mir jetzt zu:

„Ich freue mich schon darauf, Deine Kehle zwischen meinen Fingern zu spüren, Du kleine Hure. Aber ehe ich Dich sterben lasse und Dein Leid für immer endet, werde ich noch ganz viel Spaß mit Dir und Deinem jungfräulichen Körper haben. Und wenn ich mit Dir fertig bin, werden sich meine Krieger um Dein Wohlbefinden kümmern. Darauf kannst Du Dich verlassen." Das war die Reaktion, die ich von ihm erwartet hatte, aber auch die, die von mir beabsichtigt gewesen war. Es war somit klar, dass er sich einem zweiten Wettstreit zwischen uns nicht verschließen würde. In dem Kampf würde sich herausstellen, wohin sich das Schicksal des dunklen Reiches wenden würde. Zurück in die Dunkelheit oder im Licht verbleibend. In diesem Moment wurde mir aber auch klar, dass es ein Spiel mit dem Feuer war, was ich nun entfacht hatte. Lethius war ein mächtiger Zauberer, der mich ohne Gnade töten würde, wenn er dazu Gelegenheit bekäme. Langsam bekam ich Angst vor meiner eigenen Courage.

# 36. Kapitel

Eris misstraute Ravena über alle Maße und hatte deswegen veranlasst, dass ihre gesamte Kommunikation überwacht und alle gesprochenen oder geschriebenen Worte innerhalb kurzer Zeit an sie weitergeleitet werden sollten. Dieses Ansinnen stellte sich fast augenblicklich als äußerst vorausschauend heraus. Denn kaum war der dunklen Göttin mitgeteilt worden, dass sämtliche Abhöreinrichtungen installiert waren, kam schon die erste Nachricht über ein erfolgtes Telefonat. Dabei kamen überraschende, aber gleichzeitig auch beunruhigende Dinge zum Vorschein.

Es hatte den Anschein, als ob die Krieger des Lichts nun doch eine Möglichkeit gefunden hatten, Einfluss auf die Funktionalität des Energieschirms über Frankfurt zu nehmen. Aber noch viel beängstigender war, dass Devius scheinbar noch lebte. Das konnte eigentlich nicht wahr sein. Voller Panik nahm Eris deswegen Kontakt zu den Kämpfern auf, die sie beim dunklen Kristall zurückgelassen hatte:

„Schaut nach, ob der Leichnam von Devius sich noch dort befindet, wo wir ihn verscharrt haben. Danach prüft Ihr, ob alle Leitungen zwischen dem dunklen Kristall und den Netzwerkservern unversehrt sind."

Nach wenigen Minuten bekam sie die Rückmeldung, dass sowohl die Leiche von Devius an dem Platz war, wo sie sie zurückgelassen hatte, als auch, dass die Leitungen keinerlei Beschädigungen aufwiesen. War sie auf eine gefälschte Nachricht hereingefallen? Das konnte nicht sein. Sie spürte, dass hier irgendetwas nicht stimmte. Ehe sie weiter darüber nachdenken konnte, bekam sie die Mitteilung, dass der Energieschirm über Frankfurt zusammengebrochen war. Augenblicklich verzog sich Eris Gesicht vor Zorn. Sie schrie laut vor Wut und Verzweiflung auf und raufte sich ihre Haare. Dann überlegte sie entmutigt, was sie tun konnte. Wer immer hinter diesem hinterlistigem Angriff steckte, würde dafür bluten müssen. Endlich fiel ihr etwas ein. Das Problem lag irgendwo im Netzwerk begraben. Jemand musste in dessen Tiefe eindringen und das widerliche Geschmeiß, das dafür verantwortlich war, ausfindig machen und vernichten.

Somit blieb ihr nichts anderes übrig, als mit dem schwarzen Alb Kontakt aufzunehmen. Er war der Kurator des dunklen Kristalls und nur er hatte die Stärke mit seinem Geist in das Netzwerk einzudringen. Doch etwas in ihr hielt sie davon ab, sofort mit ihm Verbindung aufzunehmen. Immer, wenn sie ihn sah, machte ihr diese Kreatur Angst. Von Nyx wusste sie, dass der Alb jedem Wesen, das er gegenüberstand anders erschien. Durch ihn wurden die dunkelsten Ängste in eine leibhaftige Form gebracht. Das half ihm dabei seine beiden einzigen Aufgaben zu erfüllen. Furcht zu erzeugen und zu töten. In beiden Dingen war dieses Wesen ein wahrer Künstler und hatte seine Fertigkeiten bis zur Perfektion entwickelt.

Obwohl sie beide für die gleiche Sache kämpften, sträubte sich alles in ihr, diesem Geschöpf in die Augen zu blicken und mit ihm zu sprechen. Sie hatte gehört, dass er der Sohn sieben verschiedener Höllenfürsten war und sich dadurch alle schlechten Eigenschaften der sieben Höllen in ihm vereinten. So zollte selbst Nyx ihm großen Respekt, obwohl sie das niemals zugeben würde.

Nun musste sie ihm den Befehl erteilen, die Verursacher des Zusammenbruchs des Energieschirms aufzuspüren und alle Widersacher auf der Stelle zu töten. Er hatte den dunklen Göttinnen Treue geschworen und würde auch diese

Aufgabe mit Bravour erledigen. Doch wollte sie das wirklich? Ja, es blieb ihr nichts anderes übrig, als ihn um Hilfe zu bitten. Auch wenn ihr Ehrgefühl dadurch erheblich in Mitleidenschaft gezogen wurde. Sie tat es. Auf dem Bildschirm erschien sein Gesicht. Oder zumindest das Gesicht, das er sie sehen ließ.

Es war das Gesicht jenes halbwüchsigen Dieners, der sie damals, als sie noch ein junges Mädchen war, missbraucht hatte. Dieser Mann war zwar schon lange tot, aber sein Gesicht hatte sie niemals vergessen. Jetzt fühlte sie sich in diese Zeit zurückversetzt und der Alb genoss es sichtbar, ihr Leiden von damals wieder hervorzuholen. Seine Augen wanderten gierig über ihren Körper und schienen sie dabei völlig zu entblößen. Sie konnte diesen Blick kaum ertragen. Schlug die Augen nieder und räusperte sich. Sie musste sich zusammenreißen. Ihm erklären, was zu tun war. Dann war sie ihn auch schon wieder los. Aber es war so schwer, in diese bläulich verwässerten Augen zu schauen, die sie so wissend anblickten. So schauten als ob sie alles über sie wussten.

Wahrscheinlich war es wirklich so, dass er spürte, was er bei ihr auslöste. Dass sie vor ihm schreckliche Angst hatte, weil er sie an das schlimmste Erlebnis ihres Lebens erinnerte. Sie hatte sich damals so machtlos gefühlt, so völlig ausgeliefert. Niemand hatte bemerkt, was ihr dieses menschliche Untier antat, selbst ihre Mutter nicht. Vor tiefer Scham hatte sie sich nicht getraut, sich irgendjemanden anzuvertrauen. Bis ihre Mutter dann doch etwas bemerkte und sie beide bei einem der perversen Spielchen auf frischer Tat ertappte. Folge davon war ein Zornausbruch ihrer Mutter unglaublichen Ausmaßes und der grauenvolle Todes des Dieners. Lange Zeit danach hatte sie noch Alpträume gehabt und war jede Nacht schreiend aus ihrem Schlaf aufgewacht. Doch irgendwann hatte sie das ganze vergessen, war es in ihrem Unterbewusstsein verschwunden. Bis zu dem Tag als sie dem Alb begegnete und wieder alles, was sie dachte vergessen zu haben, erneut zum Vorschein kam.

Doch sie war eines der mächtigsten Wesen auf Erden und durfte sich durch so etwas nicht irritieren lassen. Die Macht der Dunkelheit war ihr Begleiter. Diese Ängste waren menschlich und einer dunklen Göttin nicht würdig. Sie musste sich mäßigen. Stärke zeigen. Doch als sie jetzt erneut den Blick erhob, merkte sie, dass ihre Hände zitterten:

„Du musst in das Netzwerk eindringen. Irgendjemand hat den Energieschirm über Frankfurt zum Zusammenbrechen gebracht. Vernichte denjenigen. Hast Du mich verstanden?"

„Ja, Herrin, ich werde Deinen Befehl befolgen. Der Übeltäter ist schon so gut wie tot." Dann war sie endlich von seinem Anblick erlöst und atmete erleichtert auf. Es war vorbei. Er würde tun, was sie ihm aufgetragen hatte.

## 37. Kapitel

Alles in Devius sträubte sich dagegen, sich diesem dunklen
Wesen einfach zu ergeben. Außerdem war er schon tot, was
konnte ihm da noch viel passieren. Er hatte schon alle Arten
von Schmerzen ertragen müssen, da kam es auf ein paar
Hundebisse sicherlich nicht an. Er blickte zu Clarissa und
erkannte, dass sie seine Gedanken erahnt hatte und wusste,
was er vorhatte. Jetzt sah er, wie sie leicht nickte. Außerdem
lächelte sie ihn zuversichtlich zu. Er liebte ihr Lächeln.

Schon allein dieses Lächeln hätte ihm genügt, den Mut
aufzubringen, das zu tun, was er nun tat. Er stand auf.
Schob den mächtigen Körper des Hundes, der direkt vor
ihm stand, mit seinen Beinen beiseite. Ging zu der Konsole
mit dem Schalter. Legte den Schalter um. Blickte auf den
Bildschirm. Jetzt passierten mehrere Dinge fast gleichzeitig.
Der Energieschirm über Frankfurt brach erneut zusammen.
Kurz darauf konnte Devius beobachten, wie abermals Trup-
pen der Kämpfer des Lichts in die Stadt eindrangen. Die
dunkle Gestalt hinter ihm fing vor Wut an zu heulen und
gab ihren Hunden den Befehl Clarissa und ihn zu zerfleischen. Schon biss sich der erste Hund knurrend an seinem
Bein fest. Doch er spürte keinen Schmerz. War vollkommen
ruhig. Jetzt rief er:

„Nanuq, eile uns zu Hilfe." Kaum waren diese Worte
ausgesprochen, hörten sie das Brüllen eines mächtigen Tieres immer näher kommen. Dann das Tapsen großer Pfoten
auf der Treppe nach unten. Wenige Momente später trat sie
in den Raum. Ein großes Eisbärenweibchen mit leuchtend
blauen Augen knurrte die Hunde an, die gerade dabei waren, Clarissa und Devius anzugreifen. Richtete sich nun zu
ihrer vollen Größe auf und stieß ein Brüllen unglaublicher

Lautstärke aus. Daraufhin wichen die Hunde jaulend und mit eingezogenem Schwanz von ihren Opfern zurück. Doch die gewaltige Bärin kannte kein Erbarmen. Sie kam den sechs Hunden immer näher und griff sie mit ihren gigantischen Pranken an. Die Hunde versuchten sich zwar noch verzweifelt gegen die Hiebe zu wehren, aber trotzdem wurde einer nach dem anderen entweder von den Pranken aufgeschlitzt oder mit brechendem Genick gegen die Wand geschleudert. Die schwarze Kreatur hatte das alles wie paralysiert verfolgt und erwachte erst jetzt wieder aus ihrer Lähmung. Dann schrie sie voller Verzweiflung:

„Was hast Du mit meinen Hunden getan, Du Missgeburt des Lichts?"

Doch die Eisbärin beachtete die finstere Figur gar nicht und begann in Ruhe Teile der getöteten Hunde zu fressen. Ganz so, als ob sie nicht vorhanden wäre. Das brachte das dämonische Wesen zur Weißglut und ließ es dem Eisbärenweibchen einen schrecklichen dunklen Zauber entgegenwerfen. Aber das dunkelblaue Feuer des Zaubers prallte förmlich an dem makellosen weißen Fell des schönen Tieres ab. Erneut erklang ein Schrei angefüllt mit unglaublichem Zorn. Wieder wurde er nicht beachtet. Vor lauter Verzweiflung über ihr Unvermögen dem Eisbärweibchen etwas antun zu können, wandte sich die schemenhafte Kreatur jetzt den beiden Menschen zu und versuchte dort mit Hilfe eines finsteren Zaubers etwas auszurichten.

Devius bemerkte schon fast belustigt, dass Clarissa und er nun wieder im Focus des dunklen Wesens standen, sah dem aber gelassen entgegen. Er drehte sich lächelnd zu der Kreatur um und ging davon aus, dass ihm der Zauber genauso wenig wie die Hundebisse etwas anhaben konnte. Doch er hatte sich geirrt. Sobald ihn der dunkelblaue Strahl des Zaubers traf, spürte er einen von innen nach außen dringenden starken Schmerz, der von Sekunde zu Sekunde immer schlimmer wurde. Dann erfasste dieses Gefühl auch seine Haut, die wie Feuer anfing zu brennen. Aber der Schmerz war nicht das Bedrohlichste und Schlimmste daran. Gleichzeitig mit der Verschlimmerung des Schmerzes bemerkte er, dass sein Körper durchsichtig wurde und sich nach und nach aufzulösen schien. Er spürte, dass sein Geist drohte, sich von dieser Daseinsebene zu lösen und in die ewige Dunkelheit des Vergessens einzugehen. Hilfesuchend sah er sich zu Clarissa um. Sie wurde aber ebenfalls von dem Zauber festgehalten und konnte ihm nicht helfen. Jetzt wartete der endgültige Tod auf ihn. Ohne noch über irgendeine Form von Bewusstsein zu verfügen, würde er für immer verloren sein. Für alle Ewigkeit würden seine Gedanken und sein Geist ohne Verbindung und ohne Zusammenhang im Nichts herumwandern.

Dann hörte er das triumphale Lachen des dunklen Wesens, das so voller Abscheulichkeit und Hass war, dass ihm ganz übel davon wurde. Er versuchte, einen Schritt nach vorne zu machen, um dieses Wesen davon abzuhalten, diesen Zauber aufrecht zu erhalten. Es war so schwer, so furchtbar schwer. Seine Glieder waren wie Blei. Heb Dein Bein an, sagte er sich. Heb es endlich an. Er schaffte es, aber im gleichen Moment spürte er, wie die Luft vor ihm zu einem dicken Brei wurde, den er kaum durchdringen konnte. Trotzdem zwang er sein Bein, ein Stück weiter vorne wieder zu Boden zu sinken. Dann das andere Bein. Er musste es probieren. Hob es an. Der Schweiß floss ihm in Strömen vom Gesicht. Er würde es niemals schaffen, zu diesem teuflischen Wesen zu gelangen. Ließ das Bein kurz vor sich wieder sinken. Das Wesen war noch so weit weg. Für ihn nicht zu erreichen.

Er konnte nicht mehr weiter. Keinen Schritt würde er mehr schaffen. Er musste sich damit abfinden, hier in diesem Kellerraum endgültig vom Angesicht dieser Erde zu verschwinden. Er hatte zusammen mit Clarissa noch einmal ein kurzes Aufflammen des Glücks erleben dürfen. Das war vergangen. Jetzt schaffte er es noch nicht einmal, sich zu ihr umzudrehen. Ihr einen letzten Blick zuzuwerfen. So schwach war er. Er schloss die Augen. Wollte sich seinem Schicksal ergeben.

Doch plötzlich hörte er ihre Stimme in seinem Kopf:

„Gib jetzt nicht auf, Geliebter. Du schaffst es. Deine Kraftlosigkeit ist nur eine Illusion. Alles hier ist nur eine Illusion. Aber Du hast die Macht, sie so zu verändern, wie Du möchtest. Genauso wie Du Nanuq gerufen hast und sie Deinem Ruf gefolgt ist. In der gleichen Art und Weise, kannst Du den Dämon der Dunkelheit besiegen. Bitte versuche es. Tu es für mich." In diesem Augenblick wusste Devius, dass Clarissa die Wahrheit sprach. Genauso wie er sich Clarissa herbeigesehnt hatte und sie ihm erschienen war, konnte er diese finstere Kreatur besiegen. Allein durch seinen Willen.

Devius öffnete die Augen. Jeder Zweifel und jede Schwäche waren daraus verschwunden. Er spürte sein Blut durch die Adern strömen und sein Herz kraftvoll pumpen. Er war bereit zu kämpfen. Er war bereit zu töten. Da war nichts mehr, was ihn davon abhielt, zu dem dunklen Wesen zu laufen und gegen es zu kämpfen. Er wünschte sich eine Waffe und hatte im gleichen Moment einen Morgenstern in der Hand. Schon holte er damit aus und schlug auf den Dämon ein. Dieser versuchte noch dem Schlag auszuweichen, schaffte es aber nicht. Die Waffe fuhr in den sich ständig wandelnden Körper und riss ein großes Stück aus ihm heraus. Das dunkle Monstrum schrie laut vor Schmerz auf und das schwarze Etwas aus seinem Körper blieb zuckend auf dem Boden liegen.

Aber es war durch diese Verletzung nicht wehrlos geworden. Plötzlich hatte die dunkle Kreatur einen blau schimmernden Dolch in der Hand. Den dunklen Dolch des Verderbens. Tödlicher und gefährlicher als der Biss einer Giftschlange. Devius konnte sich noch genau daran erinnern, wie Eris ihm damit den tödlichen Stich versetzt hatte. Der Dolch war so voller schwarzer Magie, dass er ihn wohl endgültig vom Angesicht der Erde tilgen konnte, obwohl er nur noch ein geistiges Wesen war. Schon stach der Dämon damit zu. Devius konnte dem Stich gerade so ausweichen, schlug dafür aber seinerseits zu. Wieder wurde ein Teil der dunklen Kreatur aus ihrem Körper herausgerissen und fiel zappelnd zu Boden. Doch dem Wesen war keine Schwäche anzumerken. Zornentbrannt stürzte es sich auf Devius und versuchte erneut, ihn mit der Klinge zu verletzen. Nur gang knapp konnte Devius diesmal dem Angriff entgehen. Verlor dabei aber das Gleichgewicht und fiel zu Boden.

Schon war der finstere Dämon über ihm. Hielt ihm den Dolch an seine Kehle. Gleich würde er zustechen. Dann war alles vorbei. Doch Devius nahm alle seine Kräfte zusammen, packte das Wesen und schleuderte es von sich. Dann hob er seinen heruntergefallenen Morgenstern wieder auf. Stürmte auf den Dämon zu. Schwang seine Waffe über seinem Kopf. Kurzentschlossen zielte er und warf den Morgenstern seinem Gegner entgegen. Tatsächlich gelang es ihm, den Kopf des Dämons zu treffen. Auch von dessen Kopf wurde nun ein große Stück weggerissen und traf laut platschend auf dem Boden auf. Doch das hielt das Wesen nicht davon ab, erneut zu versuchen, auf Devius einzustechen. Das durfte doch nicht wahr sein. War dieses Ding etwa unsterblich?

Devius wich dem Angriff zum wiederholten Mal geschickt aus, eilte zu seinem Morgenstern und hob ihn voller Eile auf. Jetzt war die Zeit gekommen, sich für all das zu rächen, was ihm die Dunkelheit angetan hatte. Mit einem hasserfüllten Blick in den Augen stürzte er sich auf den finsteren Dämon, der schon jetzt einen furchtbar zerstückelten Eindruck auf ihn machte, und hieb auf ihn ein. Devius war so voller Raserei, dass er zunächst gar nicht bemerkte, dass das dunkle Wesen sich durch die Schläge mit dem Morgenstern immer mehr in seine Bestandteile auflöste. Als kleiner Rest blieb schließlich nur ein winziges spinnenartiges Wesen übrig, das Devius voller Angst aus roten Augen anblickte.

Devius überlegte kurz, ob er Mitleid mit diesem Wesen haben sollte, besann sich dann aber eines besseren und zertrat das, was von dem Dämon übrig geblieben war, unter seinem Schuh. Noch kurz war ein leises Wimmern zu hören, dann war es vorbei. Er hatte diese Kreatur endgültig besiegt.

Kaum war das dunkle Wesen tot, schon flammten die Lampen in dem Kellerraum wieder auf und musste Devius für einen kurzen Moment geblendet die Augen schließen. Als er schließlich die Augen blinzelnd erneut öffnen konnte, sah er, wie sich Clarissa voller Übermut auf ihn stürzte und ihn in die Arme nahm. Es tat so gut, ihre Wärme und ihre Liebe zu spüren. Das entschädigte ihn für all das Leid und die Schmerzen, die er in letzter Zeit hatte ertragen müssen. Endlich konnte die beiden Liebenden nichts mehr trennen.

Als Clarissa und Devius sich nach einer Weile voneinander lösten, konnten sie auf den Bildschirmen beobachten,

wie Krieger des Lichts die letzten Überlebenden aus Frankfurt transportierten und in die kurzfristig errichteten Auf-
fanglager und Sanitätszelte brachten. Von den dunklen
Kämpfern war dort nichts mehr zu erblicken. Sie waren entweder getötet worden oder hatten die Flucht ergriffen. Somit war Frankfurt gerettet.

# 38. Kapitel

Ich konnte es nicht einschätzen, ob ich Lethius trauen konnte oder nicht. Hatte er so viel Ehrbarkeit in sich, dass es wirklich ein fairer Kampf werden würde. Nein, ich glaubte, dass ich bei ihm auf alles gefasst sein musste. Ich ihm weiterhin nicht vertrauen konnte. Er würde auf jede Art und Weise versuchen, mich zu besiegen und zu töten. Während ich noch darüber nachdachte, wurde von den dunklen Kriegern ein Feld in der Nähe des Flusses des Vergessens abgesteckt, das die Kampfarena darstellen sollte.

Erst in diesem Moment bekam ich eine Ahnung davon, worauf ich mich wirklich eingelassen hatte. Dies war kein Computerspiel in dem ich, wenn ich getötet wurde, von vorne beginnen konnte. Nein, das war die nackte Realität. Hier hieß es entweder er oder ich. Während er weiterhin voll und ganz von sich überzeugt war und dem bevorstehenden Kampf sichtbar mit großer Gelassenheit entgegensah, regten sich bei mir die ersten Zweifel, ob das, was ich jetzt tat, das Richtige war.

Ja, ich merkte, wie ich zunehmend ein merkwürdiges Gefühl in der Magengegend verspürte, das sich wie eine immer stärker werdenden Angst anfühlte. Gleich war es soweit. Wir wurden beide von einem der Krieger zu der Arena geführt. Standen uns schließlich Auge in Auge gegenüber. Lethius Grinsen wurde immer breiter. Die ganze Situation hatte schon fast etwas Unwirkliches an sich. Ich griff zu meinem Amulett. Es fühlte sich warm an. Wirkte beruhigend auf mich. Lethius bemerkte das, Fing auf einmal laut an zu lachen:

„Das wird Dich nicht retten können, meine Liebe. Heute ist der Tag Deines Todes gekommen. Das ist so unausweichlich wie der Weg des Wassers in das Meer."

Vielleicht hatte Lethius recht. Vielleicht hatte ich den Mund zu voll genommen, als ich ihn zu einem Kampf auf Leben und Tod herausgefordert hatte. Aber ich würde mein Möglichstes tun, um meine Kämpfer vor dem drohenden Tod zu bewahren. Dazu musste ich mich zusammenreißen und mich auf meine Instinkte verlassen. Ich war jung und unerfahren, aber auch stark und voller Tatendrang. Auf jeden Fall würde ich es ihm nicht einfach machen. Ehe ich diesen Gedanken fortführen konnte, sah ich, wie Lethius den ersten Zauber beschwor. Schon kam ein Ball blau glühenden Feuers auf mich zugeflogen, dem allerdings ohne Probleme ausweichen konnte. Lethius musste sich schon etwas mehr Mühe geben, um mich mit seinen Künsten in Bedrängnis zu bringen.

Ehe er sich erneut konzentrieren und einen neuen Zauber beschwören konnte, schleuderte ich ihm einen Lichtblitz entgegen, der ihn an seinem Arm traf und ihn schmerzhaft das Gesicht verziehen ließ. Ich wusste nicht, woher es kam, aber mir waren auf einmal eine Vielzahl von Zaubern präsent, die ich in diesem Kampf einsetzen konnte. Ganz so, als ob mir das Amulett zeigen wollte, wozu es fähig war.

Lethius ließ sich jedoch nicht lange von den Schmerzen in seinem Arm abhalten, mich mit einem neuen Zauber zu malträtieren. Er sprach ein paar unverständliche Worte, schon hörte ich ein lautes Summen und verdunkelte sich die Luft über mir. Jetzt sah ich, dass sich mir eine Wolke von schwarzen Wespen mit rasender Geschwindigkeit näherte und mich angriff. Was sollte ich jetzt tun? Schon spürte ich die ersten Stiche. Kaum war ich irgendwo gestochen, entwickelte sich an der betroffenen Stelle eine riesige nässende Eiterbeule. Ich musste mir einen Schutz aufbauen, so dass die Stacheln der Wespen mir nichts mehr anhaben konnte. Da schon wieder ein Stich. Er tat höllisch weh. Ich merkte wie das Gift durch meine Blutbahn strömte und sich immer mehr meinem Herz näherte. Ich ahnte, dass das Gift mein Herz auf keinen Fall erreichen durfte.

Wieder ergriff ich mein Amulett und nahm wahr, wie es anfing zu pulsieren. Rasend schnell bildete sich eine dünne Schicht weißen Lichts auf meiner Haut, die die Stacheln dieser entarteten Kreaturen davon abhalten würden in meine Haut einzudringen. Gleich darauf spürte ich, wie die Kraft des Lichts auch in meinen Körper eindrang und dort die Vergiftung durch die Stiche bekämpfte. Ehe klar war, ob das Licht gegen das dunkle Gift gewann, setzten sich immer mehr der Wespen auf mich, so dass ich schließlich von so einer so dicken Schicht dieser Wesen bedeckt war, dass ich weder etwas hören noch etwas sehen konnte.

Aber das war noch nicht alles, was ich feststellen musste. Ich bekam immer weniger Luft. Noch ein paar Augenblicke und ich würde nicht mehr atmen können. Plötzlich überkam mich eine große Panik. Das Ersticken war die schlimmste Art des Sterbens, die ich mir vorstellen konnte. Da hatte Lethius meine Schwachstelle entdeckt und erfolgreich mit einem Messer in die Wunde hineingestoßen. Ich überlegte fieberhaft, was ich tun konnte. Gleichzeitig wuchs meine Angst ins Unermessliche. Jede Sekunde, die verging, kam ich dem grausamen Erstickungstod immer näher.

Dann fiel mir eine Möglichkeit ein. Doch wie sollte ich das bewerkstelligen? Ich sah und hörte nichts. Trotzdem musste ich es probieren. Vor meinen Augen entstand das Bild meines Gegenzaubers. Ich spürte, wie mein Amulett eine immer stärker werdende Wärmestrahlung abgab. Mir wurde schummrig. Ich bekam kaum noch Luft in meine Lungen. Gleich würde ich ohnmächtig zusammensinken und nie wieder aufwachen. Wenn der Zauber wirklich funktionierte, dann lass ihn bitte schnell funktionieren, bettelte ich. Die Momente zogen sich wie Stunden. Wie lange konnte ein Mensch ohne zu atmen überleben. Zwei Minuten oder vielleicht drei. Ich wusste es nicht. Aber ich spürte, dass mir nicht mehr viel Zeit blieb. Ich meinem Ende so nah war, wie bisher niemals im meinem Leben.

Indessen veränderte sich etwas. Ein kleiner Hoffnungsschimmer keimte in mir auf. Ich konnte es mehr erahnen, als wirklich sehen. Aber wenn ich mich nicht irrte, war vor meinen Augen ein Lichtschimmer zu sehen. Tatsächlich, es wurde langsam wieder hell um mich. Gleichzeitig konnte ich auch wieder Atem holen. Dann war es mir möglich, meine Umgebung sehen. Mein Zauber hatte funktioniert. Um mich herum flogen unermesslich viele leuchtend schwarzgelbe Hornissen, die die schwarzen Wespen angriffen und sie der Reihe nach im Flug töteten. Bald würde ich befreit und gerettet sein.

In meiner ganzen Panik hatte ich Lethius beinahe vergessen. Er wartete natürlich nicht so lange, bis ich wieder voll und ganz kampfbereit war, sondern startete einen erneuten Angriff, sobald er beobachten konnte, dass mich der Überfall der schwarzen Wespen nicht mein Leben gekostet hatte. Soeben bemerkte ich, dass der Boden unter meinen Füßen anfing zu zittern. Gleich darauf fiel ein riesiger Schatten über mich, der mich Schreckliches ahnen ließ. Ich drehte mich voller Unbehagen um. Da sah ich, was Lethius heraufbeschworen hatte. Eine riesige schwarze Spinne näherte sich mir mit großer Geschwindigkeit. Ehe ich auch nur einen kleinen Finger rühren konnte, hatte sie mich schon mit ihrem klebrigen Netz eingehüllt und bewegungsunfähig gemacht.

Diesmal wollte ich schneller reagieren. Nicht erst, wenn es fast zu spät war. Ich schickte die Hornissen der großen Spinnenkreatur entgegen, um sie davon abzuhalten, mir noch irgendein Leid anzutun. Gleichzeitig verstärkte ich durch mein Amulett die Intensität der leuchtenden Schicht, die meinen Körper umgab. Die Energieschicht wurde dadurch nach außen so heiß, dass die Spinnenweben, die mich gefangen hielten, schmolzen und von mir abfielen. Ehe Lethius einen weiteren Angriff starten konnte, wollte ich nun in die Offensive gehen und ihn dadurch in Bedrängnis bringen.

Doch ich sah ihn nicht mehr, als ich mich nun zu ihm herumdrehte. Hatte er Angst vor mir bekommen? Nein, das glaubte ich nicht. Das war sicherlich ein nur Trick. Aber wohin war er verschwunden? Einen Augenblick später wusste ich es. Er stand direkt hinter mir. Hatte einen blau leuchtenden Dolch in der Hand und stach damit zu. Und er traf. Sofort spürte ich einen unglaublichen Schmerz in meinem Inneren. So als ob ich von innen verbrennen würde. Unmittelbar danach bemächtigten sich schrecklich dunkle Gedanken meines Kopfes. Schienen ihn sprengen zu wollen. Ich fühlte mich auf einmal furchtbar minderwertig und schwach. Wie hatte ich es nur wagen können gegen so einen mächtigen Gegner wie Lethius anzutreten? Ich war ein Nichts. Weniger wert als der Dreck unter seinen Fingernägeln.

Ich versuchte diese furchtbaren Gedanken loszuwerden. Dachte an Serenus und wie er mich voller Sehnsucht und Begierde angeschaut hatte. Dachte daran, was ich für ihn empfand. Ich hatte mich in ihn verliebt. Der Gedanke an die Liebe in mir vertrieb die finsteren Gedanken. Ich fing an zu lächeln. Da hörte ich wie Lethius aufheulte. Das war natürlich nicht in seinem Sinne. Er befahl seinen Männern mich aufzuspießen. Ein Dutzend von ihnen kam jetzt mit erhobenen Spießen auf mich zugerannt. Die Wunde in meinem Rücken schmerzte auf einmal wie Höllenfeuer. Ich konnte mich kaum noch auf den Beinen halten. Doch ich musste Lethius und seinen Männern etwas entgegensetzen, sonst war ich verloren.

Plötzlich wurde ich wütend. Lethius hatte keinen Funken Ehrgefühl in sich. Er hatte mich hinterrücks niedergestochen. Jetzt schickte der ehrlose Wicht mir noch seine Kämpfer auf den Hals, weil er es nicht alleine schaffte mich zu besiegen. Meine Wut wurde von Sekunde zu Sekunde größer. Er hatte es nicht verdient noch einen Augenblick länger zu leben. Ich würde ihn in der Luft zerreißen. Nein, viel besser. Er sollte durch seine eigene Hinterlist ums Leben kommen.

Aus meinen Händen entstand in diesem Moment eine Sturmbö ohnegleichen, die Lethius erfasste, von den Beinen riss und ihn gegen die Lanzen seiner Krieger schleuderte. Dort wurde er von dreien dieser Speere aufgespießt und auf der Stelle getötet. Sein verblüfftes Gesicht ließ mich auf einmal laut loslachen. Das verängstigte die dunklen Krieger scheinbar so, dass sie ihr Heil in der Flucht suchten. Doch mein Kampf war noch nicht zu Ende. Ich spürte, wie die Dunkelheit sich immer mehr in mich hineinfraß und die Kontrolle über mich übernehmen wollte. Schon kamen meine Männer aus den Ruinen des Dorfes der Erinnerung gerannt und wollten mir helfen. Doch ich schickte sie wie-

der weg. Das war ein Kampf den ich allein ausfechten musste.

Erneut machten sich dunkle Gedanken in meinem Kopf
breit. Außerdem schien mein ganzer Körper nur noch aus
Feuer zu bestehen, so sehr brannte er. Eben sah ich die ersten schwarzen Linien auf meiner Haut erscheinen und sich
immer mehr ausbreiten. Die Finsternis hatte mich bald vollkommen unter Kontrolle. Ich überlegte fieberhaft, was ich
noch tun konnte. Ich rief Serenus zu mir:

„Serenus, komm bitte schnell zu mir. Ich brauche Deine
Hilfe." Er kam geeilt. Der Blick, den er mir zuwarf, war allerdings so voller Mitleid, dass ich ihn kaum ertragen konnte.

„Sieh mich nicht so an. Das kann ich nicht verkraften."
Er senkte den Blick. Er sollte nicht denken, dass ich nun
bald sterben würde.

„Komm näher." Ich legte mein Amulett ab und gab es
ihm.

„Nimm das Amulett und stoß es mir so tief wie es geht
in die Wunde, die mir Lethius beigebracht hat. Machst Du
das bitte für mich?"

„Aber das wird Dich umbringen."

„Tu gefälligst, was ich Dir sage! Das ist meine einzige
Chance!" Er trat zögerlich hinter mich. Ich spürte wie seine
Hand meinen Rücken berührte. Trotz der Schmerzen, fühlte sich das gut an. Dann schob er den Stein des Amuletts in
die Wunde. Wenn meine bisherigen Schmerzen schon unerträglich gewesen waren, dann wurden sie augenblicklich um
das Tausendfache verstärkt. Ich schrie laut vor Schmerzen
auf. Dann merkte ich, wie das Amulett das Ende des Stich-
kanals erreichte. Mein Schreien wurde noch lauter. Ich
spürte aber gleichzeitig seine Wärme. Im selben Moment

war ich fest davon überzeugt, dass ich jetzt sterben würde. Ja, ich wollte es sogar, um diese Schmerzen nicht mehr ertragen zu müssen. Mein Wunsch wurde erhört. Plötzlich wurde mir schwarz vor Augen und fühlte ich gar nichts mehr.

# 39. Kapitel

Eris schäumte vor Wut. Irgendwie hatten die verdammten Menschenwesen es nun doch vollbracht, die Energiezufuhr zu dem Energieschirm über Frankfurt zu unterbrechen. Frankfurt war wieder in den Händen der Krieger des Lichts. Der schwarze Alb hatte versagt. Ihr blieb nun nichts anderes mehr übrig, als nach Texas zu reisen, um dort vor Ort nach dem Rechten zu schauen. Die Kraft des dunklen Kristalls war zwar ungebrochen, aber das nützte ihr nichts, wenn keine Verbindung mehr in die Welt des Lichts bestand.

Sie überlegte noch kurz, ob sie Bastian bitten sollte, sie zu begleiten, verwarf diesen Gedanken aber ganz schnell wieder. Dieser Mann war ihr zu glatt. Er bot ihr zwar die Möglichkeit eines kurzen sexuellen Vergnügens, aber dazu war sie im Moment nicht in der entsprechenden Stimmung. Außerdem wollte sie bei ihm keine unnötigen Hoffnungen wecken. Daher ließ sie sich nun allein zum Flughafen fahren.

Wenige Stunden später traf sie im Gebiet der dunklen Kleriker ein. Dort stand alles bereit, um sie sicher und schnell zum Standort des dunklen Kristalls zu bringen. Wenigstens das funktionierte noch. Als sie dann endlich vor dem dunklen Kristall stand, wurde sie doch wieder etwas zuversichtlicher, was ihren Sieg über das Licht anging. Die dunkle Kraft, die von dem Kristall ausging, war so unglaublich stark, dass sie sich vor Ehrfurcht vor ihm verbeugte. Nichts kam ihm gleich. Nichts war so wunderschön, aber gleichzeitig auch so furchteinflößend wie er. Tausende von finsteren Seelen wohnten in ihm und warteten darauf, ihre Opfer zu quälen und zu töten.

Er erwartete sie schon. Beantwortete ihr Kommen mit einem sanften Summen. Bat sie leicht fordernd, ihm näher zu kommen. Als sie dann ganz in seiner Nähe stand, bildeten sich mehrere dunkle Tentakeln aus dem kristallinen Körper, die ihr langsam tastend näher kamen. Er wollte scheinbar engen Kontakt zu ihr aufnehmen. Ganz vorsichtig fing nun eine der Auswüchse damit an, sanft ihre Kopf zu streicheln, während eine andere sich ihrem Hals näherte und sie dort sachte berührte. Diese Art der Kontaktaufnahme kam etwas unvorbereitet für Eris. Trotzdem ließ sie es ohne Gegenwehr geschehen. Fand sogar fast Gefallen daran.

Doch plötzlich lag keine Zärtlichkeit mehr in diesen Berührungen. Von einem Moment auf den anderen umspannten die Tentakeln des dunklen Kristalls ihren Kopf so fest, dass sie ihn nicht mehr bewegen konnte. Kurz danach spürte sie einen bohrenden Schmerz an ihrem Hinterkopf. Was hatte dieses Ding nur mit ihr vor? Die Pein wurde immer schlimmer. Da merkte sie, dass eine seiner Tentakeln in ihren Schädel vordrang. Sich dort mit ihrem Gehirn verband. Eine furchtbare Kälte verbreitete. Er wollte die Macht über ihren Geist gewinnen. Das spürte sie nun überdeutlich. Und sie konnte nichts dagegen tun. Fühlte sich betäubt und ohnmächtig. Wollte sich noch dagegen wehren. Doch dann vergaß sie diesen Gedanken. Gehörte jetzt voll und ganz ihm. Nun hörte sie die Stimme ihres finsteren Gebieters in ihrem Kopf:

„Es ist eine Fügung der Dunkelheit, dass Du den Weg zu mir gefunden hast, meine dunkle Göttin. Denn nur so konnte ich mich mit Dir vereinigen, damit wir gemeinsam unsere Feinde bekämpfen können. Jetzt bin ich auf ewig ein Teil von Dir.

Eine mächtige Wesenheit hat verhindert, dass meine dunklen Energien sich weiterhin ungehindert den Menschen nähern konnten. Auch hat der schwarze Alb schmachvoll versagt und ist in die sieben Höllen zurückgekehrt, woher er kam. Um weiter Einfluss auf die Welt des Lichts nehmen zu können, benötigte ich einen Körper wie den Deinen. Nur zusammen ist es uns möglich, die Schergen des Lichts vom Antlitz dieser Erde tilgen."

Eris merkte nun wie die mächtigen Energien des dunklen Kristalls sich mit ihren göttlichen Kräften vereinigten und sie zu einem Wesen unglaublicher düsterer Macht heranreifen ließ. Zu einer Kreatur, wie sie in ihrer Vollkommenheit noch niemals das Angesicht dieser Welt erblickt hatte. Zerstörerisch wie die apokalyptischen Reiter würde sie ihre Feinde niedertrampeln und in die ewige Verdammnis schicken. Ja, das würde sie. Im gleichen Moment fing sie vor Begeisterung an zu lachen. Und es klang ganz so als ob der Wahnsinn ein enger Gefährte von ihr geworden wäre.

# 40. Kapitel

Clarissa strich Devius sanft die Haare aus dem Gesicht, die ihm seit dem Kampf mit dem dunklen Dämon wirr ins Gesicht hingen. Dann sagte sie ihm mit einem leicht bedauernden Lächeln:

„Dein Kampf ist noch nicht vorbei, Devius. Ich fühle die Anwesenheit einer mächtigen dunklen Präsenz in der Welt des Lichts, die alles daran setzen wird, der Dunkelheit wieder die Herrschaft über die beiden uns bekannten Welten zu verschaffen. Sie ist soeben aus der Symbiose der letzten verbliebenen dunklen Göttin und dem dunklen Kristall entstanden. Das Übel daran ist, dass dadurch auch Deine Tochter in großer Gefahr schwebt und Deiner Hilfe bedarf. Denn es ist nur eine Frage der Zeit, bis diese Kreatur versuchen wird, Deine Tochter als einzig verbliebene Zauberin des Lichts vom Angesicht der uns bekannten Welten zu tilgen. Noch sind sie sich allerdings nicht begegnet. Aber wenn es geschieht, wird Sina jede Hilfe benötigen, die sie erhalten kann. Du musst versuchen ihr beizustehen, auch wenn Du keine sterbliche Hülle mehr besitzt."

„Meine Tochter ist in so großer Gefahr? Dann weise mir bitte den Weg zu ihr."

„Das kann ich leider nicht. Sie befindet sich im dunklen Reich und bis dorthin reichen meine Fähigkeiten nicht."

„Dann werde ich dieses grauenvolle Zwitterwesen töten, ehe es meiner Tochter etwas antun kann."

„Wie soll Dir das ohne Deinen menschlichen Körper gelingen?"

„Was kann ich denn sonst tun?"

„Dieses Wesen hat gewiss eine Schwachstelle und die musst Du für Deine Tochter ausfindig machen. Die Welt, in der wir uns momentan befinden, ist wie die reale Welt des Lichts aufgebaut. Und beide Welten liegen dicht beieinander. Wenn Du Dich als Geistwesen, entsprechend darauf fokussierst, wirst Du beobachten können, was auf der anderen Seite vorgeht. Begebe Dich also in die Nähe dieser Wesenheit. Beobachte sie gut. Dann wird Dir sicher irgendwann etwas auffallen, was Du nutzen kannst, um diese Kreatur zu schwächen."

„Nun gut und wie kann ich zu ihr gelangen?"

„Das brauchst Du gar nicht. Sie wird in wenigen Momenten hier in diesem Haus eintreffen." Kaum hatte Clarissa diese Worte ausgesprochen, schon hörte Devius ein lautes Sirren, das ihn an das Geräusch eines dunklen Spiegels erinnerte, der gerade jemanden von Ort zu Ort transportiert. Clarissa lächelte Devius aufmunternd zu und gab ihm einen zärtlichen Abschiedskuss. Daraufhin begab er sich nach oben, um zu sehen, wie das dunkle Wesen eintraf.

Fasziniert konnte er jetzt beobachten, dass mitten im Wohnzimmer seines Hauses eine ovale Fläche entstanden war, die blau schimmernd leuchtete. Dann sah er, dass eine Gestalt aus der leuchtenden Fläche trat. Wenige Augenblick später erkannte er sie auch. Es war Eris. Gekleidet in einen schwarzen enganliegenden ledernen Hosenanzug, der ihre Figur umschmeichelte wie eine zweite Haut. Mit ihr traten die Erinnerungen an die Zeit von damals in den Raum. Seine Zuneigung und Bewunderung für die Göttin. Vielleicht sogar ein Hauch von Liebe. Diese attraktive Frau sollte eine Gefahr für seine Tochter darstellen? Das war kaum zu glauben. Doch dann sah er ihre Augen. Diese bestanden nur aus Schwärze. Schienen ihn mit Haut und Haaren verschlingen zu wollen. Ließen ihn vor Kälte und Grauen erzittern.

In diesem Wesen war nichts von der Wärme und Zuneigung, die ihm Eris einst entgegengebracht hatte. Gleich darauf erblickte er ihren Schatten und dieser Anblick bestätigte seine größten Befürchtungen. Der Schatten schien über ein seltsames Eigenleben zu verfügen. Er war der einer riesigen unmenschlichen Gestalt, die über zwei Meter groß war und Teile vieler furchterregender Kreaturen in sich barg. Diese waren ständig in Bewegung und versuchten unentwegt die Herrschaft über einander zu gewinnen. Wenn noch Anteile von der ursprünglichen Eris in diesem Körper wohnten, so waren sie tief in dem Körper verborgen und hatten keine Macht mehr über ihn.

Jetzt nahmen die schwarzen Augen dieses Monstrums ihn gefangen und es erschien ein grausames und hinterhältiges Grinsen auf seinem rot geschminkten Mund.

„Mein Gefühl hat sich also doch nicht getäuscht. Ich habe gleich gespürt, dass sich hier noch jemand außer mir befindet. Auch wenn es nur ein Geist ist. Trotzdem freue ich mich über alle Maße, dass Du es bist, mein alter Freund und Gefährte. Gemeinsam können wir jetzt bald dem grausamen Tod Deiner Tochter beiwohnen, der hier den Ort seiner Vollstreckung finden wird. Sie müsste nun bald eintreffen. Ich werde es Euch sogar gestatten, ein paar letzte Worte auszutauschen. Das ist doch eine überaus menschliche Geste von mir, oder etwa nicht?"

Devius, der angesichts der verletzenden und anmaßenden Worte innerlich vor Wut schäumte, wollte sich schon auf die Kreatur stürzen und sie in der Luft zerreißen. Doch dann wurde ihm bewusst, dass ihm dazu der entsprechende Körper fehlte. Außerdem fragte er sich, wie es Eris möglich war, ihn zu sehen, obwohl er ja noch in der anderen, seiner eigenen, Welt weilte.

Dieses Wesen musste doch noch weit mächtiger sein als Clarissa vermutet hatte. Devius sah, wie Eris, während sie ihn wie ein Stück Vieh taxierte, beiläufig eine kleine Handbewegung machte. Nur kurze Zeit später spürte er einen starken Sog, der ihn aus seiner Welt in die reale Welt des Lichts ziehen wollte. Dem versuchte er mit aller Kraft Widerstand zu leisten, doch es gelang ihm nicht. Völlig unkontrollierbar und unter furchtbaren Schmerzen löste sich sein Geistkörper auf und wurde in die wirkliche Welt des Lichts transportiert.

Das war aber noch nicht alles, was mit ihm geschah. Gleichzeitig mit seiner Rückkehr in die Welt des Lichts, kehrte sein Geist auch in seinen ehemaligen menschlichen Körper zurück. Dieser wies allerdings schon eine Vielzahl von Zeichen der Verwesung auf. Außerdem konnte er mit diesem Körper zwar sehen, hören und fühlen, hatte aber keine Kontrolle über seine Bewegungen. Im Gegensatz zu seinem Geist, stand sein untoter Körper voll und ganz unter der Kontrolle der dunklen Göttin.

Plötzlich wurde ihm auch voller unbändigen Zorns klar, was Eris mit ihm vorhatte. Als willenloser Sklave ihrer dunklen Zauber, sollte er seine Tochter in eine Falle führen. Auf eine solche Idee konnte wirklich nur jemand kommen, in dem keine Menschlichkeit mehr wohnte. Und ganz so, als ob Eris seine Gedanken gelesen hätte, verbreitete sich ihr widerwärtiges Grinsen auf eine unmenschliche Art und Weise. Dann sprach sie in einer genießerischen Art und Weise zu ihm:

„Es ist schön, dass Du Dich jetzt dazu entschieden hast, mir auch noch persönlich Gesellschaft zu leisten. Dann können wir gemeinsam voller Ungeduld warten, bis Deine Tochter hier eintreffen wird. Sie wird sicherlich begeistert sein, ihren Vater gesund und munter wiederzusehen. Ich fühle allerdings, dass ich Dich nicht überfordern und Dir nicht zu viele Freiheiten zugestehen darf, daher werde ich zu Deiner und meiner Sicherheit die Kontrolle über Deine Gliedmaßen und Dein Sprachvermögen behalten. Sobald sie hier eintrifft, wirst Du Deiner Tochter freudestrahlend entgegentreten und sie voller Zärtlichkeit von ihren furchtbaren Qualen erlösen. Vater und Tochter im Tode vereint. Dieser Gedanke lässt mein Herz voller Freude höher schlagen."

Devius hatte jetzt nur noch einen einzigen Gedanken. Wie konnte er das verhindern? Wie konnte er seine Tochter vor ihrem Verderben retten? Oder war es dazu schon zu spät?

# 41. Kapitel

Ich flog durch die Luft wie ein Adler, fühlte mich beschwingt und leicht. Doch dann sah ich vor mir dunkle Wolken auftauchen. Ein Unwetter zog auf. Schon zerteilten die ersten Blitze die Luft. Ich hörte ein lautes Donnern und spürte wie kalter Regen in mein Gesicht prasselte. Gleich darauf war ich mittendrin in dem grässlichen Sturm. Ich wurde durchgeschüttelt wie eine Nussschale auf dem weiten Ozean. Bald würde ich mich nicht mehr in der Luft halten können. Der Wind zerrte immer heftiger an mir. Jetzt hörte ich, wie jemand meinen Namen rief. Erst leise und verdeckt von den Geräuschen des Windes, dann aber immer lauter werdend. Auch das Schütteln wurde immer unangenehmer. Nun schrie die Stimme, dass ich endlich aufwachen solle. Was hatte das zu bedeuten? Schlief ich etwa? Tatsächlich. Da versuchte mich jemand zu wecken. Das Schütteln ging auch nicht vom Wind aus, sondern von zwei starken Händen.

Ich versuchte meine Augen zu öffnen. Es fiel mir so schwer. Ich war furchtbar müde. Wollte weiterschlafen. Mich wieder in die Luft erheben. Alles unter mir lassen. Doch die Hände waren erbarmungslos. Ließen mich nicht in Ruhe. Also öffnete ich die Augen. Sah Serenus besorgte Augen auf mich herunterblicken. Sogleich erschien ein leichtes Lächeln auf seinem offenen und liebevollen Gesicht.

„Du bist wach. Ich freue mich. Wir dachten schon, Du würdest niemals mehr aus Deinem Schlaf erwachen."

„Wie lange habe ich geschlafen?"

„Drei Tage und drei Nächte."

„Und seitdem bist Du bei mir und versuchst Du mich zu wecken?"

„Ja, ich bin seit dem Kampf immer in Deiner Nähe geblieben"

„Welcher Kampf?"

„Dein Kampf gegen Lethius. Kannst Du Dich nicht daran erinnern?"

„Nur sehr dunkel. Ich fühle mich irgendwie seltsam. So als ob ich noch etwas erledigen müsste, aber mich nicht daran erinnern kann, was das ist. Habe ich den Kampf gewonnen?"

„Du hast Lethius getötet, aber vorher hat er Dich noch mit der Dunkelheit infiziert."

„Die Dunkelheit steckt immer noch in mir?"

„Das wissen wir nicht. Alle Deine Wunden sind geheilt. Wahrscheinlich hat Dich Dein Rutilquarz gerettet."

„Was ist genau passiert?"

„Zunächst war Dein gesamter Körper noch mit dünnen schwarzen Linien bedeckt. Du hast am ganzen Leib gezittert und immer wieder starke Krämpfe gehabt. Dabei hast Du geschrien wie eine Wahnsinnige. Kurz danach bist Du in Ohnmacht gefallen. Dein Körper hat aber weiterhin wie unter Krämpfen gezuckt. Das hat zwei Tage gedauert. Schließlich warst Du plötzlich nachts von einem hellen weißen Licht umhüllt. Die schwarzen Linien sind langsam zurückgegangen und die Krämpfe wurden immer weniger. Deine Gesichtsfarbe wurde wieder normal und dann hast Du ausgesehen wie eine schlafende Prinzessin, die auf den Kuss ihres Prinzen wartet."

Jetzt fing auch ich an zu lächeln. Mein Prinz hatte drei Tage und drei Nächte über mich gewacht. Dafür hatte er sich doch einen Kuss verdient. Ich umarmte Serenus und küsste ihn voller Zuneigung. Ohne Zögern antworte er auf mein Begehren und umschlang mich mit seinen kräftigen

Armen. Währenddessen fuhr seine Zunge voller wilder Gier in meinen Mund und spielte mit meiner. Sogleich fühlte ich, wie mir ganz warm vor Erregung wurde. Ich rieb meinen Unterleib an seinem und konnte dort seine immer größer werdende Männlichkeit wahrnehmen. Langsam umschlossen seine kräftigen Hände meine Brüste und massierten sie sanft. Ich wollte ihn in mir spüren. Stöhnte heftig. Gleich würde es passieren. Ich begehrte ihn so sehr.

Doch plötzlich fühlte ich etwas anderes. Etwas Unangenehmes. In meinem Inneren war auf einmal eine große Kälte. Rumorte dort und wurde nach oben getrieben. Ich stieß Serenus weg von mir. Konnte ihn nicht mehr länger in meinen Armen halten. Er schaute mich verwirrt an. Ich würgte. Es war mir nicht möglich, mich diesem Drang noch länger zu erwehren. Ich übergab mich. Ein dunkles Etwas quoll aus meinem Mund. Spritzte auf den Boden. Die Dunkelheit drängte aus mir. Wurde von dem Licht in mir vertrieben. Noch einen Krampf musste ich erdulden. Erneut drang mir ein Schwall Finsternis aus dem Mund. Ich wischte die Reste mit meinen Handrücken ab. Konnte wieder klar denken. Jetzt konnte ich mich auch wieder erinnern. Ich musste in die Welt des Lichts zurückkehren. Den Tod meines Vaters rächen. Dort wartete Eris auf mich. Sie hatte meinen Vater auf dem Gewissen. Meine Aufgaben hier waren erfüllt. Das dunkle Reich war befreit von seinen Peinigern. Nyx und Lethius waren tot.

Ich sah Serenus an. Bat ihm um Entschuldigung. Nahm ihn bei der Hand. Ging mit ihm zum Fluss des Vergessens. Dort erklärte ich ihm, was in mir vorging. Dass ich meine Liebe zu ihm entdeckt hatte, jetzt aber zunächst die Zeit des Aufbruchs für mich gekommen war. Er wollte mich unbedingt begleiten. Das lehnte ich ab. Ich musste allein dorthin zurückgehen. Dort würde sich mein Schicksal erfüllen. Zum Guten oder zum Schlechten. Das wusste ich nicht. Ich wusste nur, dass ich diesen Schritt allein gehen musste. Ohne meinen schönen Greif. Er gab meinem Willen nach. Schaute mich voller Traurigkeit an. Ich küsste ihn zum Abschied. Machte mich auf den Weg zum Schrein der dunklen Mächte. Ich verließ das dunkle Reich nur sehr ungern. Es war mir lieb und teuer geworden. Ging ich deshalb so langsam? Oder war es wegen der Angst davor, was mich dort erwartete? Was war inzwischen in der Welt des Lichts geschehen? Bald würde ich es wissen.

Ich stand vor dem dunklen Spiegel. Erweckte ihn zum magischen Leben. Er gab mir den Weg frei in meine Welt. Die Welt des Lichts. Nur wollte ich wirklich dorthin zurück? Würde mich Eris schon erwarten? Vermutlich war das so. Sie würde den Tod ihrer Mutter genauso gespürt haben, wie ich den Tod meines Vaters. Ich musste vorsichtig sein. Sie würde versuchen, mir eine Falle zu stellen. War genauso hintertrieben wie alle anderen dunklen Wesen, die ich bisher kennengelernt hatte. Ich fühlte ein flaues Gefühl im Magen. Ehe es noch stärker werden konnte, trat ich durch den Spiegel. Spürte den starken Schmerz des Übergangs. Dann war es vorbei. Ich war dort.

Ich kam im Keller unseres Hauses an. Alles wirkte so unwirklich. Dies war nicht mehr meine Welt. Ich hatte Sehnsucht nach Serenus und der Weite im dunklen Reich. So als ob ich schon immer dorthin gehört hätte. Aber jetzt musste ich mich konzentrieren. Das Haus war still. Zu still nach meinem Geschmack. So als ob sie hier schon auf mich lauerte. Eris, die Letzte ihres Geschlechtes. Die letzte verbliebene dunkle Göttin. Ich sah mich in dem Raum um. Konnte ich hier irgendetwas als Waffe benutzen? Mein Vater hatte hier alle möglichen Reliquien aus dem dunklen Reich angesammelt. Vielleicht war wirklich etwas Brauchbares dabei. Dort hinter dem alten Stuhl in der Ecke stand etwas. Völlig eingewebt in Spinnenweben. Reflektierte das Licht aus dem Flur. Es war das alte Schwert meines Vaters. Damit hatte er einst Lethe, die dunkle Göttin des Vergessens getötet. Das war doch ein gutes Vorzeichen. Wenn damit schon einmal eine dunkle Göttin getötet worden war, warum sollte das nicht erneut möglich sein?

Ich reinigte das Schwert ein wenig und hielt es dann einen Moment in der Hand. Es fühlte sich gut an. Schmiegte sich an meine Hand wie ein Jagdhund, der zunächst gestreichelt und dann zum Erlegen des Wildes in den Wald geschickt werden möchte. Nun war ich endgültig bereit für den letzten Kampf. Den alles entscheidenden Kampf von Gut gegen Böse.

Ich verließ den Raum, ging durch die kleine Bibliothek und erreichte den Kelleraufgang. Meine Nerven waren wie zum Zerreißen gespannt. Ich versuchte jedes Geräusch zu vermeiden. Schlich die Treppe nach oben. Jetzt hörte ich ein leichtes Knarren. Dort bewegte sich jemand auf dem Parkett im Wohnzimmer. Das war der einzige Raum mit einem Holzboden. Ich vermutete, dass sie mich dort erwartete. Wer sollte es sonst sein?

Ich erreichte das Wohnzimmer. Die Tür stand einen Spalt weit offen. Von meinem Standort aus konnte ich den Raum gut überblicken. Es bewegte sich etwas darin. Ich merkte wie meine Hände leicht zitterten. Ich sah einen dunklen Schatten, der immer mehr in mein Blickfeld geriet. Meine Augen blickten starr auf das, was sie nun sahen. Das konnte doch nicht wahr sein. Das war mein Vater. Er lebte noch. Ich vergaß jede Vorsicht, stieß die Tür auf und rief nach ihm. Er drehte sich zu mir herum. Jetzt standen wir uns von Angesicht zu Angesicht gegenüber. Er sah nicht gut aus. Hatte überall in seinem Gesicht und an seinen Händen rotviolette und blaugraue Flecken. Doch das war mir egal. Ich nahm ihn in meine Arme. Drückte ihn so fest ich konnte an mich. Er fühlte sich kalt an.

Ich fing vor Freude an zu weinen. War so froh, ihn hier lebend anzutreffen und in meinem Armen halten zu können. Doch dann hörte ich ein leises gehässiges Kichern. Es ging von einem weiblichen Wesen direkt hinter mir aus. Jetzt kam mir ein böser Verdacht. Ich war hier nicht allein mit meinem Vater. Etwas stimmte hier nicht. Mein Vater hatte noch keinen Ton gesprochen. Lächelte noch nicht einmal. Er erhob seine Arme. Ich dachte zunächst, um mich ebenfalls zu umarmen. Doch dann legte er mit einer marionettenhaften Bewegung seine Hände um meinen Hals. Ehe ich darauf reagieren konnte, fühlte ich, wie er mit seinen Fingern zudrückte. Er mir die Luft raubte, die ich zum Atmen brauchte. Seine Finger verschlossen meine Luftröhre wie mit Stahlklammern. Ich versuchte mich aus seinem Griff zu befreien. Doch seine Hände waren stark. Unerbittlich hielt er mich im Würgegriff.

Ich trat und boxte ihn, wehrte mich verzweifelt. Er schien keine Schmerzen zu spüren. Zeigte keine Reaktion. Seine Hände ließen mich nicht los. Der Druck auf meine Kehle wurde eher noch stärker. Was sollte ich nur tun? Mir wurde schon schwarz vor Augen. Jetzt musste schnell etwas passieren.

Ich hatte keine andere Wahl. Ich musste zum letzten aller Mittel greifen. Ich zog das Schwert aus der Scheide. Überlegte kurz. Dann stieß ich es ihm mit letzter Kraft in den Leib. Er stöhnte auf. Ließ mich doch noch los. Fiel zu Boden. Endlich konnte ich wieder atmen. Ich sah, wie er lächelte. Er schien wie erlöst zu sein. Dann sprach er mit brechender Stimme:

„Ich danke Dir, Sina. Du hast das einzig Richtige getan." Ich sah, wie er erschöpft seine Augen schloss. Dann hörte er auf zu atmen. Nun war er tot. Tränen standen in meinen Augen. Ich hatte meinen eigenen Vater umgebracht. Wie hatte ich das nur tun können? Hat es wirklich keine andere Möglichkeit gegeben? Ich wusste es nicht. Aber es ließ sich nicht mehr ändern. Meine Trauer vermischte sich mit dunkler Wut, die nun voller Kraft in mir brodelte. Mein Vater war sicherlich nicht allein auf den Gedanken gekommen, mich anzugreifen und töten zu wollen.

Ich wusste mit absoluter Sicherheit, wer dafür verantwortlich war. Langsam drehte ich mich zu ihr herum. Da stand sie. Die letzte verbliebene dunkle Göttin. So schön und doch so abgrundtief böse. Ihre schwarzen Augen leuchteten mich voller Feindseligkeit an. Ihr attraktives Gesicht war zu einer Maske des Hasses verzogen.

Dann sprach sie mit zuckersüßer Stimme zu mir:

„Hast Du nun doch noch den Weg zu mir gefunden, meine Liebste? Kannst es wohl kaum erwarten, Deinem Vater auf seinen Weg in die Hölle zu folgen, oder? Aber keine Angst, ich werde Deinen Abschied mit so viel Schmerz und Pein garnieren, dass Du mir unendlich dankbar sein wirst, wenn ich Dich schließlich endgültig von Deinen Qualen erlöse. Natürlich steht es Dir aber auch offen, Dich jetzt selbst zu töten." Ehe Eris auch nur ein weiteres Wort der Verdorbenheit verlieren konnte, schleuderte ich ihr einen mächtigen Zauber des Lichts entgegen. Dieser hüllte sie für mehrere Momente in ein strahlend helles Licht ein und entriss ihr dadurch Teile der in ihr wohnenden Dunkelheit. Soeben hörte ich ihr spitzes Schreien und dachte schon der Sieg sei mein. Doch als der Zauber endete, gab er den Blick auf eine völlig unversehrte dunkle Göttin frei.

Voller Hohn grinste sie mich nun an und deutete kurz auf eine Stelle hinter mir. Auf einmal spürte ich wie Dutzende von Geisterhänden mich von hinten umfassten und so fest hielten, dass ich mich nicht mehr rühren konnte. Jetzt kam Eris langsam und genüsslich auf mich zu. Hatte plötzlich einen blau leuchtenden Dolch in der Hand. Ich versuchte, mich mit aller Kraft von den Händen loszureißen, aber es gelang mir nicht. Mein Schwert hatten die dunklen Wesen mir gleich zu Anfang entrissen, also war ich vollkommen wehrlos.

„Ich glaube, ich hatte schon erwähnt, dass Dein Tod von einem unglaublichen Ausmaß an Schmerz und Leid begleitet werden wird, meine Liebe. Genau wie Dein Vater wirst Du die Vorzüge dieser Klinge in meinen Händen zu spüren bekommen und irgendwann flehend darum bitten, dass ich Dich töte. Doch bis dahin werden wir noch eine Menge Spaß miteinander haben." Eris stand nun ganz dicht vor mir und hielt mir das Messer an meine Kehle. Schon spürte ich, wie sie damit in meine Haut schnitt. Jetzt begann ich einen brennenden Schmerz dort zu fühlen. War nun der Augenblick meines Todes gekommen? Doch plötzlich schien sie etwas zu wittern und hielt inne. Dann leckte sie das Blut von der Klinge. Genüsslich verzog sie nun den Mund und sagte voller Entzücken:

„Wie köstlich Dein Blut doch schmeckt. So gut, dass ich mich dazu zwingen muss, mir nicht noch mehr davon einzuverleiben. Ich ahnte nicht, dass Dein Körper noch völlig unberührt und unschuldig ist. So unbefleckt, dass mir dadurch ganz seltsam zumute wird. Wer hätte geglaubt, dass mir jemals so ein Juwel in die Hände fallen wird." Vor erregter Freude erklang auf einmal ein sirenenhafter Gesang aus ihrem Munde, der mich schon ab dem ersten Ton mit sich riss und in das dunkle Reich entführte. Dort glitt ich durch die Lüfte, wurde sanft vom Wind liebkost. Ich sah weite unberührte Ebenen und mächtige Wasserfälle, die in den Fluss des Vergessens mündeten. Riesige Wälder mit den Bäumen des Blutes, die sich im Winde wiegten und in den Gesang mit einstimmten. Dann erblickte ich ein Rudel Wölfe, das mich anheulte, um mir zu huldigen. Ich hatte ganz zu mir selbst gefunden. Fühlte mich eins mit der Natur. Wollte hier nie mehr weg. Ich war eine von ihnen. Eine der dunklen Göttinnen.

Jetzt spürte ich auf einmal heiße Lippen auf meinen. Bemerkte eine gierige Zunge, die in meinen Mund eindrang. Zögerte kurz, ließ es dann aber doch zu. Eine eigenartige Erregung nahm sich meiner an. Ich hatte noch nie eine Frau geküsst. War das richtig, was ich gerade tat? Ich fühlte mich seltsam benebelt. Hatte sie mich mit ihrem Gesang verhext?

Doch da war noch etwas anders. Etwas dunkles und großes drang in meinen Mund ein. Suchte sich seinen Weg in meine Kehle. Ich wollte es nicht in mir haben. Bekam keine Luft mehr. Ich hatte Angst davor. Wollte schreien. Konnte es nicht. Es glitt immer tiefer. In meinen Bauch hinein. Ich spürte es dort. Nun schrie ich.

Eris löste sich von mir. Wuchs vor meinen Augen. In ihrem Blick lag dabei solch eine finstere Begehrlichkeit, dass mir davon Angst und Bange wurde. Während sie immer weiter wuchs, begann sie von innen dunkelblau zu leuchten. Schließlich überragte sie mich um zwei Köpfe. Sie rekelte sich vor mir, ganz so, als ob ihre Haut ihr zu eng geworden war. Dann sah es so aus, als ob sie sich wie eine riesige

Schlange häuten würde. Immer mehr Teile ihrer Haut fielen zu Boden und begannen sich dort aufzulösen. Dahinter kam nach und nach irgendetwas zum Vorschein. Noch konnte ich aber nicht erkennen, was es war. Ich wusste aber, woran mich das erinnerte. Es sah ganz so aus, als ob ein Schmetterling aus seinem Kokon schlüpfte. Nur das aus dieser Hülle kein schönes und liebenswertes Wesen erwuchs, sondern eine alptraumhafte dunkle Gestalt, deren Anblick mir den Atem raubte.

# 42. Kapitel

Seit der Symbiose mit dem dunklen Kristall war Eris von einer unglaublichen Macht durchdrungen. Sie spürte diese Stärke in jeder einzelnen Zelle ihres Körpers. Ohne Schwierigkeiten konnte sie sich innerhalb weniger Momente von einem Ort zu einem anderen bewegen. Dazu benötigte sie keinen dunklen Spiegel mehr. Außerdem fühlte sie sich nahezu unbesiegbar. Den lächerlichen Zauber dieser jungen Menschenfrau hatte sie daher kaum wahrgenommen. Er war förmlich von ihr abgeperlt. Sina hatte keine Chance gegen sie gehabt. War ihr wehrlos ausgeliefert.

Doch was für ein seltsamer Geruch stieg ihr in die Nase, als sie mit der Tötung der jungen Frau beginnen wollte? So wie es schien, war Sina von jungfräulichem Blut. War vollkommen unberührt. Eine Jungfrau in den Händen der Dunkelheit. Bereit zur unbefleckten Empfängnis, so wie einst Maria. Welch wundersame Fügung des Schicksals hatte sie in ihre Hände gespielt. Danach dürstete die Dunkelheit schon seit dem Beginn aller Zeiten. Endlich erschien es möglich, den Sohn des Verderbens in die Welt zu setzen. Und sie würde daran Teil haben. Auf einmal hatte sie das Bedürfnis die Menschenfrau zu küssen. Ihr einen Teil ihrer dunklen Seele zu überlassen.

Doch waren das wirklich ihre Bedürfnisse? Vielmehr kam es ihr so vor, als ob der dunkle Dämon in ihr sie dazu antrieb, die Dinge zu tun, die sie jetzt tat. War sie überhaupt noch Herrin ihrer Sinne?

Gerade als Eris das dachte, spürte sie, wie sich die Kälte des Dämons von ihrem Kopf aus überall in ihrem Körper ausbreitete und sie nun auch noch die Kontrolle über ihren Körper verlor. Das übermächtige Wesen in ihr hatte sie übertölpelt. Benutzte ihren Körper um sich daraus einen eigenen zu schaffen. Und das war mehr als schmerzvoll für sie. Sie war es nicht gewohnt, irgendetwas mit anderen zu teilen, geschweige denn etwas, was ihr wichtig war, einfach zu entrissen zu bekommen.

In ihr begann eine ohnmächtige Wut zu wachsen, doch sie spürte im gleichen Moment, dass diese Wut ohne Macht war und sie schon jetzt keinerlei Einfluss mehr auf das Wesen hatte, das ihren Körper übernommen hatte. Sie war nur noch unbeteiligte Zuschauerin des Geschehens.

Jede einzelne Zelle ihres Körpers wurde im Sinne ihres dunklen Beherrschers schmerzhaft verändert und alles zusammen wuchs nun zu einem mächtigen Monstrum heran. In ihm waren Anteile von den schrecklichsten Wesen, die jemals in den abgrundtiefen sieben Höllen des Irrsinns zu finden waren. Der Dämon war so mächtig, dass er die Welt des Lichts in einem Handstreich hätte erobern können. Doch hatte er auf eine perverse Art und Weise Gefallen an der Jungfräulichkeit von Sina gefunden und wollte sich mit Hilfe ihrer Fruchtbarkeit seinen Wunsch erfüllen, den Sohn des Verderbens in die Welt zu setzen. Der sollte dann sein Statthalter in der Welt des Lichts sein. Kaum wäre das vollbracht, würde er mit seinem jungen Weib in das dunkle Reich zurückkehren und von dort aus über die zwei bekannten Welten herrschen.

Bei dem Gedanken über die baldige Erfüllung seiner Wünsche empfand der Dämon eine übermenschliche Erregung. Seine Fangarme umschlangen den Körper der Menschenfrau und hielten ihn ab da eisern fest. Im gleichen Moment erblickte er den erschrockenen Blick von ihr. Er genoss die Angst, die er in ihren Augen sah. Dann ließ er eine seiner Tentakeln zu ihrem Bauch wandern. Der Fangarm drang dort mit seiner hauchfeinen Spitze durch ihren Nabel in den Bauch ein und gelangte von dort aus weiter bis zu ihrem Uterus. Eben hörte er einen Schrei des Schmerzes und des Entsetzens aus dem Mund der Menschenfrau. Das tat aber seiner Erregung keinen Abbruch. Nein, es erregte ihn nur noch mehr, zu wissen, dass sie Qualen durch das Eindringen seiner Tentakel erleiden musste.

Jetzt erreichte der Fühler das Ziel seiner Reise. Im Inneren von Sina wartete schon eine Eizelle auf die Befruchtung durch die hauchfeine Spitze des Fangarms. Im gleichen Augenblick, als das geschehen war, begann sie zu wachsen. Wie bei einen Krebsgeschwür war die Zellteilung unaufhörlich in Gang gesetzt. Und dieser Wachstumsprozess würde erst ein Ende haben, wenn der Sohn des Verderbens das Licht der Welt erblickt hatte.

Auch wenn in Sina die Macht des Lichtes wohnte und es ein gefährliches Spiel war, sie nicht sofort zu töten, wollte der Dämon dieses Risiko eingehen. Für ihn stellte es einen unglaublichen Zufall dar, dass er die Menschenfrau in seiner Hand hatte. Das Schicksal würde ihm diese Möglichkeit nicht erneut bieten. Nur mit ihrer Hilfe konnte er den Sohn des Verderbens auf die Welt bringen und damit die endgültige und immerwährende Herrschaft über die zwei bekannten Welten übernehmen.

## 43. Kapitel

Devius Geist kehrte voller schmerzlicher Empfindungen zu Clarissa zurück. Sie tröstete ihn liebevoll, doch es half nicht viel. Es war ein unglaublicher Schock für Devius gewesen, der Macht von Eris so hilflos ausgeliefert zu sein. Nichts dagegen ausrichten zu können, von ihr als willenloses Mordwerkzeug missbraucht zu werden. Beinahe hätte er seine geliebte Tochter umgebracht. Es war gar nicht auszudenken, was geschehen wäre, wenn ihm das tatsächlich geglückt wäre. Glücklicherweise war Sina auf den rettenden Gedanken gekommen, seinen willenlosen Körper außer Gefecht zu setzen. Das war sowohl für sie als auch für ihn die Erlösung gewesen.

Aber leider war die Rettung von Sina nicht dauerhaft geglückt. Daher fragte er sich, was er weiter tun konnte, um seine Tochter aus den Fängen der Dunkelheit zu befreien. Clarissa und er hatten beobachten müssen, wie zunächst Eris und dann der dunkle Dämon der Finsternis Sina auf hinterhältigste missbraucht hatten. Was konnte er dieser fast grenzenlosen Macht überhaupt entgegensetzen? Doch irgendeinen Schwachpunkt musste dieser Dämon haben. Den musste er finden. Aber die Zeit drängte. Seine Tochter würde entweder durch die Geburt sterben oder danach ganz und gar der Dunkelheit gehören.

Clarissa kam zu ihm, legte tröstend ihre Hand auf seine Schulter. Jetzt kam ihm eine Idee:

„Eben erinnere ich mich. Ich muss seinen Namen herausfinden. Jeder Dämon hat einen Namen. Wenn ich einen Dämon bei seinem Namen rufe, habe ich Macht über ihn und kann ich ihn vernichten. So stand es jedenfalls im Buch der dunklen Wahrheiten. Nur wie soll ich seinen Namen herausbekommen?"

„Ich habe Zugang zu sämtlichen Büchern und allen jemals angelegten Datenbanken dieser Welt. Ich werde einen Suchalgorithmus einsetzen, um seinen Namen herauszufinden."

„Gut, dann lass es uns probieren. Wir müssen aber schnell handeln. Es bleibt nicht mehr viel Zeit."

## 44. Kapitel

Nichts war mehr von der Verzückung in mir vorhanden, die ich während des sirenenhaften Gesangs verspürt hatte. Die Dunkelheit hatte mich verwirrt und geblendet. Hatte meine Schwäche ausgenutzt und gegen mich verwendet. Jetzt fühlte ich nur noch großen Schmerz und entsetzlichen Ekel. Diesen Wesen, das sich an meinen Schmerzen ergötzte, war so voller Schwärze, dass ich seinen Anblick kaum ertragen konnte. Ich musste mich gegen ihn wehren. Musste ihm meine Stirn bieten.

Ich wollte ihn anschreien, ihn verfluchen, doch auch das würde ihm nur Vergnügen bereiten. Was hatte er nur mit mir gemacht? Die Schmerzen in meinem Bauch waren furchtbar, schienen mich zerreißen zu wollen. Mein Unterleib fühlte sich wund an und brannte wie Höllenfeuer. Gleichzeitig spürte ich, wie dort etwas in mir heranwuchs. Ich würde das alles nicht mehr lange durchhalten. Das wusste ich. Gab schon fast die Hoffnung auf.

Ich dachte an das Amulett, das um meinen Hals hing. Dieser Gedanke spendete mir etwas Trost. Ich empfand die Wärme, die es ausstrahlte. Fast automatisch dachte ich nun an meinen Vater. Sein Gesicht erschien vor mir. Schien mir etwas zurufen zu wollen. Seine Stimme war zu schwach. Ich verstand ihn nicht. Er machte einen verzweifelten Eindruck. Versuchte etwas zu buchstabieren. Es war ein Name. Er schien Tarel zu lauten. Irgendwoher kam mir dieser Name bekannt vor. Nur woher? Dann dachte ich an meinen Ethikunterricht. Das kam mir wie eine Ewigkeit vor, so lange war das schon her. Dort hatten wir einmal die Bücher Henoch mit seinen Beschreibungen des Himmels und der verschiedenen Höllen durchgenommen. Dabei wurden auch die gefallenen Engel erwähnt. Einer davon hieß Tarel. Da war ich mir ziemlich sicher. Er hatte seine Kräfte missbraucht und den Menschen dunkle Geheimnisse offenbart. War deswegen aus dem Himmel ausgestoßen und zu einem Teil der Dunkelheit geworden.

War die Nennung seines Namens die Möglichkeit Macht über ihn zu gewinnen und erfolgreich gegen ihn aufzubegehren? Das wäre möglich. Ich musste es versuchen. Sah ihm in seine schwarzen Augen. Zitterte vor Angst und Verzweiflung. Jetzt tat ich es. Laut und vernehmlich:

„Tarel, ich befehle Dir. Befreie mich von meinen Fesseln!" Ich hatte etwas bewirkt. Er erstarrte. Seine Umklammerung wurde etwas schwächer. Er schien plötzlich von unglaublichen Schmerzen befallen zu sein. Sein ganzer Körper zitterte. Jetzt blickte er mich hasserfüllt an.

„Wie konntest Du es wagen, mich bei meinem Namen zu nennen? Aber diese Hinterhältigkeit wird Dich nicht vor Deinem Schicksal bewahren. Sei Dir gewiss, ich werde Dich nicht befreien, auch wenn Du meinen Namen kennst." Doch ich sah die Angst in seinen Augen. Er war nun verletzlich. Wenn ich mich in diesem Moment hätte bewegen können, wäre es mir möglich gewesen, ihn mit meinem Schwert zu erschlagen. Doch er hatte recht, ich war immer noch hilflos. Was hätte ich in diesem Augenblick dafür gegeben, wenn mich jemand von meinen Fesseln befreit hätte. Aber da war niemand, den ich um Hilfe anflehen konnte.

Ich hatte seinen Zorn erregt. Das ließ er mich jetzt spüren. Er bückte sich und sah mir direkt in meine Augen. Seine schwarzen Augen schienen mich auffressen zu wollen. Ich hielt seinem Blick stand, obwohl ich innerlich völlig verzweifelt war. Mein ganzer Körper brannte mittlerweile wie Feuer. Ich hatte Fieber. Ich war von der Dunkelheit infiziert. Sie würde mich bald umbringen. Doch das wollte ich ihm nicht zeigen. Wahrscheinlich wusste er es trotzdem.

Dann nahm ich seine dunklen Gedanken in meinem Kopf wahr. Ich fühlte mich auf einmal viele Jahre in der Zeit zurückversetzt. Befand mich im Bauch meiner Mutter. Kurz vor meiner Geburt. Die Wehen hatten begonnen. Mein Kopf befand sich schon fast im Geburtskanal. Ich hörte meine Mutter fürchterlich schreien. Wusste, dass ich in absehbarer Zeit das Licht der Welt erblicken würde. Wollte aus dem Bauch heraus. Sah die Wunden, die ich ihr zugefügt hatte. An denen sie bald zugrunde gehen würde. Doch es war mir einerlei. Mir ging es nur um mein Leben. Nicht um ihres. Sie kreischte vor Schmerz und Angst. Ich hatte aber kein Mitleid. Dann war ich draußen in der Kälte. Fing ebenfalls an zu schreien. Meinen ersten Atemzug zu nehmen. Ihre Schreie waren verklungen. Sie war tot. Ich lebte.

Nun sah ich meinen Vater im letzten Moment seines Lebens vor mir. Auch ihn hatte ich auf dem Gewissen. Brachte ihn mit meinem Schwert zu Fall. Tötete ihn voller Grausamkeit. Dachte nur an mein Überleben. Immer war er für mich da gewesen. Hatte nie ein böses Wort für mich übrig gehabt. Ich verdankte ihm so viel. Und das war mein Dank. Ich tötete ihn ohne Grund.

Gleich darauf überfluteten mich Gefühle des Schams und der Trauer. Meine Eltern hatten beide ihr Leben dafür geopfert, dass ich am Leben bleiben konnte. Doch ich hatte es ihnen nie gedankt. Ständig nur Hohn und Spott für ihre Verdienste übrig gehabt. Hatte mich ihrer nie als würdig erwiesen. Immer alles als selbstverständlich hingenommen. War vor der Verantwortung geflohen. In meinem Leben war ich nie zu etwas zu Nutze gewesen. Hätte es mich nicht gegeben, würden meine Eltern noch leben. Ich war weniger wert als irgendein Stück Dreck. War unwürdig, mein Leben weiterzuführen. Musste froh sein, dass Tarel bereit war, sich mit mir abzugeben. Vor Dankbarkeit musste ich vor ihm auf dem Boden rutschen und ihm seine Füße küssen. Ich schämte mich so sehr. Wusste weder ein noch aus.

Es traten Tränen der Verzweiflung aus meine Augen und verklärten meinen Blick. Der Blick des Dämons konnte mich von einem Moment auf den anderen nicht länger gefangen halten. Da spürte ich plötzlich erneut die Wärme meines Amuletts auf meiner Brust. Dadurch gelang es mir, mich endgültig von den Augen des Dämons zu lösen.

Dann erhellten sich auch wieder meine Gedanken. War ich denn völlig von Sinnen? Mich traf keine Schuld an dem Tod meiner Eltern. Ich hatte meine Mutter immer geliebt, auch wenn ich sie nie kennengelernt hatte. Sie hatte mich trotz der bestehenden Gefahren gewollt. Für ihren Tod konnte ich nichts.

Und mein Vater. Er war nicht mehr er selbst gewesen, als ich ihn tötete. War mir sogar dafür dankbar, dass ich ihn erlöste. Hätte ich mich von ihm töten lassen sollen? Nein, das hätte er auf keinen Fall gewollt.

Nun wusste ich es wieder. Mein wahrer Feind stand hier direkt vor mir. Nahm meinen Tod billigend in Kauf. Hatte nur das Ziel, meinen jungfräulichen Körper zu missbrauchen, um seinen Bastard zur Welt zu bringen. In meinem Bauch rumorte es. Ich spürte deutlich, dass sich dort etwas bewegte. Das Kind wuchs rasend schnell in mir heran. Wenn mich der Dämon nicht töten würde, dann sicherlich die Geburt dieses Balgs.

Ich hatte plötzlich große Angst. Alles schien so aussichtslos zu sein. Konnte mir denn niemand beistehen in meiner

Verzweiflung und meinem Leid? War wirklich schon alles für mich verloren?

# 45. Kapitel

Eris erwachte wie aus einem dunklen Traum. Der Dämon hatte sie von ihrem Körper entzweit, aber dadurch war auch die Macht der Dunkelheit auf ihren Geist gewichen. Der finstere Kuss von Nyx und sein Einfluss auf sie gehörten der Vergangenheit an. Sie konnte wieder klar denken. Ihre Taten und den Mord an Devius aus tiefstem Herzen bereuen. Sie wollte seiner Tochter helfen. Dadurch versuchen, dieses Unrecht wieder gut zu machen. Nur wie sollte ihr das gelingen? Auf irgendeine Weise musste sie sich bemühen, den Zauber der finsteren Umarmung unwirksam werden zu lassen und den Griff des Dämons zu lockern.

Jetzt fiel es ihr etwas ein. Auch sie kannte nun den Namen des Dämon und hatte dadurch Macht über ihn gewonnen. Daher versuchte sie die Gewalt über seinen kleinen Finger zu gewinnen. Das würde ihr schon reichen, um den Zauber aufzuheben. Voller Anstrengung konzentrierte sie sich. Ihr ehemaliger Körper wehrte sich allerdings dagegen, sich von ihr beeinflussen zu lassen. Noch ein Versuch. Wieder vergeblich. Vielleicht musste sie den Namen erst in Gedanken aussprechen, um Macht über den Dämon zu gewinnen:

„Ich habe Dich erkannt. Dein Name lautet Tarel." Nun versuchte sie es erneut. Tatsächlich, der Finger bewegte sich. Dann noch die Beschwörung. Sie dachte ganz intensiv daran, den Zauber aufzuheben. Sah, wie die dunklen Schatten, die Sina festhielten, sich langsam zurückzogen. Ihr Opfer erneut frei ließen. Jetzt ließ sie noch Tarels Tentakeln etwas zurückweichen. Eris hatte es geschafft. War sehr froh darüber.

Sina erkannte augenblicklich, dass sie wieder frei war. Griff voller Eile zu dem Schwert, das neben ihr lag. Hob das Schwert, um ihren Unterdrücker damit zu erschlagen. Tarel bemerkte aber sogleich, was sie vorhatte. Ließ es nicht zu. Schlug ihr das Schwert aus der Hand. Ergriff sie an ihrer Kehle und hob sie daran empor. Drückte so lange zu, bis ihr Gesicht blau anlief und sie ohnmächtig wurde. Ehe Sina endgültig ersticken konnte, ließ er allerdings von ihr ab. Warf sie achtlos zu Boden.

Eris sah Sina hilflos auf dem Boden liegen und fühlte sich vollkommen mutlos. Sie empfand eine große Machtlosigkeit. Hatte nichts dagegen tun können, dass der Dämon den Angriff von Sina abwehrte. Was konnte sie überhaupt noch ausrichten? Beinahe hätte er Sina erdrosselt. Nur in diesem kurzen Augenblick hatte sie ihren Willen durchsetzen und ihn davon abhalten können. Aber das hatte sie sehr viel Kraft gekostet. Diese würde sie nicht ständig aufbringen können. Bald würde er Sina töten und sie konnte nichts dagegen tun.

# 46. Kapitel

Mein Hals tat furchtbar weh, als ich erwachte. Fühlte sich geschwollen an. Der Dämon hatte mich beinahe getötet. Vielleicht wäre das besser gewesen. Besser als diese schrecklichen Schmerzen in meinem Unterleib ertragen zu müssen. Ich wollte aufstehen. Doch es ging nicht. Ein riesiger Bauch hinderte mich daran. Mein Gott, was für ein Wesen befand sich dort in mir? Und es lebte, strampelte wie wild. Würde bald es das Licht der Welt erblicken. So fühlte es sich zumindest an.

Auf einmal fühlte ich einen heftigen Tritt, der mich zur Seite warf. Vor mir stand der Dämon. Lachte über meine Qualen. Von ihm ging eine schreckliche Kälte aus. Sie ließ mich zittern.

„Du hast Angst vor mir. Das ist gut so, denn sehr bald werde ich Dich töten. Ich hatte so große Hoffnungen in Dich gesetzt. Sah Dich schon an meiner Seite über die zwei Welten herrschen. Doch Du hast mich abgrundtief enttäuscht. So sehr enttäuscht.

Warum musstest Du mich hintergehen? Wir haben doch so gut zueinander gepasst. Aber was geschehen ist, ist geschehen. Ich habe schon eine würdige Nachfolgerin für Dich gefunden. Sie ist auf dem Weg hierher. Völlig willenlos folgt sie meinem Ruf. Dein einzig verbliebener Zweck ist noch, den Sohn des Verderbens zur Welt zu bringen. Und falls Dich die Geburt nicht umbringen sollte, werde ich Dich danach mit eigenen Händen töten." Ich wollte ihm etwas entgegnen. Ihm zuschreien, dass ich ihn eher töten würde, als dass er in der Lage wäre, mir noch mehr schlimme Dinge anzutun. Aber aus meiner Kehle kam nur ein heiseres Krächzen. Da lachte er nur noch lauter. Machte sich über meine Hilflosigkeit lustig. Und er hatte recht damit. Niemals würde ich gegen aufbegehren können. Dazu war ich in der Zwischenzeit zu schwach.

Ich hörte wie sich die Haustür öffnete. Das war wahrscheinlich seine neue Angebetete. Ihre Schritte kamen langsam näher. Sie trat in das Wohnzimmer. Ich traute meinen Augen nicht. Seine neue Braut war Ravena. Aber so willenlos, wie er sie beschrieben hatte, war sie nicht, denn sie zielte mit einer Pistole auf ihn. Zitterte dabei nur ganz leicht. Vielleicht war mit ihr jetzt doch die Erlösung für mich gekommen.

Ihr Gesicht war vor Anstrengung verzerrt. Sie kämpfte sichtbar dagegen an, dass er ihr seinen Willen aufzwang. Ich wusste, sie war eine starke Persönlichkeit. Hoffte darauf, dass sie sich gegen ihn durchsetzen konnte. Tatsächlich. Es ertönte ein ohrenbetäubender Schuss. Ich sah das Mündungsfeuer der Waffe. Sie hatte wirklich auf ihn geschossen. Aber er zuckte noch nicht einmal. Fing erneut an laut zu lachen.

Dann ging er auf sie zu und sagte ihr: „Lass die Waffe fallen, ehe ich wütend werde." Voller Schrecken musste ich nun zusehen, wie Ravena tatsächlich schuldbewusst ihre Waffe fallen ließ. Der Dämon hatte sie scheinbar wieder unter Kontrolle. Gleich darauf befahl er ihr, still zu stehen. Wieder tat sie, was er ihr befohlen hatte.

Seine Tentakeln begannen damit, ihren Körper fest zu umschließen und sie damit bewegungsunfähig zu machen. Währenddessen drang ein Fangarm langsam in ihren Mund ein. Ravenas erbärmlicher Schrei weckte mich aus meiner Erstarrung. Jetzt war die Zeit gekommen, erneut gegen die Dunkelheit aufzubegehren.

Ich tastete nach meinem Amulett. Bat darum, dass es mir die Kraft geben würde, mich zu erheben. Griff nach dem Schwert. Benutzte es als Stütze. Es gelang mir aufzustehen. Fing an vor Anstrengung zu schwitzen. Die Kreatur in meinem Bauch merkte, dass irgendetwas nicht stimmte. Trat immer wilder um sich. Ich versuchte sie zu ignorieren. Konzentrierte mich darauf, zu dem Dämon zu gelangen. Machte meinen ersten Schritt. Eine Holzbohle unter meinen Füßen knarrte. Ich zuckte zusammen. Hatte der Dämon etwas bemerkt? Nein, er war ausreichend abgelenkt. Noch ein Schritt. Würde ich es schaffen? Ich wusste es nicht, gab aber die Hoffnung nicht auf. Nur noch wenige Schritte, dann war ich ihm nah genug.

Mir wurde schlecht. Ich hatte Angst, mich übergeben zu müssen. Versuchte die Übelkeit herunterzuschlucken. Dann ein heftiger Tritt der Kreatur in meinem Bauch. Ich fuhr vor Schmerzen zusammen. Fühlte einen starken Schwindel. Versuchte ruhig zu atmen. Mich zu beruhigen. Es gelang mir. Dann ein weiterer Schritt. Plötzlich durchfuhr mich ein krampfartiger Schmerz in meinem Unterleib. Ich bemerkte wie sich die Muskulatur der Gebärmutter zusammen zog und hart wurde. Aber der Schmerz ließ glücklicherweise bald wieder nach. Ich ging noch einen Schritt vorwärts. Dann wieder der gleiche Schmerz. Noch etwas heftiger. Verdammt, ich hatte Geburtswehen. Jetzt fühlte ich, wie mir etwas warm die Beine herunterlief. Die Fruchtblase war scheinbar geplatzt. Ich musste mich beeilen.

Noch einmal umfasste ich mein Amulett. Ich fühlte seine sanfte Wärme. Sie schien mich ermutigen zu wollen. Ich erhob das Schwert. Versuchte dabei das Gleichgewicht zu halten. Schwang es über meinem Kopf. Nun war die Zeit zuzuschlagen. Ließ es auf ihn niedersausen. Doch plötzlich drehte er sich blitzschnell um, hielt meinen Arm fest und drückte ihn so fest, dass ich das Schwert vor quälenden Schmerzen loslassen musste. Nein, das konnte nicht sein. Das war meine letzte Chance gewesen. Tränen schossen in meine Augen. Ich war völlig niedergeschlagen. Das durfte einfach nicht wahr sein. Ich schrie vor Enttäuschung auf.

Der Dämon grinste mich voller Hohn und Verachtung an. Er nahm das Schwert. Holte damit aus. Wollte mich töten. Ich schloss meine Augen. Wartete auf den erlösenden Schlag.

Doch der tödliche Hieb blieb aus. Ängstlich öffnete ich meine Augen wieder. Was für eine Teufelei hatte er sich nun ausgedacht? Womit wollte er mich jetzt quälen? Doch es war nicht so, wie ich dachte. Der Dämon sank tot vor mir auf den Boden. Hatte einen blau leuchtenden Dolch in seinem Rücken stecken. Dahinter kam Ravena zum Vorschein. Schluchzte bitterlich. Sie hatte mich gerettet. Vorher das gleiche durchgemacht wie ich. Ich nahm sie in meine Arme. Wir spendeten uns gegenseitig Trost.

Dann wurde uns bewusst, was wir erreicht hatten. Die Welt des Lichts war vom dunklen Geschlecht befreit worden. Wir waren wieder frei. Doch zu welchem Preis? Ich hatte den Bastard des Dämons in meinem Bauch und er drängte darauf, auf die Welt zu kommen. Ich fühlte mich schwach, musste mich hinlegen. Ließ mich einfach auf den Boden gleiten.

Ravena rief den Notruf an. Ein Arzt sollte so schnell wie möglich herkommen. Ich versuchte bis dahin, möglichst still zu liegen. Ravena legte mir ein Kissen unter. Das nahm ich dankbar zur Kenntnis. Kurze Zeit später traf der Arzt ein. Er untersuchte mich intensiv und leitete dann sofort die Geburt ein. Die Kreatur, die ich nun unter Schmerzen zur

Welt brachte, war schrecklich missgebildet und starb kurz danach ohne unser Zutun.

Wissenschaftler, die den Kadaver später untersuchten, vermuteten, dass die Kraft des Lichts in mir der Kreatur ihre Lebensgrundlage entzogen hatte und sie somit nicht lebensfähig gewesen war.

Der Körper des Dämons löste sich nach seinem Tod innerhalb kurzer Zeit in eine schwarze schleimige Substanz auf, die irgendwann ganz verschwunden war.

Nach ein paar Tagen der Erholung, kehrte ich in das dunkle Reich zurück, wo ich voller Freude von Serenus begrüßt wurde. Ich blieb dort und verlebte viele glückliche Jahre mit ihm. Leider konnten wir keine Kinder bekommen.

Ravena zog in unser Haus in Darmstadt und blieb bis zu ihrem Lebensende die Nachfolgerin meines Vaters. Sie war eine weise und gütige Herrscherin und führte die Welt des Lichts in eine Zeit des Wohlstands und des Friedens.

Noch während meiner letzten paar Tage in der Welt des Lichts, nahm mein Vater Kontakt zu mir auf. Sein Geist war nun Teil des NewTransNet und hatte damit einen Ort gefunden, in dem er glücklich war. Ich war sehr froh darüber, mit ihm nochmals sprechen und von ihm Abschied nehmen zu können.

-ENDE-